JN056398

[1]
[著] Awaa
[illust.] がわこ
不良聖女の巡礼
追放された最強の少女は、世界を救う旅をする

元聖女候補
リトル・キャロル
邪竜に呪われた少女
エリカ・フォルダン

神学者
ジャック・ターナー
水の聖女
マリアベル・デミ
神聖カレドニア王国第三王子
リアン

「キャロルちゃんは、
私に初めて会った時から
軽蔑してた……っ！
ずっと、軽蔑してる！」
夜空の下、マリアベルは石剣を抜いた。
ふさりと、聖骸布が地に落ちる。
刃は陽炎となって月の明かりを受けて輝いている。

不良聖女の巡礼

追放された最強の少女は、世界を救う旅をする

［1］

［著］Awaa
［illust.］がわこ

Wicked Saints or :
A Holy Pilgrimage to
Save the World

[CONTENTS]

[MAP]

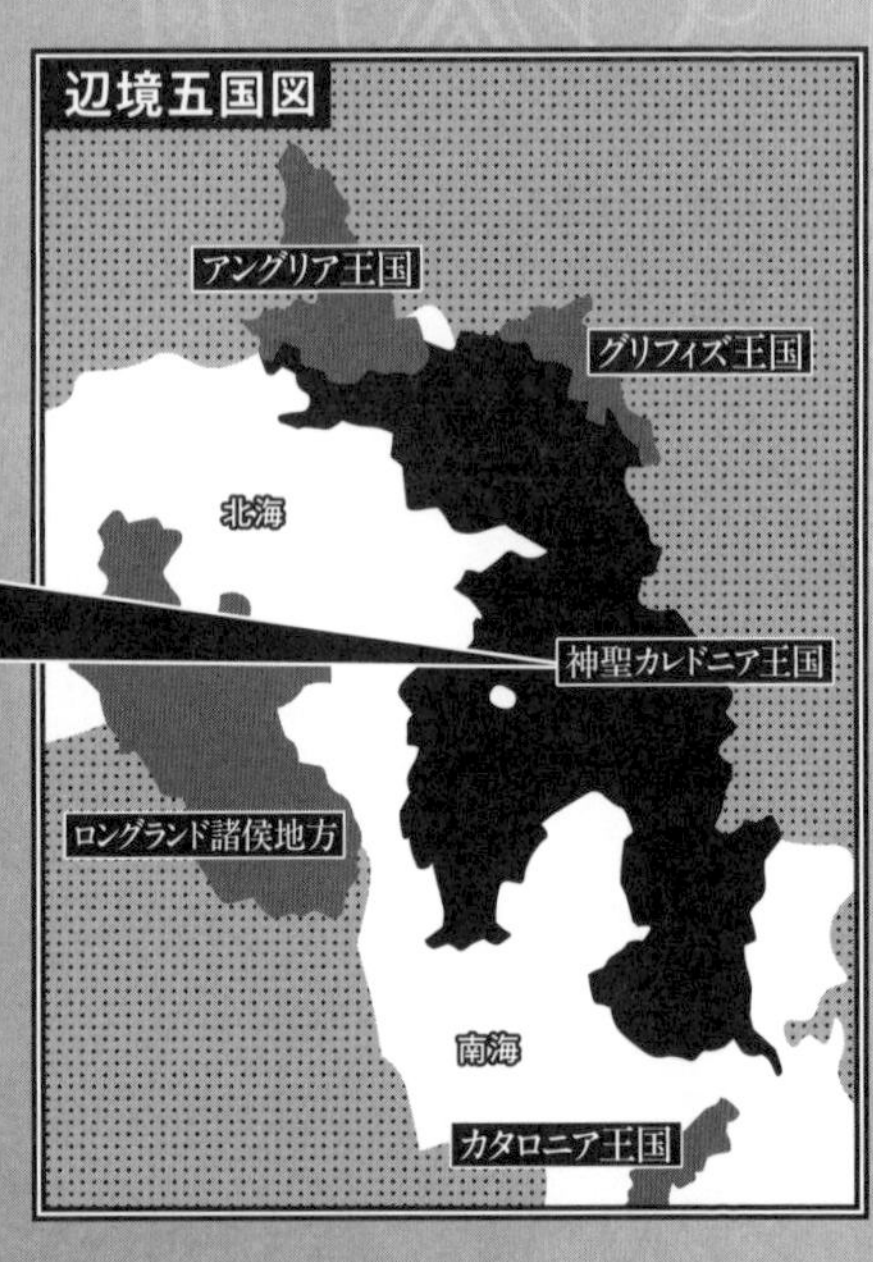

……陸地　……海　……瘴気

序章 ◆ リトル・キャロル

WICKED SAINTS OR :
A HOLY PILGRIMAGE TO
SAVE THE WORLD

私は神を信じていない。

「——キャロル。君は聖女だ」

私が十五歳の誕生日を迎えた日、孤児院に来た神官が神の言葉を教えてくれた。

当時の私は、聖女という言葉さえ知らなかった。


聖女だと知らされた日の夜は眠れなかった。

礼拝堂に出て、黒ずんだ板張りの床を踏み、割れたまま直されていないステンドグラスの側に立った。聖女だと宣告されたこの場所で、神官の言葉を何度も思い返していた。それで一つため息をつき、壊れた風琴の椅子に座って、俯く。

——正直言って、どうしたらいいか分からない。

神官が言うには、聖女として選ばれた者はここから遠く離れた王都に行くらしい。二つ返事などできるはずがない。孤児院の子供達も、世話役の私がいなくなれば困るし、私も彼らが心配だ。

それに、私は神を信じていない。聖女という存在の説明も受けたが、作り話だと思っている。だが、神官は決して作り話ではないと断言する。確かに自分の目の前に聖女がいるのだと強く言う。その瞳は、嘘を言っているようには見えなかった。

様々な話が一気にのしかかって、私は動揺していた。とにかく色々なことが頭の中をぐるぐると回って、収拾がつかなかった。

背後からぎしりと床の軋む音がしたので、ゆっくりと振り返った。そこに立っていたのは私を聖女だと言ってのけた男で、黒い祭服に身を包んだ壮年の神官だった。

「君も知っているだろう。年々、瘴気の壁は迫っている。こうしている今も我々の世界は狭くなっている。時が経つにつれて人は瘴気に呑まれてしまう。我々に残された時間は少ない」

——世界は『瘴気の壁』に囲まれている。瘴気からは数多の魔物が生み出されている。魔物は、人や家畜を殺していく。

「聖女と定められた乙女達は、世界のために安寧を願い、瘴気を祓い、未来を繋ぐ運命を背負う。そこから逃げることはできんのだ、キャロル」

神官は目を逸らすことなく、黒い瞳で私を真っ直ぐと見ていた。

「聖女は瘴気を祓える。分からんのか。瘴気が無くなれば、この世界から魔物がいなくなるのだ。君にはそれだけの可能性がある」

一方で私はすぐに目を逸らした。言っていることが、あまりにも大きすぎたからだ。現実的では無い。どうしてそんな夢物語を信じることができるのだろう。

「その力があれば、大切な人達を守れる。もう失わなくて良くなる」

周りで、たくさんの人が死んでいった。魔物に襲われた私を逃がそうとして喰われた人もいる。親しかった大人が突然いなくなったこともある。助けようとした子供を目の前で惨殺されたことだってある。継親も三人替わり、やがて教会から派遣されなくなった。魔物に殺されすぎて、誰もこの地に来たがらなかったんだ。

人が死ぬ度に私は無力感に苛まれた。抗っても、どうすることもできなかった。悔しくて、虚しかった。どうやらそれを、この男は知っているらしかった。

「神が教えてくれたのだ。君の苦悩を」

薄雲に隠れていた月が顕になる。風琴の装飾だった壊れかけの女神像に、深い影を落とした。

「リトル・キャロル。世界のために戦ってはくれんのか」

その時、私は不安だと言った。それを聞いて、今まで笑わなかった神官が少しだけ頬を緩ませて、鼻で笑い、こう答えたのをよく覚えている。

「神が味方だ。これ以上に心強いことがあろうものか」

二日後のこと。私は馬車に乗り、王都へ向かった。過ぎていく田園の風景をただ見ていた。

「聖女とは平和の象徴だ。あらゆる邪悪を祓う」

隣に座る神官が分厚い本を読みながら言う。本からは燻(いぶ)した香のかおりがしていた。

「神が書いたとされる原典という本に『五人の聖女が現る時、世界の太平成る』とある」

五人の聖女とは、火の聖女、水の聖女、風の聖女、大地の聖女、そして、それらを束ね導く、光の聖女だとされている。

「君が五人の聖女のうち、どの聖女なのかは、まだわからん。『日の蝕(むしば)む時、力現る』。つまり、日蝕(にっしょく)の時に聖女たる力を授かる、ということだ」

私は景色を見ながら、ぼそぼそとして聞き取りにくい声をなんとなく聞いていた。野焼きの煙が高く昇って行き、青い空を灰色に濁している。強く風が吹いていても濁りは取れない。

「日蝕が起こるその時まで、精進せよ。リトル・キャロル」

王都にある学園が私を預かることになった。学園での待遇は貴族のそれだった。何ひとつ不自由ない暮らしが突然始まった。食べ物も美味(うま)ければ、飲み物に火を通す必要もない。

学園には私の他に四人が聖女候補として集められた。ここで、総合的な知(リベラル・アーツ)を学ぶ。

――これが、今から三年前の話だ。

*

私は十八歳となった。明日、日蝕が訪れる。

「キャロルちゃん……。緊張してる……?」

「ええ……。少しだけ……」

部屋の窓から月を見ていると、同部屋の聖女候補マリアベル・デミが私の手を握って問いかけてくれた。

マリアベルは、いつも仄(ほの)かな笑みを浮かべている少女だった。青い瞳は凪(なぎ)の海のように静かで、顔には泣きぼくろがあった。薄い青色の長い髪は美しく、ゆらめく燈(ひ)の光を受けて輝いていた。

「きっと大丈夫。私も、キャロルちゃんも、良い結果になる。できることは、何でもやったんだから……」

「そうかな……」

「うん……。私は光の聖女になりたい……」

　そう言って、マリアベルは私の手をきゅっと握り直した。いつも通りの優しい声色だったが、灯(あか)りで影を落としたその表情は、何か思い詰めているようにも見えた。

「マリアベルが光の聖女になっても、変わらず友達でいて欲しいな。上下の関係なく、友達で」

「えー！　当たり前だよ！　私達、ずっと友達だから！」

　そう言ってマリアベルが私に抱きついて笑ってくれたから、私はその夜、眠ることができた。

＊

　翌日。十三時。世界が闇に呑まれた。空が黒く沈み、あたりが暗くなった。太陽が徐々に、ゆっくりと、蝕まれていく。

　私達聖女候補五人は、学園内にある大教会の礼拝堂にいた。みな着慣れない式服を着用し、一列に並び立ち、聖火の前に立つ枢機卿(カーディナル)の言葉を待っていた。

　闇の中、聖火の柔らかな揺めきだけが、その場にある灯りだった。その聖火に見え隠れするのは背後にある大祭壇で、そこに立する巨大な女神像がちらちらと炎の色を映して煌(きら)めいている。

「ニスモ・フランベルジュ、前へ」

　公爵家の令嬢、ニスモ・フランベルジュが言われた通り前に出る。さらりとした赤髪と、鋭い目つき、血のような赤い瞳に、長い手足。彼女には迂闊(うかつ)に他人を近づけさせない雰囲気があった。

　枢機卿が灌水棒(かんすいぼう)を振り、ニスモに聖水を振りかけた。

「手を前に」

　ニスモが祭壇の女神像に向かって手を翳(かざ)す。すると手の先に、ぽうと小さな赤い炎が生まれた。その炎は白い光を放ちながら次第に体全体を包み、高く上った。私はその鋭い眩(まぶ)しさと、肌が焼けるほどの確かな熱に、少し顔を顰(しか)めた。

「おお……、火の聖女だ」

「素晴らしい」

「伝説は本当だったのだ」

　各領から集められた来賓がざわつく。

「火の聖女……」

　ニスモは自らの燃える掌(てのひら)を見て、ぼそりと呟(つぶや)いた。私は彼女の表情から、感情を読むことはできなかった。

　その後も粛々と儀式が進められた。

　眼鏡(グラス)をかけて銀髪を三つ編みにした子、ローズマリー・ヴァン＝ローゼスは風の聖女。ウェーブのかかった亜麻色の髪と妖艶な顔立ちをしたメリッサ・サンチェス・デ・ナヴァラは大地の聖女。そして、マリアベル・デミは水の聖女となった。マリアベルはゆっくりと視線を落とし、輝く水の滴る手を悔しそうにぐっと握り締めていた。

「前へ」

　枢機卿が私を見て言う。それで、息を整えて前に出た。消去法だと、私が光の聖女ということになる。

「あの子が光の聖女になるわけか？」

「名前は？」

「リトル・キャロルだ」

「ああ、気立が良いと評判の。それがあの子か」

「成績も良いし、学園でも活躍していたと聞く。光の聖女だろう」

　来賓が騒めく中、背筋を伸ばして枢機卿の前に立ち、胸の前で十字を切る。祭壇の炎を映した赤い聖水が体にかかった。もう一度息を整えて、手を女神像に向けて翳す。

一瞬、女神像の目にゆらめく光が宿った気がした。

それを認めると、どくんと心臓が高鳴った。

次いで体が燃えるように熱くなる。喉にひりひりとした熱い何かが上がってくるようだ。

舌を嚙み切りたくなるような衝動があって、一度目を閉じる。息が荒くなっているのが分かる。

なんだろう、これは。落ち着け、落ち着けと心の中で唱え、ゆっくりと目を開けて、気がつく。

翳した手がふわりとした煙を立てている。

「煙……？」

枢機卿が目を細めて、呟いた。その時だった。

私の翳した手が、瞬時に膨張した。

いや、違う。膨張したのではない。私の手に、何か固形物が纏わり付いたのだ。

――明らかに光の力ではない。

「……これは」

枢機卿が私の手を触る。少し触れると、ボロボロとそれは崩れて、こぼれた。地に落ちた塊は、どろりと溶けている部分もある。

「腐った!?」

「光の聖女じゃないのか？」

「呪われているのでは……」

集められた来賓がどよどよと騒めき始めた。それに混じって、ぴき、という鋭い音が聞こえる。

音のする方を見上げる。木造の女神像に大きなひびが入っている。内側から白い瘤のような塊がひびを押し広げていき、ついには像を腐らせながら崩壊させた。

「女神像が……」

枢機卿がそう呟いた後、次第に騒めきが波のように引き、礼拝堂に再び沈黙が訪れた。

＊

日蝕の後、聖女達は神から授かった力の制御に励んだ。

結局私が授かった力の正体はわからない。ただ、聖女の力ではないことだけは確実だった。そして、私はあの日以来、女神像を崩壊させた妙な力を使うことができていない。故に、裏方に徹した。

聖女達の仮想敵となる捕らえてきた魔物を檻から出し、それを訓練場まで連れて行き、その後は死骸を処理する。それがここ暫くの仕事になった。

学園地下にある檻に向かい、狼型の魔物を出す。今日は魔物が興奮していて、かなり抵抗された。手につけた籠手に喰らい付き、暴れる。何度も振り回され、体を壁に叩きつけられた。いやでも時間がかかってしまう。

魔法さえ使えればこの程度の魔物は何でもない。だが、どこかで、魔法を使うのを怖がっている自分がいた。武器を持って真っ向に対抗しようという気持ちも湧かなかった。聖女でなかった自分は、目の前のこの魔物よりも矮小に思えて、心がそれを受け入れてしまっていた。

しばらく経って、ニスモ・フランベルジュが様子を見に来た。彼女は私を見つけるなり、強く睨みつけた。

「こんなこともできないの？」

「……ごめんなさい」

私が謝ると、彼女は何の躊躇もなく私に炎を浴びせた。眩い炎が激しい旋風になって迫り、私は魔物と一緒に吹き飛ばされた。壁に激突し、頭を打つ。炎は身を焼く。

「ケホッ……！」

激突した時に、火を吸い込んでしまった。喉が痛い。続けて二、三回咳が出て、血が散った。

「邪魔よ、ゴミムシ」

ニスモは倒れる私を見下ろし、手を踏みつけた。

「いつまで聖女に関わろうとしているの？　虫唾が走るのよ、聖女でもない人間が我が物顔で、ここに存在しているのが」

そして、私の髪を持ち、顔を近づける。

「あなたの考えを言い当ててあげる。聖女を偽り、恩恵を受けようとした。でもそれが失敗した今、せめて聖女に媚を売って権力を得たい。さすが、自己中心的な下民が考えることは汚らわしい。反吐が出る」

そう言って私の顔を強く地面に打ちつけてから、顔を蹴った。

「――呪われているのよ、あなたは」

私はニスモが地下室から出ていくのを待って、垂れる鼻血を押さえて立ち上がり、魔物の死骸を処理した。

嫌がらせも加速した。歩けば、忌子、酌婦や娼婦と、謂れのない言葉が学園中の生徒から投げられた。信じられないことに、石や矢が飛んできたこともある。面白半分で殺そうとしてくる者もいるのだ。いや、面白半分では無いかもしれない。聖女と偽った私を殺すことが、本気で正義だと思っている者も、中にはいた。この現状について教師達は見てみぬフリだ。いや、嘲笑ってすらいる。

ある日、私は学園の中庭でマリアベルを見かけた。日蝕の日以来、彼女とは話すことができていなかった。マリアベルは部屋に帰らず、他室で過ごすようになっていたからだ。だから私は、それなりの勇気を出して話しかけた。

「マリアベル……」

近寄って手を引こうとした。

「触らないで……！」

マリアベルは私の手を払って、拒絶した。

「呪われて腐るかもしれないから……」

そして手が触れた場所を、手巾で拭った。

「わ、私はそんなんじゃ――」

「喋らないで」

マリアベルの冷たい声色に、頭が真っ白になった。

「本当は今までずっと、我慢して友達のふりをしてたんだ……。勘違いさせてたら、ごめん……」

そして小さく涙を流し、こう言った。

「この学園から出て行った方が良いと思う。みんなのためにも……」

私には返す言葉が無かった。それで、いたたまれなくなって、できるだけ早くその場から失せることしかできなかった。

「ようやく言えた……。貴族じゃないのに聖女なんて、ありえないよね……。穢らわしい……」

背中ごしに、マリアベルの声が聞こえた。胸が苦しくなって、手足が冷える感覚があった。

＊

その翌日。私の処分が書かれた制札が、学園内の広場に立てられた。

内容は、私リトル・キャロルを除籍するというもの。理由としては、三つ。まず『聖女としての力を持たなかった者は選良に留めること能わず』。もう一つは、『本来リトル・キャロルは当学園において身分不相応である』。さらにもう一つ、『学徒は、この恥ずべき処分を園外に漏らすことを禁ずる』ともあった。

私は暫くそれの前で立ち尽くした。集ってきていた野次馬が怒号を投げつけたり、笑ったりしていたが、不思議とあまり気にはならなかった。

「いつまでいるんだね？　文字も読めなくなったのかな？」

様子でも見に来たのか、痩せ細った教師がにやけた顔で私の肩に手をやり、煙草を吸おうと一本取り出した。

「ふぅ――――――」

私は長いため息をついた。こうなっては仕方がない。取り繕うのはおしまいだ。

「このクソみてぇなお嬢様しぐさはヤメだ、ヤメ」

生真面目に整えていた髪も解く。そして、教師が取り出したばかりの煙草を盗る。

「な、なんだね君は……！」

火をつける。吸う。生き返るような美味さだ。三年ぶりの煙草なだけある。こんな所だが、まあ、別れの一本くらいは許されていいだろう。

「どけ」

すぐ後ろにまで来ていた野次馬共を睨みつけると、さっと道を空けた。彼らは先とは違う意味で騒めいていた。

「あれがみなしごか……」

「そう言えば孤児院出身だったな」

「野蛮だわ」

野次馬の中に、四人の聖女達もいた。

マリアベルは他生徒と私の悪口を言い、ニスモはただ何も喋らず鋭い眼差しで私を見ている。ローズマリーは下品なものを見るように目を背け、メリッサは冷ややかな笑みを浮かべていた。

私は野次馬に向けて、言う。

「お望み通り出てってやるよ。だがな。いつか、私は必ずお前らの前に現れて、すました顔をぶっ叩いてやる。そのことをよく覚えておくんだな！」

怒号と笑いは変わらず。私の話などは耳に入っていないようだった。

「じゃあな。まあまあ楽しかったよ」

マリアベルを一瞥する。マリアベルも私を見ていた。

「たとえ『友達ごっこ』でもな」

そして半分以上残っている吸い殻を置き土産に、私は正門から出た。

一章 ◆ 腐食の力

Wicked Saints or :
A Holy Pilgrimage to
Save the World

1

適当な商店で適当な旅装束を手に入れ、修道服に似た真っ白な制服を捨てた。それから商人の馬車を拾う。商人が東に行くと言うから、私はそれで構わないと言った。

　私は、この学園のある王都から離れようと思った。巨大な学園の院が目に入ると、どうしようもなく虚(むな)しかった。寂しく、自分を惨めにさせた。

　本当のことを言えば、私はどうしたら良いのか分からなかった。威勢よく学園から出てきたが、それが正解だったのかもわからない。終わったことを悩むのは不毛だが、後悔がないといえば嘘(うそ)になる。

　ただ一つ確実なことは、私は聖女ではなかったから追い出されて当然だと、そういう風に割り切れていないということだ。心の奥深く、どこかで、しがみつこうとしている。しがみつける物なんか何もないのに。それが情けなくて、嫌気が差す。

　私は全てから逃げたかった。だから、この王都から消え去りたいんだ。

　私だって、それなりの覚悟を持ってやってきたつもりだった。『世界を救う』と大層な志があったわけではない。だが、私と同じような境遇の子供を作らない為(ため)に、やれることはやるつもりだった。寂しさに、無力さに、膝を抱えて泣くことしかできない子供は存在しない方が良い。

　首から下げた小さな聖鳥(せいちょう)を摑(つか)み、紐(ひも)を引きちぎる。紐に連なっていた珠(たま)が散らばる。これは鳥統(アウエス)と言い、丸く形取った石や金属を紐で繋(つな)げて十字状の鳥の聖像をつけたもので、今や世界唯一の宗教となった幺教(ユーウエニス)において、神に祈りを捧(ささ)げるための聖具として用いられる。聖鳥を握って祈れば、想(おも)いは鳥のように羽ばたいて、神の下(もと)へ届くと信じられている。

私は鼻で笑って、誰もが信じてやまない神とやらに問いかける。

「お前の存在を一度だって信用したことは無かったが、もし本当にいるんだったら相当に性格が悪いな」

馬車の窓から鳥統を捨てた。もう私には不必要だ。

＊

幾度か馬車を乗り継ぎながら、とにかく東へと向かった。

海沿いを走った。漣(さざなみ)の音と海猫の声を聞きながら、煌(きら)めく青い海を見た。海を見るのも学園に向かった時以来だった。あの時よりも船の数が減っているだろうかと、気分が落ち込むのを誤魔化すように当たり障りのないことを考えていた。

さらに馬車を乗り継ぎ、田園地帯を走った。あの時のような野焼きの煙はない。時期が違う。季節が巡っていることを実感する。

やがて山間(やまあい)を走るようになった。頂上に雪の残った山々が連なっている。風が強く吹くと、山の雪が降りてきて、粉雪が舞っていた。

最終的に辿(たど)り着いたのは、山間にある古い馬宿だった。金がなくなったので、ここを終着点とした。

何もない場所だった。馬宿の他には、道があり、原があり、山があり、羊の群れがいるだけだった。街道を外れた所にいた羊飼いに聞いたところ、周りに街はあるらしいが、付近にある深い森を越えなくてはならないと言う。辺鄙(へんぴ)な場所だ。まあ、辺鄙な場所だからこんな馬宿があるわけだが。

馬宿には六人の人がいた。家族経営らしく、夫婦とその子供。あとは商人達(たち)だ。ひとまず商人に街の行き方を聞き、馬宿を出た。金もないので、部屋は取れなかった。

＊

街に向かう為、森に入った。まだ空の明るい時間帯だったが、暗い森だった。

木々のざわめきが聞こえる。土の匂いを感じる。降る光は少なく、草が僅かに揺れて、人の気配もない。

足場が悪く疲れたので、大木の根に腰掛けた。都会の喧騒に慣れていたからか、もしくは馬車が揺れるのに体がくたびれていたからか、こうしているのは落ち着く。自然の音と匂いで、王都を発ってからずっと心の中で燻っていたもやもやが、おさまった気がした。

私はそれからしばらく、根の上で考え込んでしまった。孤児院で暮らしていた頃のこと。当時の仲間達。学園での生活のこと。そして、これからのこと。

そうしている時、ふと、思った。私はあの日以来、本気であの力を使おうとはしていないのではないか。

力の正体がわからないから、使えば周りに危険が生じる可能性もあった。何より私自身が女神像を腐らせた、あの力を受け入れていなかった。だから、ちゃんと使おうとしたことがないまま、ここまで来てしまった。——私はまだ、この能力について何も知らない。

ここならば、どんなことが起きても人に迷惑はかけないだろう。周りの人間を腐らせることもない。

思う存分やってみる、その価値はあると思う。

「……ふぅ」

深呼吸をする。手を前に突き出し、魔法を使おうと試みる。だが、何も起こらない。

「……何かが違うんだろうな」

目を閉じて、もっと強くイメージする。あの時の感覚を思い出せ。丹田から熱く煮えたぎるような何かが生まれ、ぐぐぐと迫り上がってくるような魔力の圧を、もう一度、出してみたい。

「……ッ!!」

手応えがあって目を開けると、人差し指からピョロっと赤い塊が出た。一瞬、肉腫か何かだと思ったが、どうも違う。

摘めばふかふかとしている。生肉のような見た目だが、艶はなく湿り気があるわけではない。香りは、あるような無いような。なんとも言えない。

軽く潰してみる。痛くはない。もっと力を入れると、やがて潰れ、それは裂けた。

裂け方を観察する。繊維質だ。これは、まさか——。

「——きのこ?」

座っていた根の近くを探索し、生えている茸を見つけた。裂いたり千切ったりして、確認してみる。そして、私の手から生えたものも同様に裂いたりして、見比べる。

「……間違いない。やっぱり私の手から出たのはきのこだったんだ」

茸。つまり、菌糸だ。と、なると。女神像を腐らせたのは、まさか酵素だったということになるのだろうか。

「……でも、なんでこんな力が?」

私は首を捻る。なぜ、茸なのか……。いや、そもそも本当に茸で良いのか……。

これが正真正銘の茸なのであれば、食えるはずだ。味を確かめれば、確実なものと言える自信がある。私から生み出されたものに、自分を殺めるような毒があるとも思えないから、食べられるとは思うが……。いささか抵抗はある。自分の爪を食べるようで。

「……食うにしても、念のため焼いてみよう」

魔法で火を起こして、適当な枝に茸を刺し、焼いた。多少手を加えたことで抵抗感は薄れたので、食ってみる。

　食感は間違いなく茸だ。味に関しても、そうだと断定しても良いと思った。薄味の平茸に近い。

「……美味くはないか。学園で良い物を食ってたから舌が肥えたのかも知れない」

　不幸な舌だ。孤児院にいた頃なら生ごみだって食ったが。

「単純に風味が足りないんだろうな」

　様々なイメージをして念じては出し、念じては出しを繰り返しながら実験していくことにした。遊びのつもりで、美味い茸を出してみようと思ったのだ。なにより何かをしていれば、何となく気が紛れた。

　茸はコツさえ摑めば、幾らでも出せるようだった。いつかはまともに食えるものも作れるだろう。

＊

　この力も、慣れてくれば多少面白みがある。どうやら菌糸は、私の意思で自由自在に形を変えて生み出すことができるらしい。そして、出せるのは茸に限ったことでもない。カビや酵母など、菌に纏わるものは概ね生み出せた。

　こうして夢中になっている内に、私は森から出ることが無くなった。食糧は自分で出せるし、人もいないので思う存分能力を試せる。ここは私にとっては理想の場所になった。

　森に籠ってから三日が経った。朝起きて、古い森小屋に置いてあった古い鍋を使い、茸のスープを作るのが日課となっていた。

　気づけば私が寝床にしている杉の木のうろの周りは、多種多様な茸だらけになっていた。これは、頑固な食器職人の工房が、割れた器だらけになっているようなものだ。

　そして鳥や鹿などの森の動物達が寄ってきて、茸を食べるようにもなった。

「うまいか？　そうかそうか。そりゃあ良かった。お前らが喜んでくれるなら、このクソ能力も報われるよ」

　子鹿を撫でてやると、代わりに子鹿は私の顔を舐めてくれた。情けないかな、傷心の私にとっては彼らとの触れ合いは大きな癒しになる。

　一週間が経った。もはや茸程度であれば、あらゆる場所に発生させられるようになった。地面や木々にはもちろん、泥沼や岩壁でも、胞子さえ発芽できる場所ならば、どこでも可能だ。

「慣れれば結構便利だな。足場にして崖を登れるし、川も渡れる」

　毎日歩き回ることで、このひどく広い森にも多少は詳しくなった。

　奥に行けば行くほどに葉は日を遮り、気配は重くなった。途中、木々の間に縄が張り巡らされ、人が立ち入れないようにしている場所があった。ご丁寧に縄に木の板や鈴までつけ、警告音が鳴るようにしている。

　察するに、禁忌の地なのだろう。過去、この森で大きな何かがあったのだ。

　森に来てから今まで、誰とも会わないのはそのせいか。一回くらい猟師と出会してもおかしくはないはずなのに不思議だ、とは思っていたが。なんとなく理解した。

　その日は森を回り、幾つかある放棄された森小屋から、小瓶などの容器を集めた。実験に使うのだ。私がどんな菌を生み出すことができて、どんなことが可能なのかを、もっと深く確かめたいという意図があった。

　気づけば私の棲家であるうろは、錬金術の研究室のような様相になりつつあった。

　ある日、子鹿の親子が私に花をくれた。いつも茸を食わせている礼のつもりなのだろう。

＊

森に来て一ヶ月が経った頃だった。

「あれ？　親はどうした」

子鹿が来たが、いつも一緒だった親鹿がいない。しょんぼりとした子鹿が『ついてこい』と言うように私を見て、どこかに案内しようとしている。

大人しく子鹿の後をついていくと小さな泉があって、ほとりに血塗れの親鹿が倒れていた。

「死んでるのか……」

子鹿が親鹿に寄り添うように座る。

私は親鹿の傷を見た。何か、大きなもので突き刺された痕があった。この森には人の気配がないから、魔物にやられたのかも知れない。だが、食われて体が欠けているわけではない。

よく見たら鳥や猿などの動物の死骸が、草木に隠れてぽつぽつと転がっている。遊びで動物達を殺して回っているのだろうか。

私は子鹿の頭に手を置き、撫でた。

「よし、わかった。お前の母親は埋めてやる。だがその前に――」

先から背後に、大きな気配を感じている。振り返ると巨熊ほどの大きさの、二本角の黒い魔物が音もなく近寄って来ていた。

「私がこの変態野郎を倒して仇をとってやろうか」

この四本足の馬に似た魔物は、鋭く尖った立派な角を見せびらかすように地面になすりつけ、私が怖がって背を向けて逃げるのを待っている。

「――悠長だなッ！　そうしてる間に、穴という穴を塞いでやるッ!!」

馬が地を蹴って、弾かれたように突進してくる。だがその角が私を貫くより前に、馬の体中に茸が生えた。

2

リトル・キャロルが二本角の魔物を倒して少し経った頃だった。神聖カレドニア王国、プラン＝プライズ辺境伯領軍五十名は、昼なお暗き森『大きなシュバルツバルト』を進んでいた。

「やれやれ、まさか我が領に二角獣(バイコーン)が迷い込むとはな」

鎧(よろい)を身に纏(まと)い、白鬚(しらひげ)を蓄えた、老いた大柄な男、プラン＝プライズ辺境伯は、巨大な黒い軍馬の上でぼそりと呟(つぶや)いた。

二角獣とは、凶悪な魔物である。不浄を好むとされ、意味のない殺戮(さつりく)を繰り返す。人里にまで現れれば、田畑を荒らし、腹が減った時は気ままに家畜や人を食った。体が大きく、力も強い。

若い兵士が言う。

「獣王など、果たして私達に対処できるでしょうか」

突然現れては殺戮を繰り返す魔物、その中でも巣を持たない種を、人は獣王(じゅうおう)と呼称した。巣を持たないので各地を流れて、それが雷のように突然現れては周りを破壊し尽くすことから、山火事や嵐と並ぶ災害として恐れられている。獣王には巣を持たなくても生き抜ける程に強力な種が多く、酷(ひど)く厄介な魔物だった。

「やるしか無いだろう。嫁に別れは済ませたか？」

「生きて帰るつもりですよ、私は」

「ははは。まあ、頑張るしかあるまい。ワシとて今朝の冷めたスープを最後の飯にしたくはない」

お互い、とんだ貧乏くじを引いたな。辺境伯がそれを言いかけてやめた時、森の暗い陰から、張った声が聞こえた。

「辺境伯様、辺境伯様ーっ！」

兵が馬を走らせて、辺境伯の下へ向かってくる。偵察に行っていた中堅の兵だった。困惑した表情で、額に汗が滲んでいる。

「いたか」

「発見しました……!!」

「ようし、案内しろ。総員、戦闘準備――」

「そ、それが……」

言い淀んだ兵に案内された場所で見たのは、泉の岩場に倒れた二角獣の死骸だった。

二角獣は馬に似た黒く巨大な魔物と言われる。皮膚が鋼のように硬く、滅多に刃は通さない。また、馬と一言で形容されると首を傾げたくなる程に首が太く、幅も大きく、筋骨隆々で、凡そ馬らしからぬ見た目をしていた。顔が長く、鬣と蹄があったから馬に似ていると言う者が多いだけだった。とにかく、過去この二角獣の前に何人もの勇敢な戦士が立ち向かい、散って行った。

辺境伯は、怪訝そうに目を細め、死骸を見る。

その死骸は菌に蝕まれ、多種多様の形をした塊が無数に生えている。肉は腐って盛り上がり、内から裂け、強烈な死臭を漂わせている。兵の中には鼻を押さえて動けない者もいた。動けば、吐きそうになった。

「――バカな。皮膚の内側から爆ぜてるのか?」

辺境伯は馬から降り、死骸に近寄る。

「危険では……! 何があるか、わかりません!」

兵の一人が、制止する。

「こういう時は老いぼれから死ねば宜かろう。離れていなさい」

そう言って辺境伯は、片膝を突いて、死骸を触り、よくよく観察する。粘る肉に、微かな力を感じた。

「――解せんな。これは魔力だ。人がやったとでも言うのか」

辺境伯は左手で銀の鳥銃を握る。何か、胸騒ぎがしたのだ。

「二角獣を相手に、一体誰がこんなことをできるのか――」

木々に囲まれた暗い空を、鳥達が忙しなく行き交う。胸の内のざわめきを映し出したように、ただ、忙しなく行き交う。

3

私が学園から追放されてから、一節と半ばが経った。言い換えるならば、ヤニが切れてしばらくになるということだ。

今まで我慢して来たのだから先々も我慢できるとは思ったのだが、うろの周りに落ちていた邪魔な木の枝を人差し指と中指で挟んだ、そのふとした瞬間に、あの美味い紫煙がふっと脳裏によぎり、欲してしまった。肺が黒く染まってる人間など、所詮そんなものだ。長らく禁煙をしようとも、こうなるともう駄目である。

「金だな。煙草を吸うための金がいる」

私は周りに集まっていた、殺戮の恐怖から立ち直れていない森の動物達に告げた。

「近場の街に行って、金になる仕事がないか見て来ようと思う。すぐ戻ってくるよ」

森から出て一番近い街は、プラン＝プライズ辺境伯領サマセットという名の街だった。初めに向かおうとしていた街がそれだ。

街に入ってみたところ想像以上に寂れていた。大通りと見られる場所でもがらんとして、人の通りも馬車も少ない。元々は狩猟の要所として栄えていたが、今は廃れているらしかった。寂れているといえば聞こえは悪いが、自然あふれる長閑なる街と言えば多少は耳触りが良くなるだろうか。

空から鳶の鳴き声が降りてくる。風は木々の香りを宿していて、仄かにどこかの酒場の匂いが混じる。仕立て屋の窓を覗(のぞ)くと、王都で少し前に流行した刺繍(ししゅう)の入った服が目立つ場所に飾ってあった。

何らかの求人募集があることを期待して、街の酒場に入る。それで、壁にある掲示板を眺めてみた。『王都曲芸団の警備』や、『王都行き商人の護衛』など、それなりに金払いの良いものがあるにはあるが――。

「さすが田舎町、王都関連ばかりだ」

学園のある王都には戻りたくないので、これらは選択肢にない。

重なって貼られているビラを片っ端から見ていくと、一つ、求人とは違う貼り紙を見つけた。

『地下格闘技場、挑戦者求む』。

どんな街にもある、いわゆる大人の遊びだ。血生臭い喧嘩(けんか)を見たい野蛮な輩(やから)が集い、対戦者に金を賭け、酒の肴(さかな)にする。戦いは一対一。対戦に勝った挑戦者は、集まった賭け金の内の幾らかを貰(もら)える、という仕組みだ。

「消去法でこれしかないか」

貼り紙に書かれていた場所、街の南に位置する倉庫に向かう。木材倉庫だった。その地下に降りて、受付らしき場所で簡単な手続きを済ませ、控え室らしき場所に通された。

どうやらすぐに試合が始まるらしいので、その部屋にあった鏡で多少の身支度をする。

「よくもまあ、こんなナリで貴族御用達(ごようたし)の学園で過ごしてたな。我ながら感服するよ」

鏡に映っているのは、随分と目つきの悪い女だった。瞳は鷹(たか)のように黄と黒がはっきり分かれている。腰まである紺の髪も陰鬱な印象だ。孤児院の頃にあだ名されていた猛禽女という名前は、実に的を射ていたのだな、としみじみ思う。

聖女候補だった頃は、にこやかな表情を保ち、髪を整え、できるだけ童話に出てくるようなお嬢様とやらに徹していたつもりだった。

が、鏡を見てつくづく思う。我ながら、よく欺いていたものだ。いや、欺けていたのか？　この姿を改めて見たことで、急に自信がなくなってきた。

＊

係員に呼ばれ、荒々しい観客に囲まれた場に立つ。

私の対戦相手は、細長い背格好の男だ。にやにやとした笑みを浮かべており気味が悪いのが唯一の特徴で、歳は二十代後半といったところか。先ほど係から聞いたが、確か名をジェンキンスという。

「ははは。ラッキーだ。女の子が相手だなんてな。俺はよお、女の子の首を絞めるのが好きで好きでね。いままで何人もの女を絞めて殺してやったんだ。今でも夢に出てきて出てきて、その度に俺は夢精が止まらなくなるんだ」

地下闘技場には、犯罪者も集まる。

「そいつを聞かせてどうするんだ？　最低野郎だと罵られたい趣味でもあるのか？」

「頭の悪い女だ。ここではルール無用……ッ！　殺したって文句は言われない……ッ!!　首を絞めさせろッ!!　うおおあああ!!」

男はどたばたと大袈裟に走って、一直線に向かって来た。

私は、首を絞めようとした男の手を取り、跳び、脚を絡め、全体重をかけて、男を床に倒す。技がかかった。この体勢のまま少しでも力をかければ、この右腕をへし折れる。

女を殺せ、と騒がしかった観客が一瞬で静まり返った。

「これでも厳しい教育を受けて来たんでね。学園の教育は凄い。運動音痴のマリアベルでも、百戦錬磨の傭兵を素手で殴り殺せるレベルには仕上がるんだからな」

「や、やめろッ!!　折るなッ！　い、痛いのは嫌だッ！」

「安心しろよ。くっつきやすく折ってやるから。孤児院にいた頃は、よくやってた」

貧民街(スラム)での遊びといえば、喧嘩が定番だ。

「も、もう二度と女の首とか絞めないからッ！許してくださいッ!!」

「そうか？　よし。じゃあ二度と悪さできないように、変に折ってやろう」

力をかけ、肘を完全に破壊する。木材倉庫に、ボク、というくぐもった音が響いた。

「うあああああああ!!」

救えない程の悪人を相手にできると、躊躇(ちゅうちょ)しなくて良いから楽だ。

「おい、何が起こったんだ……」

「あんな動き、見たことねえ」

「何者だ？　傭兵か？　軍人か？」

観客はしんとして、呆気(あっけ)に取られているようだ。いささかやり過ぎたかも知れない。そう思った矢先、観客が蜂の巣を突いたように次々に金を掲げ、係員に押しかけた。

「あの女は次も出るのか!?　なら賭けるぜ!!」

「お、俺も！　俺もだ！」

「次は誰と戦うんだ、アイツはッ!!」

ここでは強さが全てなようだ。分かりやすくて良いが、品性に欠ける。まあ、貧民街育ちの私にとっては、学園より馴染(なじ)みのある光景だ。悲しいが。

*

私は控室で賞金を受け取った。

「こんなに貰って良いのか？」

貰ったのは、一〇ドゥカート硬貨が六千枚。一節まるまる荷物番をして稼げるような金額だ。

「相手に賭け金が集まってたからなぁ」

顔を脂で光らせた男が笑みを浮かべて言う。このオヤジが地下闘技場の支配人であり、この木材倉庫の管理者だった。

「君、次も出たまえよ。荒くれ共が期待している」

「パスだな。これだけあれば、煙草が山のように買える。そんなもんで満足だよ」

などと話していると、控え室に突然、見窄らしい風貌の女が入って来た。

「あなた、調子に乗らない方がいいわよ。この闘技場で一番強いのは、私の彼なんだから」

挨拶もなく、いきなりこの物言いだ。私が呆気に取られているのをお構いなしに女は話を続ける。

「『一撃のアレハンドロ』を聞いたことないかしら？　傭兵時代には何人もの猛者を一撃で片付けてるのよ。アンタなんか、一瞬で殺されるわ。覚悟しておきなさい、クソ女！」

女は一方的に言葉を放って、強く扉を閉めて出ていった。

「何であんなに怒ってるんだ？　嫉妬か？」

「いや、危機感だろう。彼女はチャンピオンの女ってだけで、チヤホヤされてるからね。そんなことより、一瞬で人気者だよ、君！　挑戦状を叩きつけられたぞ！」

「めんどくさいなぁ……」

結局、オヤジの懇願に負ける形で、もう一試合だけ戦うことになった。相手は元傭兵の『一撃のアレハンドロ』。どうやら、この地下闘技場の最多勝率を誇るらしい。

「さっきの試合、見たゼェ。こんだけ鎧を着込んでりゃあ、お得意の関節技も使えねえだろ!!」

銀の鎧に身を包んだアレハンドロが、ぶんぶんと派手に槍を振り回す。欠伸を噛み殺しながら眺めていたら、したり顔で演舞まで披露してくれた。観客の盛り上がりは最高潮だ。私も拍手をおくる。

「うおおお、そろそろ行くぜオラーッ!!」
だが、どうやら演舞だけが上手な男だったのだ
ろう。実際の槍の捌きは酷く一辺倒だった。軽く
避け、柄の部分を摑み、動きを止める。
「なぬっ!?」
さて、跳んで膝で歯を砕くか、掌底で鼻を潰す
か。考えて、思い立つ。森で様々な実験をしてい
る最中、人と対する時はどう菌糸を使うべきか、
その方法も探っていた。ならば、ここで実際に試
してみても良いかも知れない。
魔力を込めて、彼の肩を軽く叩く。それで巨大
な茸を生やしてやった。うねった形の茶色い塊が、
鎧を内側からぽんと爆ぜさせて現れた。
「ひっ、ひいっ!! なっ、なんじゃぁあ〜〜!
ち、力が抜けていく……」
菌糸が彼の体力を奪っていく。立てなくなり、
白目を剝いて倒れ込んでしまった。持っていた槍
がころころと転がって、前列で見ていた例の見窄
らしい女の足元で止まった。
「キャー!!」
女は悲鳴をあげて、倒れた。どうやら私の彼が
一撃で倒されたのを見て、卒倒したようだ。いや、
急に人体から『巨大な肉腫のようなもの』が突然
生えて来るのを見たら、誰でも倒れるか……。雑
にやりすぎた。
私は反省し、腰に下げていた短剣でそれを刈り
取って、一回戦よりも静まり返る観客の前にどさ
りと投げた。
「心配するな。ただのきのこだよ」
少しの沈黙の後、観客がわあと押し寄せ、ひた
すらに質問を浴びせて来た。
「おい、お前は誰なんだ!?」
「一体どこで身につけた技なんだ、あれは!?」
「どういう魔法!?」
困った。目立つことを嫌って地下闘技場に来た
のだが。本当に、あまり雑なことをするもんじゃ

ない。

「わ、私にも教えて……！　すごいわ、あなた……。友達になりましょう……！」

　今さっき倒れていたチャンピオンの女もふらふらと立ち上がり、ぐいっと私の腕を摑んで来た。もう私の彼は、どうでも良いらしい。

　たとえ地下だろうと、これ以上大きな騒ぎにはしたくない。身元がバレたら面倒だ。なので、素早く身をかがめて、静かに人の波から抜け出すことにした。

「ん？　どこだ？　どこにいった？」

「あれ？　どこなの？　友達になる約束は!?」

　そのまま、木材倉庫の外へ。その足で煙草を買って帰ろうかと思い、商店を探す。

「……」

　が、やはりしつこい人間というのは何処にでもいるものだ。一人、足音を立てずに、ひっそりとついてきている。負けた選手が腹いせに背後から襲おうとしているのか、はたまた、ただの熱心な観客か……。さて、どうしたものか。

4

　結論から言うと予想は外れた。振り向くと十歳にも満たない赤毛の女の子が立っていた。

「人の後ろをつけて回るのは感心しないな」

「ごめんなさい……」

「あの闘技場は悪い大人が集まるところだ。お前さんにはまだ早い気がするけど」

　振り向き様に睨んでしまった為、頭を優しく撫でてやる。

「あそこに行けば強い人が見つかると思ったから……」

「強い人？」

女の子は勇気を振り絞るように拳を握りしめ、私をじっと見て、こう言った。

「あ、あの！　お願いがあります！　亜人を倒してくれませんか!?」

　亜人とは、緑色の肌をした人型の魔物だ。大きさは人間の子供程度だったり大人以上だったりと、まちまち。五歳児程度の知能があって、計画的に家畜を襲ったり、作物を奪ったり、性質が悪いのだと人を攫ったりもする。

　一体一体はさほど強くない。慣れた成人男性であれば、農作業用の鉈や鍬でも十分対処できる。

　だが時に奴らは群れる。群れると面倒だ。こちらから攻撃を仕掛けても、仲間を盾にして、数で押し切られてしまう。熟練者で組織された傭兵団が油断をして、亜人の群れの前に全滅した、という話も少なくは無い。

　込み入った話になりそうなので、大通り沿いにあった小さなパン屋に入り、落ち着いて話を聞くことにした。茶を二杯、それから女の子にと揚げ菓子を一つ頼んで、座る。

「その亜人は何体いるんだ？　何となくの数で良いよ」

　十体程だろうか。

「百体……」

「ふぉっぶお!!」

　思わず紅茶を吹き出してしまった。店主の婆さんが店の奥から出て来て、慌てて布切れを渡してくれた。

「多いな」

「お願いします！　お願いします！」

　少女の話を総括するとこうだ。

　元々、彼女の住む村の近くには、古くから亜人の巣があったと言う。基本的に亜人という魔物は臆病だから、ここの亜人も例に漏れず、人間に直接危害を加えるような真似はしなかった。あったとしても、真夜中に兎や野菜を盗るくらいだったのだそうだ。

　が、少し前から亜人達が活発になり始め、昼夜問わず、しかも頻繁に、村の農作物を荒らし回るようになった。理由ははっきりとは分からないと女の子は言うが、私が思うに王（リーダー）が変わったのだろう。

　一方で隣村も亜人の被害を受け始めた。それで隣村は傭兵団を雇い、対処に乗り出す。しかし三十人程度で組織された傭兵達は帰ってくることがなかった。装備まで奪われてしまう。

　武装した亜人はさらに凶暴化し、山羊（やぎ）や羊などの家畜を襲うようになった。家畜を守ろうとした村の若者も何人か殺された。人間の武器や防具を装備されてしまうと農民ではとても歯が立たない。

　領軍に討伐の依頼をしているものの他件の対処に追われていて、すぐには出陣できないようだ。縋（すが）る思いで冒険者組合（ギルド）にも依頼を出すが報酬に限りがあるからか、なかなか受けてもらえない。

　そうして困っている間も、亜人は村を襲う。

＊

　その村は、サマセットから歩いて一時間ほどの距離にあるらしい。巣に向かう道中、そんな所から毎日地下闘技場に通っていたのかと聞くと、女の子はこくりと頷（うなず）いた。

　しばらく歩き、小高い丘を登った所で、小さな広場のある村を見下ろすことができた。ここが彼女の村だった。至る所で火を焚（た）いて、亜人が来るのを防いでいる。離れた場所からでも焦げた臭いを強く感じた。

　この丘から街道を外れ、野っ原に入り、しばらく行くと小さな谷があった。そこを降りた先にある洞窟が、巣らしい。

　洞窟を覗くと、黒く塗りつぶした暗がりから肉を腐らせたような臭気がした。異様な圧も感じる。

人殺しに慣れた魔物の気配だ。女の子の言う通り、ここは亜人の巣で間違いはなさそうだった。

「よし、もう村に帰っていいぞ。あとは何とかする」

「あの……、どうして引き受けてくれたんですか？」

「どうしてって……。困ってるんだろ？　事情を聞いておいて無視できるほど堕ちてはない……、と自分では思ってるんだけどな……」

私がそう言うと女の子は少し恥ずかしそうに手を突き出した。その手に持っているのは、ふわふわとした白い小さな花を集めた花束だった。葉は手のひらのような特徴的な形をしていて、深い緑色。

「……これ。あげる」

頬を赤らめている。可愛らしいものだ。

「ありがとう」

丘を降りる最中『ちょっと待って』と茂みに入って行ったのは、これを摘みたかったからなのだろう。

女の子が帰って行ったのを確認して、洞窟に一歩足を踏み入れる。闇の中で纏わりつく感覚に、相当な数の亜人が潜んでいるのを察する。

さて、女の子の話によると、敵は百体。子供の言うことだから、多少は話を盛っていると思うが、どうだろう。まあどちらにしろ、この場で魔力を最大限放出して、全ての敵を菌糸まみれにできるかと問われると、流石に自信はない。制圧し終わる前に魔力が尽きてしまったら、多少の痛い目は覚悟しなくてはならない。それは嫌だ。

「格闘戦になるかな」

結論、魔力を節約しながら戦う必要がある。両腕に魔力を纏って、触れた相手から菌で蝕んでやることに決める。

私がもう一歩踏みだした瞬間、正面から亜人達が飛びかかってきた。正直、助かる。跳んでいる相手は当てやすい。避けることができないからだ。

正面から来た敵に蹴りをかます。当たった場所から茸になって、腐り、崩れて弾ける。

腐敗した亜人が飛ばされて、別の亜人に衝突し、連鎖が始まる。どんどん茸と肉が綯(な)い交ぜになって、腐って、腐って、ガスで弾ける。

「さあ、遠慮せずにどんどん来て良いぞ。見た目の通り、血の気の多い性格なんでね。一対一(タイマン)より、一対多のほうが気分が乗るんだ」

この調子でいけば早そうだ。

*

順調に亜人達を排除し、ジメジメとした洞窟を進む。

が、多少魔力を使い過ぎてしまった感がある。まだいまいち、この力の加減を掴みきれていないようだ。

「やれやれ気分が乗りすぎた。明日は筋肉痛だ」

もう一つ。森に籠っている間、あまり体を動かしていなかったのも良くなかった。力を調べるのに熱中しすぎていたのだ。これだけのことで腕や脚が張っている。やれやれ。

ああ、そう言えばせっかく煙草を買ったのにまだ吸ってない、と口の中でごもごもと言ったあたりで、先よりも広い空間に出た。天井が崩れている箇所があり、外が見えて仄かに明るい。奥に道が繋がっているようには見えないから、どうやらここが、最奥の部屋のようだ。

地面には人の死体や家畜の死体が幾つも重なっていて、亜人どもの糞尿(ふんにょう)や食いカスで覆われていた。おそらく、人の死体は話にあった傭兵団の死体だろう。

そして、壁一面には血で描かれた紋様のようなものが見える。これは亜人流の芸術か。初見ではなかなか理解し難い。

部屋にいるのは、一際大きい亜人の王（リーダー）。およそ十三呎（フィート）（四メートル）。どこからか盗んできたであろう、赤い外套（がいとう）を羽織っている。

あとは、鎧や剣、盾などで完璧に装備を整えた亜人が五体。体軀（ガタイ）が良く、六呎（二メートル）。この巣きっての精鋭メンバーでお出迎えだ。

「そうか。私が疲れてここまで来るのを、じっと待ってたわけか」

五歳児程度の知能とはいえ、存外頭がいいものだ。確かに私の魔力はほぼ尽きているから、ヤツらの作戦は成功している。私の気分が乗る部分まで計算してやったのであれば、唸（うな）るしかない。

「でも、お前らが思ってるよりも人間様は頭がいいかも知れない」

私は腰に下げていた、女の子から貰った花束を手に取る。そして火の魔法で葉を発火させ、地に投げ置いた。

これは大麻だ。都会では麻薬として流通しているが、効能が弱い種なら薬（ポーション）としても用いられる。特に、このような山間の地方では。

きっと女の子は知っていたのだろう。遥（はる）か昔、魔力疲れを起こした魔術師達は、大麻の煙を吸って疲労を麻痺（まひ）させていたということを。疲労を打ち消すことで体を騙（だま）せれば、体はまた魔力を作り出す。

ただ、この匂いを嗅いだ日は夜眠れなくなるのが欠点だ。腹も減らなくなる。健康には良くない。

「さて、来いよ。相手してやる」

そう言って少しため息をつき、首を鳴らす。

『――ギャエエエエエ!!』

亜人の王が号令をかける。周りの亜人達が襲いかかろうと、下半身に力を込め、一斉に身を屈（かが）める。だが、それでは、もう遅い。

私は掌（てのひら）を開いて相手に翳（かざ）し、ゆっくり、絞るようにグググ、と拳を握る。

私の前方、壁、天井、床から大量の菌が発生し、亜人の王諸共(もろとも)、塊で押し潰した。

ぱちゅっ、と小さく潰れる音が連鎖して聞こえた。勝負はついた。もはや菌糸を出したと言うよりも、四方から壁を生み出した、と言った方が正確だろうか。

「ようやく落ち着いて吸えるかな」

そう言って踵(きびす)を返し、私は買ったばかりの煙草に火をつけた。

5

リトル・キャロルが亜人の王を倒して、一夜が明けた。まだ日の昇り切らない時間、淡い紫色の空の下、亜人の巣に領軍が到着する。

プラン＝プライズ辺境伯は、できるだけ早い段階でこの巣を制圧したかった。だが、ここは辺境の領。兵隊にも限りがある。不眠不休で働かせることもできない。当然ながら対処できる案件には限りがある。

「すまないな、通してくれ」

朝の早い時間にもかかわらず、巣の入り口には多くの村人が集まっている。辺境伯は、その大きな体でのっしのっしと村人達の間を分け入った。

「こ、こちらです」

村の若い男に洞窟内を案内される。足元には腐って泥状になった亜人の死骸と、同じく泥状になった妙な塊が散らばっている。辺境伯は眉を顰(ひそ)めながらそれを踏み越えてゆき、ついに最奥の部屋に辿り着いた。

「――これは一体」

辺境伯は不思議に思った。洞窟の中に洞窟があるのだ。茶色く黒ずんで、ぐずついているような、腐っているであろう、柔らかい洞窟。それは溶け出して、汁のようなものになって滴り落ちている。

汁は乾酪（チーズ）のように糸を引いて伸びて、張り巡らされていた。

若い男が松明（たいまつ）で奥を照らすと、潰れて腐った亜人の王の姿があった。

＊

村人達によると昨晩、『亜人が全滅した』と触れて回った女の子が居るらしい。なので、辺境伯ら領軍は一旦村に入り、今回の件について詳しく話を聞いてみることにした。

「座ったままで悪いな。いやはや、歳をとると足が重くてね。……君が、巣を制圧した者を知っている子かね？」

プラン＝プライズ辺境伯の質問に、赤毛の女の子が頷く。

「さて。それがどんな人だったか、教えてはくれんか」

辺境伯は、『怖くないよ』と聞かせるように、しわくちゃの笑顔を作る。

「……お姉ちゃんだった」

「そうかあ。その人の魔法、見たかい？」

女の子は頷く。サマセットの街、地下闘技場で、妙な魔法を使っていたのを覚えている。

「どんな呪文を使っていたか覚えてるかな？　例えば、神に感謝をしていたとか、血や闇に纏わる言葉を――」

「呪文、使ってなかったよ」

「じゃあ、何か紋様のようなものを地面に――」

「描いてない」

「本当に？」

辺境伯の目の色が、変わる。

「うん」

「――ふむ。そうか。ありがとう」

赤毛の女の子が親の下へ駆けて行った後で、辺境伯はうーんと低く唸り、側近の兵に言った。

「この話が嘘偽りないものだと仮定して……。無詠唱を習得できる人間など、そうはいまい。すると誰なのかが、随分としぼられると思わんかね」

　髭をさすりながら続ける。

「諸侯のような教育を受けた者だろう。例えば……、そうさね……。聖隷カタリナ学園だとか、そういうのだ。その中でもよほど特別な待遇かも知れん」

　聖隷カタリナ学園とは、聖女を擁している学園であるから、つまりこの老人は、少女の話だけでおおよそを言い当てたことになる。

　兵が、やや不安げな声で言う。

「今は魔物に対して力を振るっているようですが、この先、我々に矛先が向かないとも限りません」

　得体の知れない実力者を野放しにしているというのは、恐ろしいものだ。何が起きても不思議ではないのだから。それこそ、領が転覆するようなことが起きようとも。

「ふむ……。敵となる者か、それとも通りすがりの災厄と見るか……」

　辺境伯は顎に手を当て考える。そして、ため息交じりに呟いた。

「いずれにしても、直接話を聞く必要があるわな」

6

　リトル・キャロルと同室だった少女マリアベル・デミは、大層喜んでいた。

「すごーい、全部私の部屋になった！」

　学園内の寄宿舎、そのがらんとした自室。足取り軽く、寝台に飛び込む。部屋が広くなって嬉しい。本当は光の聖女が良かったが、それでも聖女になれたことが嬉しい。何より、目障りなリトル・キャロルがいなくなって嬉しかった。

「良かった。神官達に『あんな娘(こ)、早く追放した方が良いですよ』って広めておいて……。思ったより早く、処分が出た……」

そのまま少し仮眠を取って、マリアベルは部屋に残ったキャロルの私物を袋に放り始める。捨てるのだ。もはやここにキャロルが戻ることはあるまい。放る毎(ごと)に胸の中がすっと軽くなり、実に爽快だった。

「私が貧民街の子と仲良しになれるわけないよね」

子爵の家柄であるマリアベルは賤民(せんみん)を良く思わない。本来付き合ってはならない存在だと思っている。

だが、たとえキャロルが賤民でも、マリアベルには友達のふりをしたい理由があった。同室で仲が悪くなると暮らしにくいとか、聖女候補同士なら身分は不問だとか、そういうものではない。

それは、キャロルが困った人間を見捨てられないような人間だったからである。

少し甘えたふりをするだけで、何でもやってくれた。魔術の研究も『こんな風にできないか?』と相談を持ち掛ければ、キャロルが方法を考え、手伝ってくれた。戦術の実践も不安がっていれば、対戦相手の他生徒の癖や弱点を教えてくれた。

マリアベルが充実した学園生活を送るにあたって、リトル・キャロルは実に便利な道具であった。

しかし、もう自分は聖女である。

リトル・キャロルは聖女ではない。

はっきり言って用無しだ。

己は学園で勉学をこなし、聖女の力を宿した。

何を恐れることがあろうものか。

真夜中を待って、マリアベルは学園の庭園に出た。足で蹴って軽く穴を掘り、袋に詰め込んだキャロルの私物を投げ込んで、それで火をつけた。

マリアベルは闇の中で揺らぐ火を見つめる。紅に染まるその顔は、まるで火遊びを楽しむ子供のように無邪気でありつつも、底知れない冷酷さを含んだ妖艶な笑みであった。

*

翌日、聖女達は王に謁見する。雲一つない青い空、白昼の残月が城を見下ろす、美しい日だった。

「儂は、もはや、この世界を聖女に委ねるしかないと思っておる……。聖女達だけが、唯一の希望だ……」

王都、大ハイランド。王城。金と赤の色が眩しい謁見室。絹のような長く白い髭と、苦労を塗り重ねたかのように熟し終えた顔の王『アルベルト二世』の、覇気も抑揚もない声だけが響いている。

聖女達は跪き、頭を下げ、そのごもごもとして聞き取りづらい王の話を聞いていた。

「どうか、忌々しい魔物どもをこの世界から消し去って欲しい……。瘴気の壁を祓い、民が怯えることなく過ごせる世界を作ってほしい……。そう、願う……」

金の王笏を持つ王の手は、玉座に腰を下ろしていながらも異様なほどに震えている。余命、幾許もあらず。

「だが、まだ聖女達は生まれたばかり……。その力は完全には覚醒してはいないと聞く……。今にでも憎き瘴気を消し去るべく、我が禁軍をも差し向けて、大いなる戦いを仕掛けたいものだが……、はは……、実に口惜しいことよ……」

王は力無く笑い、目を閉じて続ける。

「聖女達には、しばしの間、その力が完全となるまで、今苦しんでいる民達を助けてもらいたい……」

王はまだ話を続けようとしていたが、ここでマリアベルが唐突に立ち上がった。そして、王を真っ直ぐに見据えてこう言う。

「お任せください。私が……、このマリアベル・デミが必ず世界の太平を成し遂げてご覧にいれます」

他の聖女達は目を見開いてぎょっとしてしまった。今この場で立ち上がるなど、考えられない。王の面前で無礼である。

「しかし、この世界すべての人間の命を背負い、未知の瘴気に立ち向かえとの仰せは、いささか過酷な運命。——畏れながら、私とデミ家に相応の地位をお約束くださいますよう、お願い申し上げます」

このとんでもない物言いに、他の聖女達はただ黙り込むしかなかった。静けさは極まり、次第に金属音のようなものに変化して、誰の耳にもキンと小さく、長く、鳴っていた。居並ぶ家臣達も、護衛の兵達も、あまりのことに驚いて何も喋らなかった。

静まり返る中、火の聖女ニスモ・フランベルジュは横目でちらりとマリアベルを見る。その無礼な少女は、涼しい顔で王を見ていた。いや、うっすらと笑みを浮かべてすらいる。それは薄笑いと言えるようなものではなく、格下の人間を見下す時に現る冷笑だった。瘴気に怯えるこの世界の、威厳を失った老いぼれの王であれば、無礼が通ると。それを通させるのが、聖女という立場なのだと、そう思っているに違いない。

ニスモは冷や汗を垂らして、心の中でつぶやく。

(——完全に調子に乗っている)

マリアベルは、本来、目立つ行動を取るような少女ではない。いつもリトル・キャロルの後ろに隠れていて、自ら主張をすることなどは稀であった。

「できることがあるなら、何でも協力しよう……。うむ。何でも、協力する……」

王は無礼を気にする素振りも見せず、虚な目で、ただ優しく笑って、そう答えた。

＊

四人の聖女達は、それぞれ『封印の獣』の術強化の任に就くこととなった。

封印の獣とは、封印された災厄である。

はるか昔、宮廷魔術師達は各所で暴れていた強力な魔物を封印した。本来なら倒してしまうのが一番だが、力及ばず、それができなかった。

封印の地は聖地とされ、人々は災厄を抑えつけた術を神聖なものと讃（たた）えた。その形は様々で、聖地として誰も踏み入らないようにしている禁忌の場所もあれば、封印の上に聖堂を建てて祈れるようにした場所もある。

例えば、水の聖女マリアベル・デミの向かう『風を食（は）む雄牛』が眠る聖地は、プラン＝プライズ辺境伯領ウィンフィールドにある古（いにしえ）の地下墓地であり、地元では禁忌の地とされていた。

他の聖女達も各地に散る。火の聖女は『獄炎（ごくえん）竜（りゅう）アルマ』の封印を、風の聖女は『巨人族の末裔（まつえい）』の封印を、大地の聖女は『死の泣き女（バンシィ）』の封印を強化し、巡礼の旅へと出る。

世界には『封印の獣』が数多（あまた）ある。聖地で仕事を終えた後は、その次の聖地へ赴く。瘴気の壁へ旅立つまで、聖女達の巡礼は続く。

通常、封印の強化は宮廷魔術師が五人で三日三晩行うものだが、覚醒前の聖女達で、一人二十四時間。覚醒後であれば一人一時間で事足りると、学園および幺教会（ユーウェニス）は試算していた。

＊

幺教会主導の巡礼に際する式典を終え、マリアベルを包する第二聖女隊はプラン＝プライズ辺境伯領に向かう。

隊は以下で構成される。まず、水の聖女マリアベル・デミが隊を率いる。次に、幺教軍中尉一名。これは文官で、聖女の聖務を補佐する。他、幺教軍下士官一名。幺教軍兵士八名、伝令兵一名。なお特例により、同じ学園に通う神聖カレドニア王国第三王子のリアンも、巡礼に参加する。

ビロードを多くあしらった馬車の中から、マリアベルは外を見ていた。王都の広い街道に、多くの民達が聖女の姿を一目見ようと押し寄せているのだ。

「聖女様、お姿を！」

「世界をお救いください！」

「なんて美しいお方なんだ……！」

その民衆の目は希望に輝き、声は軽やかに浮き立っている。

「すごい……。みんな、私を応援してくれている……」

マリアベルは窓から目を離し、正面に座るリアンに微笑みかけた。

リアンは不意に微笑みかけられたことで、美しい黄金の髪を揺らして小さく驚いた。そして、王族の証である神秘的な、淡く青いその目を細めて微笑み返す。リアンという男子は、その微笑みだけ切り取れば、女子と見間違えられてしまうような顔つきであった。

マリアベルはその微笑みに、思わず頬を赤らめ、目を伏せる。

「でも、リアン様にとっては大変ですよね……。私の巡礼に付き合わされるなんて」

恥じらいを隠すために話題を探して、わざと自分を下げる。これで、相手の出方を伺うのだ。

「いえ、聖女様にお仕えできるのは光栄です。できる限りのことをやらせていただきます」

「え？」

マリアベルは思った。

王族が。王族が自分に敬語を使っている。

自分はこんなにも身分が上となったのか！

(――それもそうよね、神様に愛されてるんだから。そうか。私は本当に聖女になったんだ)

その実感に喜びを覚える。上だと思っていた者の、その態度に快感すら覚える。

そしてマリアベルは前のめりになって、一方的に話を始めた。

「であれば、常に私のそばにいて下さい。私が困ったら、一生懸命助けなきゃいけないし、私が危険な目にあったら命を張って守らなきゃいけないし、私の言うことは何でも聞かなきゃいけないのです。いい？」

リアンは頷いた。いや、こうズイズイと来られては頷かざるを得ないのだ。

「え、ええ。もちろんです。命をかけて、お守――」

ここで隣に座る猫背の騎士、幺教軍中尉ジャック・ターナーが、遮るように言葉を発した。

「あー……、聖女様。しっかり、お頼みします。我々の未来は聖女様に委ねられておりますので……。ね？」

たとえ相手が聖女であろうが、王子に『命をかけてお守りする』など、言わせられる訳がない。

「……ええ、分かっています。私のやるべきことはよく分かっているつもりです」

ターナーはボサボサの黒髪を掻きながら、小さくため息をつく。この聖女は本当に分かっているのだろうかと。

(まあ神が選んだのならば、間違いはないだろう……)

口には出さず、呑み込む。

「大丈夫、わかってる。私はこの巡礼で、聖女の威光を世界に轟かせる……」

マリアベルは呟いていてちらりと、外を見た。街道の民達は、みな笑顔である。

「――まずは誰が聖女の威光を受けるに値する人

なのかを、ちゃんと見極めなきゃ」

その消え入るような声は、馬車内の誰の耳にも届かなかった。

7

風の強い日だった。私は砂埃を避けるようにしてサマセットの目抜き通りの食堂に入り、ライ麦パンとポタージュを食べていた。すると、ふと、背後から噂話が聞こえてきた。

「地下闘技場の噂を知っているか?」

「ああ、とんでもなく強い女がいたってな。冒険者組合のお偉いさん方が来て、スカウトをかけようとしてるらしい」

私はエールを一気に飲み干し、足早にその店を出た。

その足で本屋に向かい、菌糸に関する本を探っている時だった。ふと、軒先から、噂話が聞こえてきた。

「おい、聞いたか。例の亜人の巣、壊滅したらしいぞ」

「放浪魔術師の噂だろ? 王城を追われて、民間の仕事を受けて小銭を稼いでるんだとか」

私は何も買わずに店を出た。

目抜き通りを外れて、裏路地を歩く。開いた窓から、男達の声が聞こえる。酒場のようだ。

「おい、聞いたか。大変だぞ。街に聖女がやってくるらしい」

「今、俺達もその話をしてた所だ! ウィンフィールドに水の聖女だぜ! こんな田舎に、信じられるか!?」

「一目だけでも見てぇな。伝説の聖女、すっごい綺麗なんだろうなぁ」

私はこの領を出ることに決めた。

*

杉のうろに集まっていた森の動物達に別れを告げる。

「この辺りから出ようと思うんだ。悪目立ちが過ぎたな」

そう言うと、鹿や兎、鳥達が、ぴたりと擦り寄ってきた。離れづらくなる反応をするなという意味を込めて、兎の尻をぽんぽんと叩く。

傷心の私を癒してくれていた礼と言ってはなんだが、最後に森を回って木々の根本に菌糸を仕込んだ。季節が巡れば、しばらく食うものに困らなくなるだろう。魔物に襲われる前の数に戻ってくれるよう願う。

「じゃあ、仲良く暮らせよ。何かあったら、すぐに飛んで来てやる」

その日のうちに森を出る。持ち物は、背負袋一つ。街で買った旅の外套(クローク)には、皮の財布。

街道に出て適当な馬車を探し、手を上げて止める。労働者らしい引き締まった体をした、気さくそうな金髪の若い馭者(ぎょしゃ)が馭者台から言う。

「行き先は？　マール領までなら連れて行くぞ」

「助かる。どこでも構わない」

マール領とは、正しくはマール伯爵領のことだ。プラン＝プライズ辺境伯領の隣に位置する。大きな港町がいくつかあって、陸路に於(お)いても交易の中間地点となっている為、発展している街が多い。

移動して数時間が経ち、馬車がゆっくりと止まった。

「どうした？」

止まったのは、山道だった。あたりは既に暗くなっていて、人の気配もない。昼間とは違って風もなく、しんと冷えた空気だけが漂っていた。

若い馭者が、たどたどしく言う。

「いや、それが……。参ったな……」

馬車を降りてすぐに、停車した理由がわかった。前方に、ひっくり返って壊れた馬車があり、道を塞いでいる。

提燈（ランタン）を持って壊れた馬車に近寄ると、その灯（あか）りに使われている獣油の生臭さよりも強い血の臭いが、鼻についた。

私が慎重にそれを照らすと、後ろをついてきていた駆者が情けない声を上げた。

「ひいっ……!!」

——兵士の格好をした男二人が倒れている。

近寄ってみて、様子を確認する。血まみれだが、まだ辛うじて呼吸はある。が、血の痰（たん）が絡んで喉がごろごろと鳴り、うまく息ができていないようだ。兵士は二人とも腹部を抉（えぐ）られている。見たところ、内臓まで大きな傷がついている。

「だ、大丈夫かっ。もうすぐ家に帰れるからなっ。辛抱しろよっ」

駆者がそう言って鞄（かばん）から包帯や消毒液などを取り出し、手当ての準備を始め出したが、正直言ってこのままでは長くは持たないだろう。

一先（ひとま）ず、煙草に火をつけて、どうするべきか考える。

＊

私は壊れた馬車から鍋を拝借して、兵が持っていた水筒の水を入れ、火にかけた。

「おっ、おいおい、こんな時にヤニ吸いながら料理かよっ！」

「気にせずそのまま治療を続けてくれ」

彼らの持ち物だった玻璃草（コンフリー）などの香草（ハーブ）を五種類と蜂蜜、あと駆者が運んでいた積荷にあった海獺（らっこ）の睾丸（こうがん）、牛の胆嚢（たんのう）を粉末にしたもの、棗（なつめ）、茄子（ナス）、桃、その他諸々（もろもろ）を入れ、魔力を込めて混ぜる。

「まさか……、水薬（ポーション）を作ってるのか？」

「うん」

「材料とか分かってるのか？　呪文とか必要じゃ無いのか……？」

「いちいち覚えてられないだろ」

　抑揚や息継ぎの場所、口の開け方、目線のやり方、術に対する拘（こだわ）りなど、様々な要因で効果が微妙に変わる詠唱は私の性に合わない。

　材料も成分さえ合ってれば問題はない。それに、頭の中で作り方をこうと決めてしまうと、怪我（けが）に合わせて臨機応変に作りにくい。

「お、お前さん何者だ？」

「旅人だよ」

　最後に光沢のある茸を入れる。回復効率の良い薬を作るには、この霊芝（まんねんたけ）があると便利だ。成分に無駄がないし、他の素材と合わせた時に毒に転じることが少ない。

　次いで、怪我人の顎関節を指で押し上げて、口を無理やり開ける。痰を指で掻き出す。馭者に手伝ってもらいながら、布に染み込ませた水薬を絞り、それを飲ませる。

「本当に治るのかな……」

「あとはコイツらの日頃の行いが良かったかどうかだ」

　馭者に煙草を一本やる。休憩だ。これだけ深い傷を負っているとすぐに動かすのは危険だから、暫（しばら）くは様子を見るしかない。

　私が四本目の煙草に火をつけた時。兵士の一人が目を覚まし、ぼそぼそと呟き始めた。

「仲間が……、もう一人仲間がいるんだ……。攫（さら）われた……」

　この馬車で一緒に移動していた誰かを人質に取り、逃げたということだろうか。

「と、盗賊が出たのか……？」

「いや、移送中の犯罪者だ……」

「どんなヤツなんだ……？」

　馭者を制止して、私の考えを言う。兵士を無理に喋らせる必要はない。

「恐らく、宮廷魔術を学んだ人間だ。身体強化系の魔法を使っている」

　宮廷魔術は身体強化が基本だ。古くは王や王族の身体能力を底上げし、前戦で一騎当千の力を発揮させるのが、その役目だったからだ。勇猛に敵を薙(な)ぎ倒す指導者の姿を見て、兵士達は鼓舞される。

「そ、そうなの？　どうして分かったんだ？」

「鎧ごとゴッソリ肉を抉り取ってるんだ。素でこんな馬鹿力な人間がいてたまるかよ」

　移送中の犯罪者ということは、もともと魔法を封じる何らかの術はかけていたのだろう。だが、そのかかりが悪かったか、もしくは術を解く魔道具を体内に隠し持っていたか。とにかく、移送担当のこの兵士達は不運だった、ということだ。

「一つ、質問があるんだが……。その犯罪者は殺して良い？　それとも生かしておくべきか？」

「……い、生きて罪を償う必要がある」

　了解だ。さて、どこに逃げたかな……。

「えっ？　行くの？」

「関わっちゃったんだ。ケリまでつけなきゃ、気持ち悪くて夜も眠れない」

　そう言って壊れた馬車から剣を借り、それを馭者に持たせて、この場を任せる。

「じゃあ。何かあったら叫んでくれ」

「お、お前！　お前は武器、いらないのか!?」

「手と足がある」

　山道から外れて森に入る。追跡はそんなに難しくはなかった。なぜなら、何かを引き摺(ず)ったような跡があったからだ。煙草に火をつけ、痕跡を頼りに追う。

　しばらく行くと、急に開けた場所に出た。青と紫の藍瓶花(ムスカリ)が絨毯(じゅうたん)のように敷き詰められた花畑。それが、白い満月に照らされて磨かれた鉄のように鋭く輝いている。眩しくて目を細めるくらいだった。

「……誰だッ!?」

花畑の中央、男が驚いて私を見る。目の下を隈(くま)だらけにした、ガリガリの中年オヤジだ。いかにも『魔術の勉強だけをしてきた』といった、陰気な印象を受ける。襤褸(ぼろ)きれでできた囚人服もよく似合っている。

男は人質の腕を摑んでいた。その腕は折れているようだ。

人質は女の子の兵士だった。倒れていた男達と同じ装備をしているから、彼らの言っていた仲間で間違い無いだろう。歳は私と同年代か、もしくは若いかもしれない。月の光に照らされて輝く銀髪と、長い睫毛(まつげ)が特徴的だ。

「で、その子を使って領と交渉するつもりだったのか?」

「――《冥界よりの使者は言う。禍(まが)つ月の息吹を濾(こ)した王が刃と成り、汝(なんじ)の体を裂くであろう》」

男は淡々と呪文を唱え始めた。何もない空間から歪(ゆが)みが生まれ、黒い槍のような刃がいくつも現れる。それが、こちらに向かって砲弾のようにぎゅんぎゅんと飛んできた。

流石は宮廷魔術を熟(こな)す魔術師。黒い槍は影の結晶で、純度の高い闇の魔法。当たればひとたまりもなさそうだ。それに、教本(メソッド)通りの綺麗な呪文の唱え方をしている。生かして連れ帰るのは、骨が折れる。そう思った。

私は走り、大きく回りこみながら避ける。刃が地面に突き刺さり、土と花が舞う。

さて、この呪文から別の呪文に繋げて畳み掛けるなら、そろそろ息を吸わなくてはならない。機会(チャンス)があるなら、そこだ。

私は手を振り、勢い良く胞子を発生させた。

「――《天界は堕ちる。王の切り裂かれた体ッ、エフッ！　ガフッ!!」

男は、酔っ払いが吐き戻すようにして血を噴(ふ)く。

随分と思いっきり吸ったな。肺の中は、今頃カビだらけだろう。

「じゅっ、術が……っ!!　使えない……っ！　ガフッ!!」

「そういうことになるから、詠唱は良くないんだ。精密なのは認めるけどな」

　煙草に火をつける。

「……うおおあああああッ!!」

　男は人質を放り投げ、私に向かってきた。魔法に拘らないところを見ると、身体強化の術はまだ生きているのかも知れない。素早い動きで間合いを詰めてくる。目を見るに、狙いは私の心臓だ。

　こういうのは防御をすると、衝撃で吹き飛ばされ、地面に叩きつけられて息もできなくなる。恐れずに覚悟を決めて向かっていき、流すのが正解だ。

　心臓目掛けて伸ばしてきた腕を、掴む。相手の力を利用して、ひねる。

「……ッ!?」

　肩が外れる。今度は逆側にひねる。

「ぐあッ!!」

　肘が外れる。そして、喉仏を親指で押し上げる。

「ガフッ!!　ガフッ!!」

　男は倒れ、羽をもがれた虫のようにのたうち回っている。いくら身体強化しようとも、関節を外してしまえば無力化できる。

「――《黒っ、き、影……から這(は)い出……》」

　呪いをかけようとする気力があるようなので、拳で鼻を潰す。今の呪文は恐らく『血の呪い』で、まともに術をかけられると、全身から血が吹き出すようになるのだが、こんな途切れ途切れの呪文では効力なんてないだろうに。その諦めない心は、もっと良い行いに使って欲しいものだ。

　殴ったら動かなくなったので、魔術師の脈と呼吸を確認して、気絶しているのを認めてから、倒れている女の子に近寄る。

「少し吸ってしまったのですが、大丈夫でしょうか……？」

「ん？　ああ。さっきの煙か。術の発動は操作できるから、問題ないよ。明日には体の外に出る」

　しゃがみ、女の子の傷を見る。右腕が折れていて、他にもいくつか傷を負っているが、先に倒れていた兵士達ほどではない。が、すぐに動ける状態でもない、か。

「どこに移送するつもりだったんだ？」

「……ウィンフィールドです」

　ウィンフィールドは、プラン＝プライズ辺境伯領で最大の街だ。山間に位置しており、古くから貿易の拠点として栄えている。噂によると、そこに水の聖女が向かっているとされるが……。

「こんなことを頼むのは情けないのですが、ウィンフィールドまで我々を連れて行ってはもらえないでしょうか……」

　やれやれ、婆を引いたな……。

8

　闇の中、馬車は曲がりくねった山道を行く。

「う……、う……」

　馬車が小石で跳ねて、その衝撃で犯罪者が目を覚ました。なので、拳を強く握り、槌のようにして顔面に叩きつける。男は気を失う。到着するまで、これを繰り返す。

「す、凄いですね……」

　銀髪の女の子は引き攣った笑顔で、くしゃりと潰れた鼻を見ている。きっと育ちが良いのだろう。超が付くほどのドン引きだ。

「仕方がないだろ。今は魔法を封じられる手段がないんだから」

　それと、悪事を働いた人間には、自分がいかに小さい存在であるかを身をもって理解させる必要がある。

「よし、ここらで飯にしよう！　何か栄養を取らなきゃ、元気にならねぇ！」

道中、開けた場所に出たので、馭者の提案により休憩を取る。どう考えてもそんなことをしている場合じゃないが、ウキウキで準備を始めたので従う。彼なりに貢献したいらしい。

馭者はてきぱきと料理道具を取り出し、塩漬けにした山羊肉を焼き始めた。じゅうという脂の弾ける音と、多少甘みを含んだ肉の焼ける匂いが、暗い山の中に漂う。

準備の間、私は怪我をした兵士達の様子を見て、追加で薬を作る。それを兵士達に飲ませ終わる頃には、食事の準備が終わっていた。

「ちゃんと切り込み入れて漬け込んだ肉だからな！　格別だぞ」

当たり前だが、大怪我を負った二人は食べられる状態にない。だから、私と馭者と女の子の三人で食べる。

用意されているのは、焼いた肉と豆を茹でたもの。それと、平たいパン。それに肉と豆の全てを載っけてがつがつと食うのが、馭者流の最高の食べ方らしい。

「どうだ？　美味いか？」

「……不味くはないよ」

久々にしっかりと腹に溜まる物を食べた気がする。

「あ、あの」

女の子が口を開く。

「頭に何かついてます……」

どうやら私の体はおかしいらしい。興奮すると何故か頭から菌が……、つまり、茸が体の何処からか、ひょっこり覗くようだ。私は急いで頭頂部を掻き回して誤魔化した。

「顔まっかっかじゃねえか！」

馭者にからかわれる。

「くすっ……。くすくす……」

女の子にも笑われる。

全く、恥ずかしいというか、情けないというか、イジられるのは慣れてないというか、何というか。

とりあえず、虫か何かがついていたのかも、ということで無理矢理に落ち着けたが、二度とこのような失態をさらさないよう心に決める。


出発前、もう一度兵士達の怪我を確認する。まだウィンフィールドに到着するには時間がかかるらしいので、一応包帯を替えておくことにした。

「エリカ・フォルダンです。私の名前」

銀髪の女の子の手当てをしなおしていると、彼女は唐突に名乗った。

「……リトル・キャロルだ」

「えっ。可愛い名前……」

正味、その反応は聞き飽きている。

「でも、あまり小さくないのですね」

こちらも同様に何百回と繰り返された反応だ。

私の身長は五呎八吋（一七四㎝）。確かに、リトルではない。

「初めは小さかったんだよ」

要するに、あだ名だ。十歳くらいまで、孤児院では誰よりも小さく、力も弱かった。だから、よく虐められていた。

「本当の名前はなんですか？」

「わからない。とにかく、リトル・キャロルだ」

さあ行こう、と彼女を馬車に乗せる。馭者が馬に鞭を入れ、再び山道を走った。

その後は休みなく移動を続けた。一つ、二つと小さな集落を越えて、夜が明ける頃にウィンフィールドの街に入った。朝霧で粉をふいたように白く煙る中だった。

既に街は朝市の時間となっていて、石畳の道は行き交う人々と露店で埋め尽くされていた。怪我人を運んでいるので馬車を降りて行くことはできないから、人を押し退けながらゆっくりとゆっくりと、進む。さすがに煙たそうな顔をされた。

　ちらりと馬車の窓から見た感じ、露店には実や肉、花、乾酪、動物の毛皮、装飾品など様々なものが売られているようだが、とりわけ多いのは色とりどりの織物。様々な色に染められた糸を綾織にしたもので、この山間の地域ではよく作られていた。

　賑やかな市街地をやっとのことで越え、向かう先は牢獄。道の両端に揃えて植えられている杉並木が、初夏にしては冷たい風に揺られていた。

　ウィンフィールドの街からも見えていた巨大な砦か要塞のような建物が、徐々に近づいてきた。なんとなくあれが牢獄だろうとは思っていたが、実際そうらしい。石造りの壁面にはびっしりと苔が生え、朝の光に照って、ところどころ翡翠色に輝いている。

　窓から牢獄を見ていると、隣に座っていたエリカが話してくれた。

「牢獄の中にはたくさんの犯罪者もそうですし、精神病患者とか、疫病を患った人間も収容されているんです。そうした人と出会すことは無いとは思いますが、念の為、気をつけてください」

「要するに、隔離施設か……」

　牢獄の門前、気絶したままの犯罪者を引き摺り出し、門番に渡した。怪我をした兵がいることも踏まえ、顛末もさらりと伝えておく。

　兵が言うに、この犯罪者の名前は『ズィーマン・ラットン』。元宮廷魔術師で、金銭を受け取って王族を殺害しようと企てた。つまり政治犯として逮捕されていたらしい。失敗して逃げ、この領に潜伏していた所を捕らえられたのだそうだ。

　その後、怪我人を門番達と一緒に、牢獄内にある小さな教会まで送り届けた。

「適当な薬で処置をしてるから、よくよく経過を観察してくれ」

そして、この牢獄に出入りしているらしい修道女に託す。

「も、もう行ってしまうんですか!?」

そのまま去ろうとしたが、エリカに呼び止められた。

「あんまりこの土地に長居するつもりはないからな」

「でも、まだお礼も何も……!」

私はエリカが言い終わる前に、教会から出た。

これ以上足止めを食うと、水の聖女とばったり鉢合わせてしまう。

＊

リトル・キャロルが教会から去った後。入れ替わるようにプラン＝プライズ辺境伯が、教会に併設された医務所に駆けつけた。

辺境伯は、寝台の上に横たわった腹を抉られた男に近寄り、声をかける。

「良く、生きて戻ったな。……処置は誰が？」

「旅の者が……、薬を……」

深い傷に触れ、様子を見る。若い頃、領を継ぐことに反発して医師を志していた辺境伯には、多少の医学の心得があるのだ。

傷口を覆う包帯は、うっすらと緑色に輝いている。魔力が傷を癒しているようで、触ると、じわりと熱い。

「……」

続けて、エリカ・フォルダンの折れた腕を確認した。驚くことに、エリカの腕も急速に回復しつつあった。確かな熱を持ち、治癒力が活性化しているようだ。

「……旅人というのは、王族付きの薬師(くすし)かね？」

「いえ、そんな雰囲気では……。とてもお強いので、傭兵をおやりになっているものと……」

「傭兵稼業で生計を立てる人間が、こうも無駄なく治癒能力を高められるものか」

「え？　でも、適当な薬だと……」

辺境伯は重そうに腰を上げ、苦笑する。

「――君達が飲んだ水薬は、これ以上ない完璧な調合なんだよ」

9

私は牢獄から出た後、来るまでに通った杉の並木道を徒歩で戻っていた。

口寂しくなって煙草に火をつける。北からの風が吹いて、煙が白く煙る山々にぼやけて消えていった。それを見ながら、あの馭者に待ってるよう言えばよかった、などと考える。まだ街があんなに遠い。

それで、街まで半分くらいの所まで来た頃か。背後から、ぱたぱたと走る音が聞こえてきた。

「ま、待ちなさい。ゼェゼェ」

走って来たのは、やたら図体（ずうたい）のデカい白髪の親父（オヤジ）だ。大層なローブを羽織っているところを見ると、身分の高い人間なのだろう。

「あまり年寄りを走らせるものではない」

親父は膝に手をついて息を整える。

「礼の一つも言わさんとは、何事かね……」

「ああ、そのことか。あまりそういうのは好きじゃないんだ。気にしないでくれて良い」

「助けて貰ったのは今回のことだけではない」

そして、顔を上げて私を見た。

「話だけでもどうだね。元聖女リトル・キャロル」

「――あー……、そこに候補もつく」

どうやら、事情は把握済みらしい。

＊

やはりこの男は随分と位の高い人間だった。プラン＝プライズ辺境伯。名をロジャー・グレイ。誰しも名前くらいは聞いたことがあるような人物だ。

異常発生した蟲型の魔物から城を守った戦『カレンツァ城防衛』や、高い知能を持つ魔物が組織的に攻め込んできた『バンダレイ侵略戦争』なんかで武勲を立てたことで有名で、他にも色々と活躍はしたが挙げていったら切りがない。巨大な斧を振り回し、魔物を砕いて両断するその働きぶりは、いまだに兵達の語り草だと聞く。

私は牢獄の三階にある執務室に通され、紅茶を振る舞われた。赤い花の描かれた華奢なカップから、ふわりと華やかな、それでいて苦味を奥に感じる香りが立った。図体のわりに随分と繊細な淹れ方をするものだ、と感心しつつ苦笑する。

「良い茶葉がまだ残っていてね。なんと、カレンツァ産だ」

カレンツァは昨年、瘴気に呑み込まれた街だ。

「で、何で私が学園を追い出されたって知ってるんだ？」

私は匙六杯の砂糖をカップに入れ、なみなみと牛乳を注いだ。糖分は摂れる時に摂っておくに越したことはない。頭が冴える。

「少し前から調べさせて貰っていたんだよ。獣王と亜人の王の件、心当たりはないかね？」

ある。

「立場上、『何が何だかわからぬ』では通らん時もある。少ないヒントを頼りに、聖隷カタリナ学園のリトル・キャロルにたどり着いた」

辺境伯が小麦の菓子を出してくれた。

「そんな折に現れたのが、完璧な治療を兵に施してくれた御仁だ」

「それが捜していたリトル・キャロルだという確証はないだろ？」

「あとは勘だよ。年をとれば体力も思考力も落ちる。ひたすらに冴え続けるのは、勘だけだ」

　やれやれ、ついに尻尾を摑まれてしまったわけだ。そう思って鼻でため息をついて、紅茶を飲む。

　そうした時、ふと、気がつく。目線を上げた先の窓。雄大な山々の向こう側、空がまるで朝焼けに照らされた麗糸（レース）の窓帷（カーテン）のように、柔らかな紫に様々な色を孕（はら）んでいる。道を歩いている時には気がつかなかった。非常に幻想的な光景で、美しいとは思うのだが――。

「この街からだと、瘴気の壁がよく見えるな」

「去年くらいから、こうだ。それから間も無く、頻繁に魔物が入ってくるようになったよ」

　瘴気の近くは、魔物が活性化すると言われる。理由は定かではない。

「人は襲われ、作物は荒らされる。民には苦労させてしまうわな」

　席を立ち、窓から牢獄の裏にある菜園を見下ろす。確かに、魔物に荒らされた形跡がある。魔物避けの柵は見事に破壊されていた。

「追い出そうと魔物に攻撃を仕掛けて、殺されてしまう者も少なくはない。兵達も必死に対策を練ってはくれているのだがね……」

　この領も、瘴気に呑まれる時は近い。

＊

　私は執務室に保管されていた無地の羊皮紙と、牢獄の厩舎（きゅうしゃ）にいた羊から生き血を拝借した。羊皮紙に血で七芒星式（ヘプタグラム）の魔法陣を記し、菜園の橄欖（オリーブ）の木に膠（にかわ）で貼る。

「知らない術だ。古代アリシアの文字か。聖女候補というのは、そんなことまでできるのかね」

「こんな風貌だが、学園にいた頃は篤学（とくがく）の士だったもんで」

　暇さえあれば、図書館に籠ったものだ。親もおらず、育ちも悪く、学のない私は、努力して上回るしか無かった。それでも結局追放されるのだから、我ながら皮肉な話だ。

　菜園にあった花薄荷、緋衣草、蒔蘿、夏白菊を摘み、羊皮紙の前に置き、適当に作った聖水を木の周りに振りかける。

「二角獣の死骸も、亜人の死骸も、菌に蝕まれていた。それも懸頭刺股の成果かね？　アレは宮廷魔術とも教会魔術とも違う。これだけ長く生きたが生命を扱う魔術など聞いたことがない」

「それについては、私にも分からないんだ」

　得てしまったものは否定できない。いままでにない、何かなのだろう。

「……その不思議な力の源泉を探すのが、君の旅の目的かな？」

「目的はないよ。最初はただ、人のいない所に行きたかった。でも何かと巻き込まれちゃってな」

「世捨て人の人助けか。浪漫だな」

　煙草に火をつける。これは清めの香の代わりだ。

「そんなんじゃない。たまたまだ」

「たまたまでは、厄介ごとに首は突っ込まん」

　煙が立ち上り橄欖の木が淡く光り出す。術は成功した。しばらくは魔物は寄り付かないだろう。

「――ただ、いい人でありたいとは思っている。追放されても、心は聖女でいたいから」

　近くの菜園にも寄って魔除けを施す。農民達が物珍しそうに見ている。

　途中、羊皮紙が足りなくなった。代用として赤い毒茸を生やし、羊の血と鳥の羽根をまぶす。魔物にここが死の地だと錯覚させるのが目的だ。この場合、聖水や薬草などは要らない。

　幾つか仕事を終え、農民からパンや燻肉を貰ってしまった。勿体無いので断ろうとも思ったが、笑顔で寄越してくれるので、断りきれなかった。

せっかくなので切り株に腰掛けて、辺境伯といただくことにする。

「兵から報告があったが、馭者のトムソン君はしばらく滞在するらしいよ。ウィンフィールドで少し商いをやってから、次の土地に行くとな」

馭者。トムソン。あいつ、そんな名前だったのか。

「君も少し滞在してはどうかね。部屋と食事は心配せんで良い」

「私は出るよ。明日にでも」

「水の聖女はまだ来ないよ。他の街の教会を巡ってから、ここに辿り着く」

私がこの街から離れたい理由も、お見通しのようだ。やれやれ。確かに、年寄りは鋭い。

「で？　私をここに留めたい理由は？　何かあるんだろう？」

「君に隠し事は難しいな」

「その言葉はそのまま返すよ」

辺境伯は少し考えて、口を開いた。

「いやはや、礼を尽くしてから話そうと思ったんだがね。……エリカ・フォルダンのことだ。数日で良い。彼女に稽古をつけてやってくれんか」

深刻そうな声色から察するに、どうやらワケありのようだが……。

二章 ◆ 竜殺し

1

この街は朝霧が濃い。雲の中にいるようだ。太陽も見えず、天だけが白く明るい。湿った風が吹いて芝がそよぎ、露が浮いて真珠の輝きを放った。

「もう剣が握れるのか?」

私は街から離れた場所にある乗馬場へ行き、そこで一人練習に励むエリカ・フォルダンに声をかけた。今は全く使われていないのだろう、足元、芝が伸びすぎていて膝上まである。

「キャロルさん……! 戻って来てくれたんですね!」

エリカは私の姿を見るなり、走り寄って来た。まるで尻尾を振りながらまとわりつく子犬のようだ。

「稽古をつけるよう言われて来た」

「えっ!?」

エリカはぱっと満面の笑みを作った。それも、こんなに嬉しそうな顔ができるのかと思ってしまうほどの。私はそれが妙に恥ずかしくなって、目を逸らしてしまった。こういう系統の子とはあまり関わってこなかったから、全く慣れない。

私はどうしようもなくなって、照れ臭さを隠すように、愛想なく言う。いや、まあ、もともと愛想は持ち合わせていないけれど。

「あー……、よし。時間が惜しい。早速やろう」

「やるって、何を……」

「試合だよ」

まずは現状の彼女の力を知っておく必要がある。兵舎から拝借して来た木剣を使って、実際に打ち合うことにしたのだ。

「キャロルさんは剣も扱えるんですか……?」

そう言えば、彼女の前では剣は扱わなかったか。

「剣は戦闘の基本だ。これがまともにできなきゃ、話にならんよ」

「凄い……！　カッコいい……！」

　エリカは赤い瞳をジャムの瓶のように輝かせながら、いちいち前のめりになって私を見つめる。その度に私は、あまりそれを見ないように、目を閉じて頭を掻く。全くもって非常にやりづらい。

「エリカは真剣で構わないよ」

「えっ？」

「本番でも木剣を使うのか？　ずいぶん優しいことだな」

　二人、距離を取って立つ。私は天に向かって石を放った。地に落ちた時が、開始の合図。

「てやぁーッ!!」

　エリカは鈍く輝く黒い剣を構え、真正面から向かってくる。瞬発力、隙の潰し方、共に悪くない。だが、いささか正々堂々が過ぎるのが欠点か。

　私は土を蹴り上げ、エリカの顔面にぶつけてやった。芝のよく生えた土だ。水分量が多い。重くて、痛いだろう。

「ぶあッ!?」

　怯んだ隙に、木剣で手首を叩き、黒い剣を落とす。そして首筋に切先を突きつけた。


　話を聞くに、エリカは夜が明ける頃から剣を振っていたそうなので、休憩を挟むことにした。

　乗馬場を後にし、街まで出る。その目抜き通りから小さな路地に入った場所にある酒場に入った。店内は、既に瘴気に呑まれて消滅した異国の装飾に彩られている。

　エリカは酢に漬けた羊肉に葡萄のソースをかけたものを。私はポタージュとライ麦パンを頼んだ。

「猛省しました。私が甘かったです」

「決闘風の戦い方は忘れた方が良い。貴族としての価値が上がるのは、よく分かるけども」

　エリカ・フォルダンはいわゆる没落貴族だ。かつてフォルダン家はウィンフィールドのサンベリー男爵として、プラン＝プライズ辺境伯領を代表する貴族の一つだった。だが、エリカを残し他のフォルダン家の人間はみな死んだ。まだ彼女が十歳の頃の話だ。

「——竜は強いぞ、エリカ・フォルダン」

「……ははは。やっぱり、知ってらっしゃったんですね」

そして、その身に刻まれる『邪竜の印』が消えない限り、エリカも近い内に死ぬ。

＊

フォルダン家は古くから畜産の発展に寄与していたことで、この地域では有名だった。市民を団結させ、指揮し、森を切り拓いて牧場を開拓したり、畜産物の加工なども研究させていたと聞く。

しかし瘴気の壁が迫る影響で、魔物の数が極端に増え、領内の家畜が襲われるようになった。

特に厄介なのが邪竜ヨナスだった。邪竜は遊びで牛や山羊を殺し、その血肉を振り撒いた。竜の魔力を宿した血は硬質化し、結晶のような棘となった。棘は地に食い込み、毒を振り撒く。それで人が近づけなくなって、土地を奪われた者も多かった。

事態を重く見たフォルダン家は冒険者達を雇い、邪竜を殺すことにした。

冒険者とは、誉であるとか、金や土地などの利益の為に危険な依頼を受ける者達のことを言う。いわゆる萬屋だった。彼らは小さな郷を持つ傭兵とは違って、それだけを生業にしている者ばかりではない。もちろん冒険者だけで食べている人間もいるが、街に住んで商人をやっていたり、流れ者として旅をしていたりなど身分は様々だった。

フォルダン家は、その中でも数々の武勲を立てた冒険者に大金を与えて雇った。だが、それ以上に邪竜は強力だった。

　邪竜を倒しに行った冒険者達は負け、死に、呪具となった。そして死線を潜(くぐ)り抜けた邪竜ヨナスは、彼らを呪いに用いてフォルダン家に復讐(ふくしゅう)をしたのだった。

　昨日、私は辺境伯から邪竜の呪いについて聞かされた。

「ワシが調べたところによると、邪竜の呪いはこれに似ておる」

　辺境伯はメモ書きだらけの分厚い本をめくり、ずり下がっていた老眼鏡を押し上げ、続ける。

「過去に若い竜殺しが受けたという《二百十六の闇を宿した時、命を刈り取る》という呪いだ」

「闇、というと新月が二百十六回か」

　となると、つまり、十八年の歳月だ。

「彼女以外は、すぐに血を吹き出して死んだ。十八歳を過ぎれば呪い殺されるというものだろう」

　竜は大概の種が少女性愛者(変態ロリコン野郎)なので、十八歳という設定も頷(うなず)ける。竜にとって、大人の女は価値がないから、死んでいいのだ。

「エリカ・フォルダンは雷鳴の節に十八を迎える。もう時間が無いのだよ」

　竜は強い。数ある魔物の中でも、群を抜いて強い。恐れ知らずで残虐で、狡賢(ずるがしこ)く獰猛(どうもう)だ。人の言葉と感情を理解し、欺き、喰(く)らう。

　かつて竜を殺すことを生業にした『竜殺し』なる者もいた。彼らは、冒険者や傭兵とは一線を画した誉高い戦士だった。

　だが竜殺しは途絶えた。今はもう、いない。瘴気で狭まる世界で、災厄に立ち向かうことが美徳でもなくなったからだ。

　世界はゆるやかに、破滅を受け入れつつある。

＊

食事を終えて領主の居城(パレス)であるウィンフィールド城、その兵舎に入る。そこで私はエリカの胸元にある邪竜の印を確認した。

皮膚がヒビ割れて、紋様を作っている。奥に見える肉は赤く変色していて、仄(ほの)かに光ってるようにも見える。まるで月とも杯とも取れるその模様は、確かな熱を持っていて、触れると指先に妙な痺れを覚えた。

呪いを解けないか挑戦してみようとするが、見たことのない術式のため、取っ掛かりがない。長く研究すれば多少は分かるのだろうが、時間はない。

こうした場合一番簡単なのは、その術者を殺すこと。が、触れてみた感じ、これは恐らく強い殺意による呪い。殺意は術者が死んでも残る。であれば、手段は一つ。この呪いを受けた者の手で、呪いを与えた者に敗北を認めさせ、生きる気力を挫(くじ)いて殺意を消し去り殺すこと。

「やはりエリカの手で邪竜を殺さないと、この呪いは解けない」

「はい、そう聞いています」

幸い、エリカ・フォルダンは戦闘センスがありそうだ。体格の割には振りが力強いし、身のこなしも素早い。

雷鳴の節まで、残り四十日。その時までに邪竜をエリカ本人が屠(ほふ)る。私の見立てだと、最大限成長したエリカが最高の働きをして、成功確率は一割五分。だいたい六回戦って一回勝てる。

――悪くない。竜が相手と考えるなら、決して悪くない数字だ。時間切れになるまでに、確率を少しでも上げておきたい。

翌日。私は兵舎で、人物を羅列した紙をエリカに渡した。

「というわけで、二十日目までに彼らを倒すことを一先(ひとま)ず目標にしよう」

一人目、国家認定冒険者『雷電のザイン』。二人目、コスタス家当主『ベン・コスタス』。三人目、炎の盗賊『シェンヴァン』。四人目、狩人『アイザック・ドゥーエン』。五人目、傭兵『戦斧のヴォルケーン』。

エリカは紙をまじまじと読んで、沈黙する。しんと兵舎が静まり返る中、暫くして、目をまんまるにし、全身の毛を逆立てて大声をあげた。

「えーっ!!」

彼女を応援している周りの兵達も、その紙を覗き見て、同様に驚いている。

「こっ、これって……!」

「籠って訓練だけしてても、本番で動けなきゃ意味がない。少しでも実戦を積まないとな」

「どっ、どっ！　どっ、どれも名うての実力者ですが……！　だって、この人もこの人もこの人もすっっっごく有名……！」

「有名なだけだ。問題ないよ」

次いで、エリカ・フォルダン専用の訓練メニューを共有する。一時期、私がやっていたものを基準にしているから、努力が空振りになるという心配はない。

まず五時に起床。走り込みを開始する。全力で短距離を走って脚力を鍛えるのと、長距離を暫く走って体力を伸ばす。その後は柔軟運動。

七時からは軍の職務があるから、一旦解散する。

十七時になったら合流。まずは私と打ち合いをして体を温めて、十九時からは筋力を鍛えるための鍛錬を幾つか行う。

「朝の走り込みは重りを担いでくれ」

私は鉛玉がふんだんに入った麻袋を渡す。およそ、三十磅程度ある。

「こ、これをですか？」

体力は一番大切だ。途中で脚が止まることは、死を意味するから。

「打ち合いというのは……？」

「私と一対一で、とにかく戦う」

エリカは戦闘の経験がとにかく不足している。相敵と対峙したとき、一撃でも貰えば、死ぬ。相手から目を逸らせば、死ぬ。逃げ腰になれば、死ぬ。がむしゃらになれば、死ぬ。あらゆる行動が死に直結する、その危機感が足りない。こればかりは何度も場数を踏まなくては、感覚を掴むのが難しい。

まずは私とやり合ってその感覚を掴んでもらい、後に、先ほどの紙の名うての実力者共で確かなものにして貰いたいという意図がある。

「筋力を鍛える訓練というのは……」

「基礎だよ。腹筋三千回、雲梯四百往復。崖の登攀五回……、とかだったかな……」

まだ詳しくは決まってないけれど、私がやってたものをやれば良いと思う。ちゃんと計算して組んでいた訓練だったから。でもまあ、この辺は筋肉の疲労を見ながら決めていきたいかな。

「……」

エリカはポカンとしている。

「もっと増やすか？」

エリカはそーっと手を伸ばして、私の服の裾を少しばかり捲り上げた。

「……気づかなかった。腹筋、こんなにバキバキなんですね」

腹筋は大切だ。内臓へダメージが入ると、動けなくなる。

「この入墨は……？　なんだか、不思議な……。見たことない文字と、模様……。私の印のようなものですか……？」

「ただの入墨だよ」

私の体には背中から胸、腹、太腿にかけて大層な入墨がある。神が書いたとされる本『原典』に基づく、様々な印と呪文が組み合わさっているものだ。

「実はワルなんですか……？」

「ええい、恥ずかしい。人の肌をまじまじ見るな。良いからやるぞ、エリカ」

貧民街(スラム)の出だからそれは否定しないが、この聖痕は私に限らず聖女候補全員に入っている。あまり気に入ってはないけど、まあ、エリカの印よりは何倍もマシだろう。

*

エリカが軍の仕事をしている間、私は食事を準備する。強くなるには食も重要だ。

とりあえず、近くの山で狩りをすることにした。が、山に入ろうとして、人に止められる。どうやら、この辺には大猪(おおいのしし)が出て大変危険らしい。この節に入って、猟師が一人襲われて死んだそうだ。

猪は良い。蛋白源(たんぱくげん)が多いし、何より不味(まず)くないのが良い。

「邪魔するよ」

山中、堂々と縄張りに入り、注目してもらうが……。いや、凄いな。十三呎(フィート)(四メートル)はあるんじゃないか？　もはや魔物だな。

『ブヒィィイイッ!!』

猪が一直線に向かってくる。人間を見て躊躇(ちゅうちょ)しないどころか勇んでいるから、人を殺すのに慣れているようだ。とりあえず、猪の鼻と口から、茸(きのこ)を生やした。息ができなくなり、猪は死ぬ。

倒れた猪の体を解体し、菌をまぶす。乳酸菌だ。これによって雑菌の増殖を防ぎつつ、急速に発酵させる。

大量の肉を何回かに分けて居城に運び、それから調理場を借りる。鍋を火にかけ、鶏卵をたっぷりと、大豆、いくつかの香草(ハーブ)、実(み)や発酵肉を炒(いた)める。筋繊維を効率よく回復できる飯にするつもりだ。

「ふんふん♪」

料理は割と好きな方なので、苦ではない。

昼、兵舎に飯を届けた。

「えっ!?　ご、ご飯まで!?」

「残さず食えよ」

帰る。夜食の準備もせねばならない。忙しい。

「し、しかも。美味しい……!」

夜、エリカは全ての鍛錬を終えた。しかも時間を巻いて。

「ゼェゼェ……、ゼェ……!　これを、毎日……、ですか……?」

その上、喋る余裕があるとは大したものだ。恐れ入った。明日はもう少し鍛錬を厳しくしてみようと思う。

「ところで……、寒いのは得意か?　私は苦手なんだけど」

「は、はい?」

居城で蒸風呂を借りて、そこで服を脱がせ、石灰で描いた魔法陣の中央にエリカを立たせる。陣の中は零下十度だ。

「い、いいいい、いい、いつまでこの中にいれば良いんですか?」

「しばらく」

目的は回復力・成長力の底上げだ。体を思いっきり冷やすことで血管を収縮させる。冷え切ったところで陣の外に出して、蒸風呂で温める。すると、通常より血管が広がり、血のめぐる速さが増す。血が栄養を良く運び、筋繊維の回復力を高めるのだ。

「強くなるって、険しいんですね」

魔法陣から出てきたエリカにスープを渡すと、震えた手で受け取った。

「しんどいよな。分かるよ」

受動喫煙で体力が下がるとよくないので、煙草は我慢する。

*

続けること幾日か経ち、その日は朝から乗馬場で打ち合いをしていた。

私が木剣で突きを繰り出したのに合わせて、エリカが剣を振るう。その刃は私の眼前を横切り、前髪を払った。切れた紺の髪が、ふわりと風に乗って空に溶けていった。

「……よし、次のステップに進もう」

「え？ でも、まだキャロルさんの体に一発も当ててて……」

「これだけできれば、もう十分だ。サクッと雷電のザインを倒しに行こうか」

エリカはもう、以前の没落貴族ではない。何度も打ちのめされ、立ち上がり、その中で戦い方を覚えた。剣を構えると、ゾクッとするような恐ろしい表情を見せるようにもなって来た。であれば、試し時だろう。

——雷電のザイン。

剣に雷を宿し、閃光の如く魔物を屠る戦士だ。常に女をはべらせ、良い気になっている調子乗りでもあると聞く。

だが、実力は確かだ。婦女子を狙った殺人犯『内臓巻きサンジェルマン』や、子供を攫う殺人鬼『死臭溜まりのワンマッド』を討ち取って、勲章を得ている。言わば、英雄だった。

ザインの動きはまさに電光石火で、並の実力では目で追うことができない。その上、雷の剣で触れられれば、こちらの肉がはじけ切れてしまう。

過去に何人もの戦士が彼に挑戦をして、地位と女を奪おうとしたが、みな尽く失敗している。

雷電のザインはウィンフィールドにある冒険者組合『石窯会』に所属していた。

昼前にその事務所を訪れ、受付の女性にザインを出せというと、すぐに出てきた。組合の来客室に入り浸って、女達と遊んでるという噂は本当だったようだ。

「はあ〜。よくいるんだよな、自分の力を勘違いしちゃってるやつ。俺を倒して、名をあげたいんだろ？」

　出てきて早々、受付の女性に肩を回してスキンシップを取る。女性も頬を赤らめて、満更でもなさそうである。

「で、その挑戦者は誰だい？」

　エリカは小さく手を上げた。

「わ、私です」

「えっ？　こんなに可愛(かわ)い子が!?」

　ザインはニヤニヤと生臭い笑みを浮かべている。

「イイぜ。君が負けたら、今晩オレと過ごすこと。それが条件だ」

　ザインは茶色の髪をかきあげ、鈍い輝きを振りまいた。本の中の伊達男(だておとこ)といった仕草だ。身につける鎧(よろい)も、金銀装飾が激しく、空々しい。

　こうして話している内に、事務所の女の子達や冒険者がわらわらと広間(ホール)に集まって来ていて、みな、まだ始まってもいないのにザインの応援をし始めている。早く彼の活躍が見たいようだ。

「観客が多いな。場を移したほうがいいんじゃないか？」

「問題ない。オレは周りに迷惑をかけず戦うのが得意なのさ。次は君とも戦おう。逃げられないよ」

　忠告のつもりだったんだがな。

「キャロルさん、私に倒せるのでしょうか……」

「効果測定だ。気楽に行こう」

　ここでもし駄目だったら、また訓練メニューを考える。もし成功したなら、自信を持って己を極める。それだけの話だ。圧(プレッシャー)を感じることは何もない。負けたら一晩過ごすというのは……、まあ、私が代わろう。遊んでやっても良い。

「さっ。合図を頼むぜ、子猫ちゃん達」

「「「頑張れ〜っ、ザインさ〜んっ!!」」」

　随分と黄色い鐘が試合開始を告げた。

「《雷鳴よ轟(とどろ)けッ！　我が剣に宿し精霊の――」

ザインが剣を構え、詠唱を始める。その瞬間、エリカが地を蹴って間合いを詰めた。目は、獲物を仕留める野犬のようだ。

「な……ッ!?」

黒い剣と黄金の剣がぶつかる。鍔迫(つばぜ)り合(あ)いが始まった。しかし、ザインが何かに気がつき、すぐに間合いを取った。その間、およそ十秒。もう勝負はついたようだ。ザインは膝をつき、剣を落とす。

「ひ、卑怯(ひきょう)な……ッ!!　騎士の戦いを知らねぇのか!?」

鍔迫り合いの一瞬、エリカの指はザインの指を絡めとり、右手の指を全て砕いた。そして、ヤツはもう逃げ腰になっている。勝負ありだ。

「クソ女ッ!!　オレを誰だと思ってやがるッ!!」

ザインが睨(にら)み、左の拳を握る。まだやれる、と主張しているのだろう。

エリカがザインを見下ろし、言う。

「――ここで腕を切り落とされるか、『参った』と言うか、選べ」

よし。そうだ。冷たく突き放せ。相手の心を徹底的に折れ。できるなら言葉で勝利を得るのが一番理想的だ。この勘違い野郎に教えてやると良い。戦闘というのは、どれだけリスクを無くし、その上で圧倒的優位に立てるかどうかを競うものだと。相手を目の前に詠唱から入るなんて舐(な)め過ぎている。

「ま、参った……」

いつの間にやら、周りの女の子達は静まり返ってしまった。軽く励ましてやった方が良いかもしれない。

「獲物を前に舌なめずりは、自分がいかに単細胞であるかを相手に教えるようなものだ。作戦が組み立てやすくなる。次からは、嘘(うそ)でも利口なふりをしなきゃならんよ」

そう言うとザインは目に涙を溜めて鼻を啜り始めた。何もベソをかくことも無いだろうに。王都を震撼させた二人の犯罪者を討ち取った実力は本物なのだから。だが、馬鹿だった。それだけの話だ。

「あっけなかったですけど、秤になりましたか?」

「どうかな。次に行こう」

2

次の目的地に向かうため、街で馬車を拾う。大通りに出て手を上げると、一台の馬車が止まった。その馭者は私達を見るなり、目を丸くして声を上げる。

「うわっ。奇遇だなっ。観光か!?」

全くの偶然だが、一緒に怪我人を運んで来た馭者だった。名前は確かトムソンとか言ったか。

「ああ、丁度いい。街を出て北に行ってくれ」

「良いけど……。北って……、何もねえぞ? でこぼこ道が続いて、その先はただの山だ」

「うん」

街を離れて荒れた山道を行く。馬車は石を撥ね、土煙を上げながら、勢いよく急坂を登る。彼の馬は相当に根性があるから、この程度の山道ならものともしない。

「シェンヴァンを倒して盗賊団を壊滅させるだって……!?」

振動でがたがたと音を鳴らす客室の中からでも、トムソンの驚愕する声が聞こえて来た。軽く理由を告げてみたらこの反応だ。

――炎の盗賊シェンヴァン。

シェンヴァン盗賊団を率いる大首領だ。プラン=プライズ辺境伯領に身を潜めているとされていたが、当領にかかわらず幅広く活動をしている。

居場所は最近領軍が突き止めたらしい。ただ、兵力不足の為にすぐには征伐の準備が整わず、軍は頭を悩ませているのだと辺境伯から聞いた。良い機会だったからエリカの為に犠牲になってもらうことにした。

　シェンヴァンは精霊サラマンダーから火を盗んだ、という話だ。噂によると、永遠に燃え続ける炎を繰り出すらしい。

　さあ果たして、永遠に燃え続ける炎なんて、一体どのような魔法なのか。はたまた本当にサラマンダーから火を奪ったのか。私は非常に気になっている。彼については、前から興味があったのだ。

「ヤツら、八十人はいるんだぞ!?」

　隣に座るエリカが目を丸くして私を見た。そんなにいるとは聞いてない、と顔に書いてある。

「問題はないよ。エリカは親玉(シェンヴァン)を倒すだけだ」

「残りの七十九人はどうするんだ！」

「まあ、適当に……」

　シェンヴァン盗賊団の隠れ家はウィンフィールド北の山地、その洞窟群の一つ、『死旅窟(しりょくつ)』と呼ばれる大きな洞窟にある。この洞窟は遥(はる)か昔、まだ宗教らしき宗教がない頃、死後の世界に通じていると信じられていた。洞窟内には光苔(ひかりごけ)がびっしりと生えていて、死後の世界へ旅立つ者が迷わないように、道を仄かに照らす。

　洞窟に入ってある程度進むと、すぐに開けた場所に出た。椅子や机が並んでいて、酒場のような雰囲気になっている。盗賊達が自分達の好きなように洞窟を変えたのだろう。

　松明(たいまつ)の灯(あか)りの下で紙牌(トランプ)に興じていた三人の男が私達に気がついた。

「ああ……？　何もんだ……？」

　二人が立ち上がり、私達を睨(ね)め付けながら近寄って来る。

　もう一人のひょろひょろとした男は、急いで洞窟の奥に消えていき、すぐにわらわらと仲間を引き連れて戻って来た。近くにもう一部屋あったらしい。やって来た人数を指折り数えてみる。

「三十三人。トムソンのやつめ、盛りすぎたな」

「私は少なくて良かったな、ってホッとしました」

残念ながらこれで全部な訳はなく、最終的には総勢九十七名でお出迎え頂いた。どうやらトムソンは少なく見積もっていたようだった。

トムソンへの軽口はさておき。盗賊達は矢継ぎ早に襲いかかって来たのだが、その拳が私に届く前にみな倒れてしまった。今、全員が皮膚をまだらに黒くして、ろくに動ける者は誰一人としていない。

「できた傷口をそのままにしているから、こうなる。今後は、患部をよく清潔に保っておくことだ。治療の基本だぞ」

奴(やつ)らは日頃から喧嘩(けんか)やら盗賊活動やらで、生傷をいくつも作っていた。菌を無作為に放出することで、傷口から体の中に菌が入り、それで具合が悪くなって動けなくなってしまったのだ。熱が出てひどく眩暈(めまい)がするだろうし、それでも立とうと力を入れれば膿(う)んだ傷口に激痛が走るだろう。

私が菌を放出している間にエリカは洞窟の奥に行ったようだ。今頃、シェンヴァンと戦っているとは思うが、助太刀に行った方が良いだろうか。

「ギャアッ！」

奥から悲鳴が聞こえたので、煙草を吸いながら待つことにした。そして、一本を吸い終わらない内にエリカは戻って来た。髪を掴み、シェンヴァンを引きずって。

「終わったか？　火の魔法は？」

「それが……」

「ゼッテェー殺すッ!!　許さねえからなッ!!　テメェの家族も全員犯して殺すッ!!　殺す殺す殺――」

エリカは硬い実を割るようにして顔面に膝蹴りを入れ、シェンヴァンを黙らせた。

エリカが見せてくれたのは、機巧(からくり)だった。箱の中に油が入っていて、レバーのようなものを引くとそれが空気圧で噴射口から吹き出し、口に仕込まれた火付け石で着火され、炎を吹くという仕組みだ。クソしょうもない答えだったが、まあこんなものだろう。

　洞窟の外で待っていたトムソンを呼んで、洞窟内の宝物庫に行く。そこには文字通りの金銀財宝、宝石や絵画、彫刻や聖具、武器など、様々なものが綺麗(きれい)に並んでいた。

「す、すげぇ!!　こんなお宝見たことねえぞ!!」

　さて、その中に私の目当てのものもあった。大変貴重な品だが、無造作に転がっている。

「よし。コイツを盗んだって噂は本当だった」

　まあ見た目が地味だから、盗んだ後であまり価値がないと見做(みな)されたのかも知れない。

「これは、なんですか……？　石？」

　拳ほどの大きさで、白と黒とがまだらとなった鉱石。名を、鉄重石(オリハルコン)と言う。滅多に手に入らない鉱物で、世界中のどの物質よりも硬いとされている。

　それとついでに、幾つかの高級煙草を頂戴して、あとはトムソンに任せることにした。

＊

　街に戻り、辺境伯に紹介された鍛冶屋へ行く。そこに鉄重石と、エリカの黒い剣を預ける。

　この黒い剣は『黒曜の剣』と名付けられていて、フォルダン家に代々伝わるものだった。黒曜石に魔力を込めて形を整え、強靭(きょうじん)な刃としている。魔力のこもった刃といっても、黒曜石自体は元は硝子(ガラス)の一種。長年使い続けていたからか、当然のように傷んでいて、刃こぼれもある。

　これを機に鉄重石を使い、改めて刃を作り直すことによって、剣を強化したい。その為には一度、黒曜石の刃を溶かし、魔法で鉄重石と合わせ、新たなる金属を生み出す必要がある。専門的な技術が必要だった。私ではできない。

「ほ、本物かこれは……」

鍛冶屋の親父は鉱石を見て生唾を飲み込んだ。

「竜の体は硬い鱗で覆われているから、並大抵の剣だと二、三回斬れば刃が折れる。この剣も悪くないが、万全にしたい」

エリカはそれを聞き、顎に手をやって悩み始めた。

「色は変わるのでしょうか？」

「変わらないよ。復讐の黒は、そのままだ」

私がそう言うと、エリカはぱっと笑顔になった。

前々から気になっていたが、エリカは年頃の女子の割にやけに黒色に拘る。恐らくは竜に対して『決して怨みを忘れず』と意味を込めているのだろうな、とは思っていた。どうやらその推理は当たりだったらしい。

「あっ、でも……。作業が終わるまで剣が無いですが、それはどうしたら……？」

「サブウェポンはあったほうがいいな。ついでにこれに油をさしてくれ」

親父にボウガンを渡す。すると、親父は目ん玉を剝き出して驚いた。

「あんたね、どこでそんなもん手に入れたんだ？」

シェンヴァンが装備していたものだ。『永遠の炎』同様に精密な機巧になっていて、箱についたハンドルを回すことで連射が可能になっている。コイツは本当に見事な品で、こそ泥に使わせておくなど勿体無いことこの上ない。ありがたく使わせて貰おう。

さて、二日間ボウガンを練習をした後、狩人アイザック・ドゥーエンに挑む。

彼は何十年も前から、数々の札付きの魔物を狩ってきた猛者。魔物を熟知し、魔物のように動き、魔物のように仕掛ける。そこに人間の知能も合わさるのだ。見た目はただの浅黒い爺さんらしいが、油断ならない相手だ。

王国の叙勲を断ったり、スカウトに来た冒険者に因縁をつけたりと、まあ、なんというか、癖のある人間でもある。

彼の最大の武器は百色の毒矢。敵の体格・性質にあわせて調合された毒は脅威だ。掠りでもすれば……、いや、毒矢が地面に刺さった時の飛沫が体に触れても負けるので、良い修業になる。

ウィンフィールドの街から南に行き、人里離れた小さな森に入る。川の近くにボロボロの小屋があって、そこがアイザックの棲家だった。

威勢よく入って戦いを申し込むと、彼は何も喋ることなく外に出て、高く跳び、木の上に登った。既に手には弓が握られている。

「どうやら、もう始めていいらしいぞ、エリカ」

エリカも小屋から出て、ボウガンに手を添えた。アイザックもそれを認めて、猿のように木々を跳び回り始める。戦闘開始だ。

さて、この素早い動きをどう攻略するか。アイザックは地上に降りて来ることはないし、枝や葉が邪魔をして敵に狙いを定めにくい。このまま立っているだけでは倒してくれ、と言っているようなものだが……。

ついに死角から、毒矢の攻撃が来る。だが、エリカは軽く身を逸らして避けた。

避け方にかなりの余裕があった。エリカは矢を見てから反応したのではない。奴が撃ってくる場所を、おおよそ予測していたのだ。この勝負はエリカの勝ちだろう。心配するまでも無かったようだ。

「貰ったぞ、小娘っ!!」

アイザックが枝から枝へと飛び移り、素早く弓を構えた。だが、そもそもとして弓という武器は、狙いを定め、攻撃するときは必ず隙が生まれる。

どんな達人でも。

「……なにっ!!」

アイザックの肩に矢が刺さる。ヤツは死角から狙ったつもりだったが、そこはエリカが木々の配置から計算して作った偽りの死角。彼は見事に誘導されたのだ。

さらにエリカは教え通りにもう一本の矢を放ち、アイザックを仕留めた。

矢というのは威力がない。興奮している状態だと一本刺さっただけでは、敵は止まらない。完全に戦意を削ぐには立て続けに二本打ち込むのが良い。

「――まさかワシがこんな子供に負けようとはッ。ガフッ!」

アイザックは木の上から落ちた。

「殺せい。子供に負けるような狩人など、生き恥である!」

顔のパーツを中央に限りなく寄せ、悔しがっている。それで、鏃についた毒を舐めようとするアイザックをなんとか宥め、小屋に連れ帰る。本題に入る前に舌を噛んで死なれたら困るから、死に急ぐ爺さんを無理矢理椅子に座らせ、宝の山から持ってきた酒を出す。散々の愚痴と恨み言を聞いて、それから話を切り出した。

「竜の神経を破壊したい。途中まで毒を作っているんだけど、巨体に効くイメージが湧かないんだ」

毒により邪竜にダメージを与えた上で戦えるならば、それに越したことはない。少しでもエリカの生存確率を上げたいのだ。使えるものは何でも使って、やり残したことがないようにしたい。

私は瓶に入っている水溶性の毒と、図を渡す。毒物の専門家の目から見て、これはどう映るか。

「ほう、竜に対して毒とは中々見どころのあるお嬢さんじゃのう。何じゃ、薬師かアンタ。ククク」

アイザックは酒のおかげで上機嫌になりつつあ

る。単純でよかった。

「破傷風菌をベースにした毒か。シンプル・イズ・ベストだな。それで、お嬢さん、どういう素材を手に入れられる？」

「菌由来であれば、ほとんど」

アイザックは皺枯れた手でペンを取り、図に諸々を追加する。

「毒を回らせたいなら徹底的に脱水をさせることだな。竜など、所詮は蜥蜴の親玉だろう。玉葱と赤痢でもぶち込んでやれ。効率よく神経細胞がぶっ壊れるはずじゃ」

なるほど、玉葱で血を溶かすのか。貧血にさせた上で、さらに赤痢で血便や血尿を出させると。そうなればもう相手は動けず、毒に蝕まれるだけ。しかも脱水するから毒の効果が出るのもぐんと早まる。なるほど、勉強になる。

「即効性と濃縮の問題はテメェでなんとかしろ。ワシには魔法はわからん」

「そこはどうとでもなる。よし、帰って玉葱を山ほど擦るぞ、エリカ」

「玉葱？　なんで……⁇」

エリカは終始首を捻っていたが、これで竜を倒せる確率も多少は上昇するはずだ。居城の調理場、二人で泣きながら擦った玉葱も、きっとエリカの未来を明るく照らしてくれる。

＊

次は、巨大な体と大きな力に対してどう立ち回るかを確かめる。特に重要なのは、威圧感に負けずに冷静でいられるかどうか、だ。

戦斧のヴォルケーンは人並外れた巨大な体と力で、多くの魔物を屠ってきた。良い練習相手になってくれるはずだ。

プラン＝プライズ辺境伯領内にある傭兵団の郷、その訓練場に行き、挑む。無風、晴天。燦々とした陽の光が降り注ぎ、血気盛んな傭兵達が取り囲む中、ヴォルケーンとエリカの戦いが始まった。

エリカは真っ直ぐとヴォルケーンを見ている。エリカは動じていない。

飛び交う『殺せ』の言葉に、エリカは動じていない。

「へへへっ……。オデが軽く捻り潰してやるよ……！」

巨大な体のヴォルケーンが、これまた大きな両手斧を振り回す。風が舞い、砂が巻き上がる。

エリカは大きく回り込みながら、打点を探す。走り、連続でボウガンを放つ。だが、風に巻き上げられてしまう。効果はなしだ。

ならばと、踏み込んで突進する。狙いは足元。あの巨体は足を崩されたら、どうにもならない。

「そんなもんはなあ……！　分かってるんだよぉッ!!」

馬鹿みたいな喋り方のヴォルケーンも、流石にそこまで馬鹿ではない。待ってましたと言わんばかりに、エリカ目掛けて斧を振り下ろした。

しかしエリカもそれは読んでいた。手に握っていた砂をヴォルケーンの眼を目掛けて投げつける。

「ぱはぁ」

斧はエリカの肩を掠めて防具を見事に破壊したが、エリカ自身にはダメージがない。砂を目にぶつけられて、直前で狙いを外したのだ。

エリカは地面にめり込んだ両手斧をたったっと軽く駆け上り、ヴォルケーンの顎に拳を入れた。

「ぷっ」

ヴォルケーンはそのまま倒れる。勝負アリだ。どんなにタフなやつでも、脳を揺らされれば終わる。

「「「「ワアアアアアアッ!!」」」」

喝采に包まれる。そして、エリカは走り寄ってきた傭兵達にもみくちゃにされた。

「お前、今すぐウチに入れ！　金払い悪くねぇぞ!!」

「女なのにすごい度胸だな！　まっすぐに向かってった時、死ぬかと思ったぜ！」

「あのヴォルケーンを素手でやるなんて、考えられねえ！」

　エリカは困ったように私を見た。

「キャ、キャロルさん……」

　私はおめでとうと言ったが、エリカには届かなかっただろう。とにかく、もはや並の戦士ではエリカに怪我一つ負わせることはできない。それが証明できたことが喜ばしい。

「えへへ……」

　エリカは男達に囲まれながら、恥ずかしそうに笑った。

*

　馬車の前で地図を広げ、次の行き先を示す。

「おいおい、最後はベン・コスタスかよ。今回ばかりはヤバい。マジでヤバいぜ」

　次の行き先を告げると、トムソンは馭者台の上で頭を抱えてしまった。

「分かってるのか!?　あの野郎、加減ってもんを知らねえんだぞ！」

　――ベン・コスタス。

　爵位は男爵。コスタス家の当主で、カレドニア式剣術の名手だ。だが、誰もが知るベン・コスタスは剣術の名手としての姿ではない。

　彼は王政打倒を掲げる地下勢力を何人も排除してきた。その手法は実に残虐だ。討ち取った骸には杭を打ち、まるで百舌鳥のはやにえのように晒す。女子供にも容赦はない。加担した者の家族は、全員そうする。

　だから人はベン・コスタスを、こう呼ぶ。『磔刑のコスタス』と。

「俺も人間だ。お前らがはやにえになってるとこなんて見たかねーぜ……」

馬車はウィンフィールドから西に向かう。目的地は幾つかの農村を越えた先にある古い屋敷だ。

はやにえを見たくないトムソンを敷地の外で待たせておき、私達は小さな門をくぐった。風で波立つ芝の上を歩き、素朴で古い邸宅へと向かう。何処からか、花の甘い匂いがしていた。

しばらく歩くと、屋敷の前にある薔薇の庭園、その長椅子で眼鏡をかけた優男と、もちもちとした真っ白な犬が戯れているのが見えた。

「ん……？」

男は私達に気がつくと、眼鏡を押し上げる。

「……その瞳、その髪、もしやリトル・キャロルか？」

「ご無沙汰しておりますわ、コスタス卿」

しまった。つい癖で昔の挨拶をしてしまった。

「え？　え？？」

エリカは目をパチクリさせて驚いている。さて、どっちに驚いたのか。私とコスタスが知り合いだったことか、もしくは私がクソったれのお嬢様言葉でカーテシーまで繰り出したことか。

「……いや、普通に考えてどっちもか」

「はい？」

「なんでもない」

コスタスに事情を話すと、すぐにこの場で打ち合いということになった。理解が早くて、非常に助かる。

エリカが仕上がったばかりの黒い剣を構えると、コスタスは白銀のロングソードを鞘から抜き、構えた。

コスタスには隙がない。もちろん、エリカにも隙はないが、それ以上にコスタスには隙がない。彼の周りの空気はしんとして澄んでいる。相手の睨み方、間合いの取り方、体の向け方、すべてが一流。雷電のザインや戦斧のヴォルケーンの時のように、誤魔化しの効かない相手だ。

だが、コスタスは四十代。体力は落ちつつあり、おそらく本人もそれを分かっている。だとしたらば、力任せに攻めて来るような真似はしてこない。必殺の一撃を確実に決めるための選択をするはずだ。それをエリカが見極められるかどうかが、鍵になる。

先に動いたのはコスタスだった。隙を見せないまま、丁寧に間合いを詰める。

そしてエリカの目線から消え、横から『駑馬の構え』にて連続攻撃。斬り、突き、斬り上げ、払い、吊り上げ、手押し。非常に素早い。ロングソードが出せるスピードの域を超えている。

――だがこれは全てフェイント。

必殺の一撃を必ず当てるための、布石だ。駑馬の構えはノーガードに見えるが、迂闊に仕掛けるとカウンターを貰う。エリカもそこまでは気がついているのだろう。それを利用し、コスタスは準備を整えている。

コスタスの体が、沈んだ。極力悟られないように、下半身に力を溜めた。『床板の構え』で来る。右足内腿を斬り上げるつもりだ。

「……ッ!!」

エリカはそれを見極め、地を蹴って下がりながら、コスタスの剣を強く払い上げた。宙を舞った剣は芝に落ち、ずぶりと深く突き刺さる。

時間にして一分弱。エリカにとっては永遠にも感じたことだろう。汗まみれの青白い顔と上下に動く肩が、それを物語っている。

「ふう。お見事」

一方のコスタスは何でもなかったような笑顔で勝者を讃えた。

試合の後、しばし休憩を挟むことにした。コスタス家の執事が庭園に机と椅子、それから焼き菓子や紅茶を用意してくれたので、いただく。

「コスタス卿とキャロルさんは、どういう関係なのですか?」

エリカは真っ白な犬にぺろぺろと顔を舐められていた。ひたすらに舐められているから、なかなか紅茶が飲めない。

「学園の臨時教師で、よく世話になっていたんだ。隠してて悪かった」

ベン・コスタスは一年ほど前に、夏から秋にかけて、聖女候補達に剣術を指南していた。私も木剣で横腹にキツいのを貰い、一日中吐き散らかしたものだ。この男の顔を見ると、鼻に残る胃液の臭いを嫌でも思い出す。

コスタスはカップに入った紅茶に牛乳をたっぷり入れて、こう言った。

「リトル・キャロル。学園は今、光の聖女を探しているよ」

四人の聖女を導き束ねるとされる、光の聖女。私が聖女でなかったことで、今回はその存在を確認できなかった。だが、原典の通りに聖女が力を発現させたのだから、この世界のどこかに必ず存在はするのだろう。

「そして、君の力も彼らは調べ始めている」

女神像を腐らせたあれを、か。

「それで……、何かわかったのか?」

「僕は学者じゃないから何とも言えないが君を学園に戻そうという話もある、らしい」

「……随分変わったね、リトル・キャロル」

私は、ふうんとだけ言ってカップに口をつける。

「変わった訳じゃない。これが本来の私なんだ」

「そうではなく、もっと根本な部分が。僕が知ってるキャロルは焦りのようなものに縛られていた。だが、今は違う」

そうだったろうか。自分では分からないものだ。

「昔の君は強かった。外見こそお淑やかに保っていたが、叩きのめされても睨みつけてくる鋭い眼光は、獣のようだった。近づけば、喉元を食いちぎられるかと思った。でも、今はもっと強いんだろうな」

「どうかな……」

　理想の聖女らしく振る舞っていたつもりだったが、それでは失敗しているじゃないか。全く、恥ずかしい。

「キャロル。君は、ただ修業の為に来たわけじゃないだろう？」

「ああ。これを返そうかと思って」

　私はコスタス家の紋章が入った短剣(ダガー)を渡す。常に護身用に身につけていたものだ。

「──そうか。分かった」

　コスタスはそれだけ言って、受け取った。

「エリカ君は、いい師匠をつけてもらったね。きっと、竜だって殺せる」

「……はいっ」

　エリカは遠慮気味の笑みで返事をした。

　ウィンフィールドへと戻る馬車の中、エリカは口を開いた。何故(なぜ)か、恐る恐るだった。

「あの短剣は何だったのでしょうか？」

「ああ。学園にいた頃に、私をコスタス家が迎え取るという話があった」

　そして、コスタス家の剣技を継ぐという話も。孤児だった私にとって、これ以上ない話だった。

「なぜ、返したんですか？」

「誰かに迷惑をかけたくないと思っただけだよ」

　学園に戻そうという話があると言っていたが、正直、私は信用していない。何か裏がある。

　そして、私の力を調べているとも言っていた。きっと、幺教会(ユーウェニス)にとって不都合な真実が判明すれば、私と関わりがある人間にも迷惑がかかるだろう。ベン・コスタスの気持ちは嬉しいが、ここは一線を引く必要がある。

　それに、私は貴族という柄でもない。

「……」

　エリカは黙ってしまった。

「どうした？」

「いえ、なんだか……。キャロルさんは遠い場所にいる人なんだな、って改めて思ってしまって」

＊

雷鳴の節に入り、二日が経った。エリカの誕生日まで、残り五日。——明日、邪竜を倒しに行く。

私が間借りしている居城の一室、エリカを寝台に寝かせ、直接筋肉の状態を確かめながら丹念にほぐす。香草と油で作った膏薬（ポーション）を塗り、筋肉の緊張を取り、回復力を高める。体調も万全にして挑まなくてはならない。一切の妥協は許されないから、どんなに小さなことでも、やれることは全てやったほうが良い。

「キャロルさんは……、学園に戻るんですか？」

「ん……？　いや、戻る気はないよ。何があっても」

「よかった……」

エリカは胸を撫（な）で下ろすようにして、ゆっくりと息を吐いた。そして、また少し緊張した表情になって、下唇を噛む。言葉を待つこと、二十秒ほどだろうか。起き上がり、少し強い口調で、言った。

「私がもし、邪竜を倒すことができたら。私を旅に連れていってくれませんかっ？」

「エリカを？」

「私、歳（とし）が近い人と仲良くなるのって、初めてだったんです……。最初はただ嬉しいだけだったんですけど、何だかだんだん、キャロルさんの凄さを知って、嬉しい気持ちが憧れに変わって……、もっと一緒にいたいって……。思うんです……」

エリカは拳を軽く握っている。

「一緒に旅は……、ダメ、ですか……？」

私はこの先、エリカと共に行くことを想像した。

隣にエリカがいて、寝食を共にし、同じものを見て、きっと感動を共有していくのだろう。そんな旅がずっと続く。感情豊かで、眩しい笑顔の彼女がそばにいてくれたら、退屈することはないな。どんなに疲れていても、また歩き出そうと思えるだろうな。

この数日、楽しかった。充実していた。長らく忘れていた、仲間や友達がいることの楽しさを思い出した。

だけれど、私は――。

「……そうだな。うん。でも、まずは邪竜からだ」

そう言うと、エリカは笑みを見せた。

「はいっ！　絶対に、倒します！　絶対に……！」

エリカが邪竜を倒し、死の運命から抜け出した時。もし、その時は、一人でこの街を出て行くことに決めた。

3

振り子時計は三時を示している。まだ陽は昇らない。

「止血帯、水銀、薬、脚絆、火薬、毒薬、予備油、燧石……」

居城内の兵舎。燈の光の下で、私は項目を読み上げていた。エリカは持ち物が入っているかどうかを、しっかりと目視する。

今回は悪党の征伐とは違う。生き延びるために竜を殺す。その目的を達成する為には、なに一つとして過失があってはならない。

特に忘れ物は死を早める。中途半端に小慣れた冒険者が、よく忘れ物をして命を落としている。逆を言えば、注意をして万全を期すことで生存確率を格段に高められる。だからこうして、一人に任せず二人で確認をする。

「準備は万端かな？」

全ての確認が終わる頃、重装備に身を包んだ辺境伯が顔を出した。エリカは、はっと焦って顔を上げる。

「すみません！　こんなに朝早くから来ていただきまして……！」

辺境伯は大欠伸(おおあくび)をして言う。

「なぁに、気にするな。老人は早起きだ。しかも、小便に三回も起きる」

四時になり、帯同する者全員が揃(そろ)った。竜の討伐へは、辺境伯を中心に古参の兵士と何人かの荷物持ち兼飯炊きが共に向かうこととなっている。

「みなさん、ありがとうございます」

エリカはみなに向かって、深々と頭を下げた。

「なんの。若い子の為に戦えるなら、本望じゃよ」

エリカの礼に、古参兵士が優しく笑いながら答えた。帯同する兵士は、辺境伯よりも年寄りが多い。その理由は、辺境伯曰(いわ)く――。

「魔山への道はしんどい。特に毒沼のあたりは酷(ひど)いぞ。むかーし、何百人と死んでしまってね。嫌な思い出だ。まぁ……、死に損ないの決死隊が相応(ふさわ)しかろう。この仕事は、若者にはまだ早いな」

だそうだ。

荷物持ちには、フォルダン家に世話になったという者達が参加する。殆(ほとん)どが体のどこかしらが欠けている退役軍人だった。怪我をして戦うことができずに途方に暮れていた彼らだが、かつてフォルダン家の当主に動物達と生きていくことの喜びを教えられた。

「ありがとうございます。本当に、ありがとうございます」

エリカは笑顔の彼らの前で、目に涙を溜めて、何度も同じ言葉を繰り返した。

五時。地平線が薄ら赤く染まる中、バグパイプが鳴る。出陣の合図だ。音は透き通る空気を震わせて、誇り高くこだました。

辺境伯軍『邪竜ヨナス討伐隊』が出陣する。隊旗はプラン＝プライズ辺境伯領ウィンフィールド守備隊の『青鹿に大槍(おおやり)』を使い回す。

エリカ・フォルダンの体力は極限まで温存させる。故に、彼女だけは馬車で移動する。道中での疲労が原因で竜殺しに失敗したとなれば、笑い話にもならないからだ。

軍馬で先頭を行くのは辺境伯。近くの兵士に頻(しき)りに話しかけ、士気を高めている。やる気満々だ。

「小娘のためにわざわざ領主自らが出陣とはね。助かるけども」

私がそう言うと、近くにいた爺さん兵士が笑いながら返した。

「昔からそうじゃよ。辺境伯は何でも自分が噛んでなきゃ気が済まん性質なんじゃ」

「いるよな、そういうヤツ」

隊は進み、馬車に取り付けられた燈時計(ランプどけい)は七時を示していた。比較的なだらかな山道をひたすらに行く。青空には白い太陽が輝いている。吹き付けるのは、入山を拒むかのような強く冷たい風だ。風の薫りは赤く燻(くすぶ)っている。この油を焦がしたような臭いは、魔山から発するのだと言う。

正面に見える魔山を見上げる。黒く灼(や)けた山肌に、鋭い角が上に伸びたような特徴的な姿形は、まるで太陽を串刺しにして、世界を闇にしてしまおうとしている風にも見えた。

十時に一つ目の山を越えた。風が強く吹いているせいか、はたまた神とやらがエリカに味方しているのか、魔物には出くわさなかった。ここまで完璧なほどに順調だと言って良い。

山道に開けた場所を見つけたので一回目の休憩

を取ることにした。休憩は取れる時に取る。

　エリカも馬車から出て、食事にする。表情は固く、緊張は隠しきれていない。

　堅パンに乾酪、野菜のスープを荷物持ち達から貰う。スープは冷えているが、牛骨の出汁がよく出ていて美味い。爺さん達の昔話を聞きながら、それらを食べる。

　休憩中、栗鼠がエリカの肩に乗るなどしたおかげで、緊張が多少ほぐれたようだ。笑顔が見られるようになって、良かった。ちなみに爺さん達は、自分の話がエリカの緊張をほぐしたと思っている。

　十時半頃には全員が食べ終わり、再出発をした。

　しばらくして、廃村に差し掛かる。この辺から風の燻る臭いが強くなると共に、ガスのような刺激臭も気になるようになる。地には草花も生えていない。石と砂、それから廃屋があるだけだった。

　太陽が真上で輝いたくらいで、二つ目の廃村に差し掛かる。その村の門には、風化して崩れた山羊の頭蓋骨が並んでいた。今は無いが、元は柑橘の葉が共に祀られていたとしたら、それは初歩的な健康祈願のまじないだ。

　この村を越えるとすぐに毒沼があるらしいので、ここに馬と馬車を置いておく。後に別部隊が取りに来る手筈になっている。

「およそ半分の所まで来たんですね……」

　馬車から降りたエリカが魔山を見上げる。山は黒壁となって聳え立ち、空は相変わらず青硝子のように澄んでいる。一方で爺さん兵達は廃村の至る所にある無縁墓に、持参していた花を手向けていた。

　十二時半、毒沼のほとりに到着する。風は絶え間なく吹いているが、沼から出るガスで視界は悪い。その中でも、蝶の鱗粉を浮かべたような毒々しい水面は確認できる。

　辺境伯が燈時計の鯨油を交換しながら、顔を顰めて呟いた。

「久しいな、毒沼よ。あいも変わらず忌々しいものだ」

　この毒沼は元は小川で、綺麗な水源だったそうだ。しかし突如として毒化し、真っ白な布に紅茶を垂らしたようにして、じわりじわりと辺りを蝕んだ。

　この沼に入れば毒が体に染み、程なくして死ぬという。毒化したばかりの時、先の村では文字通り死体が山になっていた。そしてこの毒沼の底にも、いくつかの村がある。

　ばらして持ってきていた船の部品を、爺さん兵士達が慣れた手つきで組み立て始める。当然ながら、ここから先は徒歩では難しい。

「皆さん、ガスで体調を悪くしなければ良いんですが……」

　エリカが心配そうに呟く。が、この時。私は別のことが気になり始めていた。

「亡霊の気配がする」

「え……？」

　エリカが不安げに私を見る。私は万一に備え、外套の懐中から聖書を取り出す。

「これは……？」

「貰い物だよ。神に熱心ではないが、役には立つ」

　聖書を封じていた鎖、その錠に鍵を挿し、封を解く。すぐに使えるように準備しておいた方が良さそうだ。

*

　十三時。船に乗り込む。船は全部で二隻。一隻に五人。エリカは私のそばに置く。櫂で漕ぐのは爺さん達だ。私がやると主張しても、任せろと言って聞かないので、諦めた。

　毒ガスを直接吸い込まないよう、全員鼻と口を布で覆う。だが、それでも毒に蝕まれることはあるだろう。平気なのかと問うと、辺境伯は笑いながら言う。

「なんの。生きていれば酒が飲める。死ねば早くカミさんに会える。どっちに転んでも良い」

そして、爺さん達がみな笑った。

煙る湖上を行くこと三十分。先頭の船を漕ぐ爺さん兵が、声を上げた。

「何か来たぞー！」

大型の吸血蝙蝠(こうもり)の群れが襲いかかってきたのだ。羽を広げると九呎（三メートル）あり、首に噛みつかれれば血を吸われて、一分で木乃伊(みいら)のように枯れてしまう。ひらひらと木の葉のように空を舞うので、攻撃を当てづらいのも厄介だ。

「やれやれ。しかも人面種かよ。気色悪い」

新米冒険者や若い兵卒が洞窟の中で干からびて死んでいるのを見たら、大抵この蝙蝠が原因だ、と言われている。それほどにこの魔物は危険だった。

「行きます……ッ！」

エリカが咄嗟(とっさ)に剣を抜こうとするが、それを制止した。万全の状態で竜と戦うために、他の人間に任せるという選択肢を取らせる。

「大丈夫。爺さん達は強いよ」

爺さん達は船上から矢を放ち、蝙蝠を倒していく。特に辺境伯は、デカい図体(ずうたい)から繰り出されるパワーで蝙蝠を圧倒する。ハルバードで三頭纏(まと)めて薙(な)ぎだ。船の上でも器用に立ち回る。

そうして随分と蝙蝠を叩き落とした頃だった。辺境伯が呟く。

「おうおう、面倒なヤツらが来たぞ……」

蝙蝠の血の臭いに誘われて、動屍(ゾンビ)が沼から姿を現した。元はこの沼の底に沈んだ住人なのだろう、死霊が取り憑(つ)いて死体を動かすのだ。こんな場所だからか、水死体のように肉をぶよぶよと腐らせ、所々開いた穴からガスが吹き出している。今まで見た動屍で一番グロテスクな気がする。

数も多い。目視できるだけでも、五十体近く。恐らく、見えていないだけで沼の中にもたくさんいる。囲まれて転覆でもさせられたら、私達も彼らの仲間入りだ。

「はっはっはっ。覚悟が必要かのう」

「なあに、まだまだやれるさ」

緊張からか、爺さん達の武器を持つ手に力が入る。

「キャロルさん。ここで使わせてください」

エリカはボウガンを装着する。左手に持つのは、火薬付きの矢だ。

「いや、ここで弾数を減らすことはない。この程度の数なら――」

私は聖書をめくる。指先に魔力を込めて、文字をなぞる。文字が明るく光り出す。光の風が吹き、私を中心に渦巻く。

「魔法ですか……？」

「柄にもなく詠唱式のな。恥ずかしいからあまり聞かないでくれ」

私は詠唱が好きではない。性に合わないというのもあるが、何より気取った感じがするのが嫌で嫌でしょうがない。恥ずかしい。だがこの祓いは、言葉を紡ぎ、声を聞かせることに意味がある。

「《――我が主、大神リュカの御名により、汚れなき神の御母カレーディア、幸福の使徒ミガクとザネリ、そして総ての聖人の取次による、また我らに神聖の奉仕を委ねられた権を信じ、悉く災いを駆逐すべく、我ら怖るること無く、此れを始めん》」

言うと動屍の体から腐った魂が抜けていき、糸が切れた人形のように次々に倒れる。概ね、片付いたか。

「せ、聖女じゃ……」

爺さん達が驚いて、手に持っていた武器をごとりと落とした。

「いや、聖女じゃないよ。残念ながら落第してる」

ぱたん、と聖書を閉じる。

「ワシには聖女と落第聖女の違いがとんと分からん」

辺境伯はそう言い、難しい顔をして頭を掻いた。

ともかく、これで危機は抜けた。再び聖書に鍵をかけようかと思ったが――。

「……何か出てきたな」

どうやら骨のあるヤツが残っていたようだ。沼からもう一体、動屍が這い出てきた。

動屍の装備に辺境伯軍の紋章を確認できる。言わば、彼らの同僚だろう。腐ってもなお体が大きく、筋肉質なことが分かる。

「……」

爺さん兵士達は、警戒しながら動屍の方を見ている。だが、知らないものを見る目ではない。恐れていたものが出てきてしまった、とでも言うような、そんな眼差しだ。

「随分と伊達男になったのう、アレクサンダーよ」

辺境伯は笑みを浮かべながら顎鬚をさすって敵を見据えた。

「御関係者で？」

「腐れ縁よ。小さい頃から共に稽古に励み、悪さをし、時に賭け事に女遊び、酒も楽しんだ。……あー、いや、時には自分を良く見せようとしたな。常にが正解か」

辺境伯は懐かしそうな表情で、続ける。

「もう三十年ほど前になるか。毒沼が広がるのを食い止める為に出陣してな。まあー、不幸なことに逃げ遅れた村娘がいた。どうも助かりそうにない。だが、女に目がないアレクサンダーのやつは自分が毒に蝕まれるのを顧みず、彼女を助けた。話にするには美しいが、それでこのザマだ」

アレクサンダーなる動屍は腐食した剣を手に、ゆっくり近づいてくる。

「ワシは歳をとり、お前は若いままだ。哀れよな。お前が助けたあの美しい女は、なんとワシの嫁になったぞ」

　辺境伯は船を降り、ずぶりと沼に立った。

「えっ……!?　辺境伯さまッ!!」

　エリカが声をあげる。

「なあに、実はそこまで深くはない。無闇に動かなければ、沈むことは無いのよ。この辺の地形はよくわかっておる」

「そ、そういう問題ではなく！　毒が……ッ!!」

　エリカまで飛び出していきそうなので、制止する。すると、爺さんが声を上げ始めた。

「行け、辺境伯！　あやつを楽にさせてやってくれ！」

「ずっとお前が来るのを待っとったんじゃ！」

　やれやれ、爺さんは大盛り上がりだ。拳を突き出して発破をかけている。

「おう。任せろ」

　辺境伯もやる気満々で親指を立てる。歳のせいか穏やかに見えるだけで、元は血気盛んな性格か。

　これは流石に止められない。

「できれば五分以内でケリをつけてくれ。治療に影響する」

　私は聖水を振り撒き、辺境伯の持つハルバードに祓いの力を付与した。

「それだけあれば充分よ」

　辺境伯はハルバードを握り直す。

「さあ、来いッ！　誉高き、聖パトリオーネ『黄昏のアレクサンダー』ッ!!」

　動屍は一瞬で沼の中に姿を消した。そして、一秒、二秒と経って、辺境伯の目の前、沼からざぶりと現れた。剣を振りかぶっている。必殺の間合いだ。

「見事だ、アレックスッ！　だが……！」

　辺境伯はハルバードの柄でそれを防いだ。

「ははっ！　驚いたかっ。ワシャあ若い頃こそ、力押ししか脳の無い阿呆だったが、――経験を積めばこういうこともできるっ！」

そして器用に捌き、剣を弾いた。それで、敵の体勢が崩れる。

「十五勝十五敗。この一撃でワシの勝ち越しだな」

辺境伯はハルバードを大きく振るい、敵の首をはねた。武器に宿っていた聖なる力が弾け、光の柱が天に向かっていき、動屍の体は光の中で霧散した。

*

急ぎ毒沼を渡り切り、辺境伯を治療する。

「いささか無理をしたかな？」

「だな」

辺境伯の足は赤く腫れて、所々かぶれている。患部を覗き込む爺さん兵やエリカの顔が引き攣る。

「だが、その無理のお陰で毒の正体が何となく分かった。これに近い症状を、学園の論文で見たことがある」

私の掌も見せる。今、辺境伯の長靴を脱がせたわけだが、私の手もかぶれてしまった。これは皮膚が溶けただとか、何がしかの反応があったという感じでは無い。小さな小さな傷が無数についた、といった感じだ。

触れたのは一瞬。皮膚接触で、こんなにすぐに症状が出るとなると、毒かどうかも怪しい。つまり、これは毒ではなく生物的な何かだ。

「恐らく、無数の寄生虫。目に見えないような小さい虫が、皮膚を食い破って体の中に卵を産み付けるんだろう。これなら、対処のしようがありそうだ」

すると、ここらに漂うガスは、死骸から出るものや寄生虫の排泄物から出るもの、といった所か。

「あの時は、これを毒性の奇病だと王都の医師は言っていたぞ。あれはヤブか」

「一年前に発表された論文だからな。知らなくても無理はない。情報は常に変化する」

そう言うと、辺境伯はフッと小さく、だが少しばかり悲しげに笑った。

「すまん、他人のせいにした。ワシも王都の視察団と共に研究をして、結局何も分からず、奇病で終わらせたんだよ。――解明して戦友を弔ってやりたかったんだがな」

その言葉には、遠い昔の無念が潜んでいた。

十四時。私と辺境伯に、菌から抽出した虫下(ポーション)を投与する。菌糸の力に初めて感謝する。いや、初めては言い過ぎか。

「私がお手上げだったら、どうするつもりだったんだ？」

「言ったろう。生きていれば酒が飲める。死ねば早くカミさんとアレックスに会える。どっちに転んでも良いのさ」

仕方のない親父だ。エリカも呆(あき)れて笑っている。


十四時三十分。再出発。魔山に向けて進む。風向きが変わって廃村方面、南南西から追い風が吹く。

4

二十時。星空の下、魔山の麓に到着する。特徴的な燻った臭いは濃厚で、目に沁(し)みる。強くまばたきをすると、じわりと涙が滲(にじ)み出た。

麓にあったのは、小さな要塞と鉄門だ。石造りの建物は半壊している。大きな鉄門の上には、暗がりでも分かるほど大きく鴉(からす)と瞳が描かれていた。幺教会では「神は鳥の姿であなたを見ている」とされ、さらにそこに瞳が描かれているわけだから、強い監視を意味する印だった。大概は、死罪収容所を表す。

この収容所の裏には古い炭鉱があり、内部で魔山につながっていて、そこが邪竜ヨナスの巣となっている。

「ここは女子禁制だったわけだから……。つまり、足を踏み入れる女は君達が初めてかな？　きっと亡霊も喜ぶ」

辺境伯が口をへの字にして私とエリカを見たので、亡霊を喜ばせに門の中へ入る。そして半壊の砦に荷物を下ろし、今一度装備を整える。

ここから先は邪竜の縄張り。炭鉱内は狭いはずなので、大勢で行ってもそれぞれがそれぞれを邪魔するだけになってしまう。ということで、爺さん達は『男の園』で仲睦まじく野営だ。あとは私とエリカだけで進む。

「ありがとうございます。私、必ず邪竜を倒してきます」

「そう気負うな。なるようになろう」

辺境伯は優しくエリカの肩を拳で小突いた。それでエリカは目に溜まった少しの涙を、手の甲で拭う。

「美味いものでも作って、ここで帰りを待っているよ」

爺さん達と別れ、収容所の中庭を直進する。芝も雑草も生えない、灰色の庭だ。途中、枯れかけの花梨の木、それに生った実を鴉が食っているのを見た。

中庭を抜けると、壊れた鶴嘴や鍬などの道具が散乱している場所があって、そこからしばらく進むと、炭鉱を示す印の描かれた看板が現れた。その先、崖にくり抜かれたような大穴が空いていて、そこが入り口になる。

炭鉱の入り口上部に大きく『神のための労働』と彫られた鉄看板が掲げられている。ここは死を待つだけの犯罪者の奉仕活動に使われていたのだろう。

『神のための労働』には羊や牛などの家畜の死骸

や、木乃伊となった子供の死骸が吊るされている。邪竜が縄張りを主張しているのだ。その下を潜り抜けると蝿(はえ)が一斉に飛び立って、わあと叫ぶような羽音を立てた。

　炭鉱内に足を踏み入れた瞬間、床が動く。いや、床にびっしりと居た何かが一斉に散っただけだ。その正体は、鼠(ねずみ)だった。後に残った古い鼠の死骸を避けながら先に進むと、坑内の管理小屋が見えてきた。木造だから、滴る地下水を受けていて腐っている。

　中を覗くと、冒険者らしき人が身を寄せ合って死んでいた。所々白骨化しているが、残った肉が腐って凄(すさ)まじい死臭を放っている。これでは鼠も食わない。

　彼らは奥地で邪竜と戦闘し、負けて、ここに逃げ込んだのかも知れない。道具や装備が散らばっているが、誰かに荒らされたような形跡は見られないから。

「相当なパニックだったんだろう。ここで怯(おび)えて死んだな」

「怯えて死んだ……」

「うん。竜は人間の心に深く入り込む」

　胸の前で十字を切り、散らばった荷物を漁(あさ)る。使えるものがあれば頂戴したいが、あまり期待はできなそうだ。

　あるのは使えない食糧と酒、濁った水薬(ポーション)、錆(さ)びた硬貨。あとは羊皮紙で作られた依頼書。辛うじて読めた内容は邪竜ヨナスの討伐を示すもの。報酬は金銭と不動産。それから、青獅子(あおじし)章の授与。これは冒険者組合の勲章だ。

「残念ながら、この依頼書も期限切れだな」

　読む限り、フォルダン家が雇った冒険者ではない。亡骸(なきがら)も新しすぎる。数年前にも何処かの誰かの手によって、邪竜を倒すという試みが行われていたのだろう。

　名声を得たいだとか、人生を変えたいだとか、そういう野心を持った冒険者は、それに群がる。強力な魔物だった場合は、依頼をした者も英雄として担ぎ上げられることも少なくない。この依頼書には、そういう夢を感じる。

儚(はかな)い冒険者達の身元認識票(シグナキユラム)だけを回収してその場を後にする。

*

進むたびに狭くなる洞窟内を行くと、少し開けた空間に出た。最奥にあるのは、錆びた鉄格子だ。持参してきた地図を提燈(ランタン)で照らす。

「恐らく、立坑(たてこう)の先にヤツはいる筈だ」

立坑とは、坑道内で縦に掘られた場所のことだ。この炭鉱では立坑に水圧式の昇降機がある。水門を開けると外部に水が流れ、下層に行けるようになっているらしい。その昇降機が目の前の錆びた鉄格子で、一度に何十人も下層に運ぶことのできる大きさだ。

昇降機を操作するには、誰か一人がここで水門を開けなくてはならない。そういう意味でも、ここから先はエリカ一人だ。

昇降機に乗せる前に、ここで最後の休憩を取ることにした。持参していた山羊の血で魔法陣を描き、聖域を張る。これで魔物は寄り付かない。

銀のカップに、持って来ていたチョコレートと扁桃(アーモンド)を練り込んだものを入れ、ミルクと砂糖を混ぜ、温める。戦闘前の栄養補給だ。洞窟内なので火は起こさない。光の魔法の熱源だけ作る。

「……美味しい」

「良かった」

これは辺境伯に教わったレシピだ。この地方に伝わる、滋養強壮剤と言うべきか甘味と言うべきか。とにかく、特別な時にしか飲めない大変貴重な嗜好品(しこうひん)で、山間(やまあい)の子供達の憧れだと言う。エリカも幼少の頃、聖誕祭の夜に飲むこれが好きだったそうだ。

懐かしい味に、少しでも心を落ち着けて欲しいと思って持ってきたのだが、どうだろう。

「……本当に美味しいです」

エリカの目に、少しの涙が浮かんだ気がした。喜んでくれたようで、私も嬉しい。

いつの間にか、坑内は異様なほどに静かになっていた。あんなにいたはずの鼠の気配も感じない。小動物の臆病な本能が、何かを察しているのだろうか。

エリカの手に目をやると、微かに震えている。当然だ。彼女は今から、生きるか死ぬかの戦いをやるのだ。それで、私は手を握ってやった。思った通り、少し冷えている。

「キャロルさんは不安な時って……、どうするんですか……？」

「そうだな……。昔の仲間達を思い出すかな」

「学園の人達、ってことですか？」

「いや、学園に入る前にいた孤児院のクソ共だよ」

古くから貧民街にあった修道院。それは、いつのころからか孤児院に変わっていたのだと聞いた。そこには、掃き溜めに捨てられた身寄りのない子供が集められていた。私もその一人だ。親の顔も知らなければ、自分の本名だって分からない。

「居心地良かったんですね」

「良いわけあるか。悪さや喧嘩ばかりで動物園と変わりない。街中そうだぞ。地域で睨み合い、殺人も頻繁に起きた」

「キャロルさんも悪いことしてたんですか？」

「ま、まあ……。ちょっとは……」

そうでもしないと生きられなかったから、まあ、破落戸の真似事のようなことはしてきた。あまり言いたくはないのだけれど。

「私が聖女候補に選ばれて、学園に行く朝。孤児院のクソったれのガキ共が祝ってくれたんだ。オレ達の分まで頑張ってくれって……。アイツらの顔を思い出すと、不安なんかに負けられるか、ってなる」

ガキ共だけじゃない。貧民街の住民のほとんどが私を笑顔で送り出してくれた。もう二度とこんな所に戻ってくるんじゃないぞ、と。

「それが自分を偽ってでも学園にいようとした理由でもあるんですね」

「まあそうなるかな……。うーん……、小っ恥ずかしいが……、なんというか、その……、早く、理想の聖女になりたくて……」

頭のてっぺんから茸が出て来たので、急いで押し戻す。

「いつか、行ってみたいです。キャロルさんの故郷に」

「やめとけ。財布をスられるだけだ」

それに、私の故郷はもう存在しない。瘴気に呑まれたのだ。

＊

エリカは全ての装備を整えた。あとはもう昇降機の中に入るだけだ。

「そうだ。これを渡すよ」

私は小さな青い袋を渡す。

「綺麗……。これはなんですか……？」

「お守りだ。中に兎(うさぎ)の足が入ってる」

兎は生命力の象徴。きっと、エリカに幸運を齎(もたら)してくれる。

「あー……。あんまり期待しないでくれ。本当にただのお守りだ。ピンチになると何かが起きるとかはない……」

エリカは首を横に振る。

「嬉しいです。一生大切にします」

そう言ってお守りを胸の前でぎゅっと握って、笑った。

「必ず倒します、邪竜を」

　エリカが巨大な昇降機の中に入ったのを確認して、水門を開けるための回転櫓を回す。遠くでゴオという音がして、間も無くして地響きが起こった。鉄格子の中の昇降機がゆっくりと降りていく。

「頑張れよー……」

　その様子を、彼女の姿が見えなくなるまで見守っていた。

　私は、彼女が邪竜を倒したとしても、もう二度とエリカには会わないと決めている。自分で決めたのにもかかわらず、それが酷く寂しくて、切なかった。なんだか、自分が馬鹿みたいだった。

5

　昇降機の上でエリカは胸元に手をやり、刻まれた呪いの印に触れた。いつにも増してそれが熱く火照るのは、やはり邪竜が近いからか。

　がこんと大きな音と振動があって、下層に着く。エリカは錆びた鉄格子の錠を剣の柄頭で壊し、降り立つ。

　ひどく暗い下層である。風など無いのに、提燈の灯りが揺れる。

　細い道の先、焦げた臭いがする。よく見ると、かさかさとして真っ黒な亡骸が八体、団子のように丸められている。管理小屋にあった死骸よりも異様な姿の亡骸。おそらく、焼死体。

　……わからない。はっきりとはわからないが。呪いに使用されたと聞く、フォルダン家が雇った冒険者かもしれないと、エリカは直観的に思った。

　その亡骸の奥から、異様な気配を感じる。それが邪竜によるものなのか、はたまた別の何かが潜んでいるのか、エリカには分からない。意を決して一歩進むと、奥から声が聞こえた。

「エリカ……」

自分を呼ぶ声だ。暗がりから、誰かが出てくる。

エリカは『こんな所に人がいるわけがない』と思いながら、剣を抜く。

闇から現れたのは、女だった。提燈の僅かな光を受ける美しい白銀の髪と、整った顔立ちに、温かな微笑み。気品のあるマンチュアと、この場に似つかわしくない、香油と紅茶の香り。

エリカ・フォルダンの瞳がじわりと広がっていく。より、光を吸収し、その姿を焼き付けるために。

「お母様……?」

「大きくなったのね」

その姿は紛れもなくエリカの母、マイア・フォルダンそのものであった。

無意識だった。エリカは母の下へ、もう一歩踏み出した。

すると、長靴に伝わって来たのは、柔らかな芝の感触。あるはずの無い風が爽やかに吹き、豊かな土の匂いを運んできた。

「え……?」

不思議に思って足元を見ると、確かに芝である。目線を上げると、頭上に青空が広がっている。

「巣箱が壊れてしまったみたい」

目の前には鳥の巣箱を前に、困った顔をしている母。

「駒鳥が来てくれる前に直したいわね……」

エリカはそれを、呆然と見つめる。

(そうだ。私は、お母様と巣箱を直そうとして――)

エリカは気がつく。この光景はマイア・フォルダンが黒い血を吹き出す数瞬前のこと。

「でも、どこから手をつければ良いのかしら?」

母が巣箱に触れる。エリカの記憶ではその瞬間、マイアが血を吹き出すはずだ。急に腹を抱えて、咳き込むように、ごほり、ごほり、と血を吐く。

「――いやだッ!!　お母様!!」

エリカが思わず叫ぶと、マイアはきょとんとした顔でエリカを見た。

「どうしたのエリカ。そんな大声出して……」

エリカは反射的に閉じてしまった目を開ける。

そこには、当然のように母が立っている。

「え……？　いや……。な、何でも……、ありません……」

しばらく呆然と立ち尽くしたエリカをマイアが笑った。それで腕を引いてガーデンテーブルに連れて行き、マイアはエリカの為にホットチョコレートを淹れた。

「風が出ると、少し寒いわね」

手渡されるホットチョコレートに己の姿が映った。そこには、十歳の幼い自分が浮かんでいた。それを見て、違和感を覚える。覚えるのだが――。

「……お母様。私、とっても悪い夢を見ていたみたい」

エリカの違和感は母に会えたことの安心で塗り替えられた。

「悪い夢？」

マイアはそう言ってくしゃみをした。続いて、鼻の下を指で擦る。貴族にしてははしたない所作であるが、それがエリカの母マイア・フォルダンであった。

「悪い竜に呪いをかけられて、みんな死んでしまうの」

エリカは続ける。

「私は仇を討とうと頑張って、それで……。それで、どうだったんだっけ……？」

マイアは困ったように笑いながら、エリカの頭を撫でた。

「心配しなくても大丈夫。誰もエリカの前からいなくならないわ」

言われて、ツンと鼻の奥に刺激があった。夢の中の出来事のはずなのに、その言葉で救われた気がして、それで、堪(こら)えようとした涙がぽろぽろと流れ落ちた。

「少し休憩したら木の板を切らなきゃね。それとも、旦那様が帰って来るのを待ったほうがいいかしら？」

（そうだ。そうだった。お母様の周りにはいつもトラブルがあって、困ったように笑いながら、すぐに旦那様を待つって言って……。その度に私も笑っている。それが、明日も明後日(あさって)も、ずっとずっと続いていくんだ）

エリカは流れる涙を拭わない。そして微かに残る違和感でさえ、確かめるようにして自分で塗りつぶしていく。

（――やっぱり、私はずっとここに居たんだ）

エリカはじっとマイアを見て、言う。

「本当に……、いなくならない……？」

繰り返す。

「本当に、いなくならない？」

本当は何度だって繰り返し聞きたい。

「ふふっ。変なこと言ってないで飲みなさい。冷めるわよ」

そこには、確かな母の姿があった。きっと大丈夫だ。自分はこれからも、ずっとずっと、ここに居て良い。悪い夢は終わった。

「――うん」

エリカはカップに口をつける。口の中に、優しいチョコレートの風味が広がる。

「……美味しい」

エリカは動きを止める。

「……」

ついさっき、同じ言葉を発した気がした。

「――良かった」

そう思うと、ふとリトル・キャロルの声が聞こえた。

＊

エリカはキャロルの声から、とある日の会話を思い出した。

夜、日を跨(また)いだ頃合いだったろうか。あれは、兵舎だ。装備に使われている古い革の臭いがしていた。己の前で、キャロルが椅子に座り、淡々と話している。

「竜を普通の魔物だと思わない方が良い。ヤツらは賢(さか)しい。卑怯な手段を悪びれもなく使ってくる」

「卑怯な手段というと……」

「様々だよ。人間は感情の動物だから、その人に合った罠(わな)を張るんだ」

キャロルは竜についての記述書をエリカに見せながら、続ける。

「魔息(ブレス)を吐く竜に関しては、体内にガスを溜め込む。そいつは神経にも効く」

「幻想を見せられるんですか？」

「本人が幻想を見せられていると気がつければ良いがな」

要するにキャロルが言いたいのは、対処が難しいということだ。

「もし、感情を揺さぶられたら……。その時は、心を殺して目の前のそれを斬るんだ。たとえ、どんな恐ろしい相手でも、どんな大切な人でも。躊躇するかも知れないが、すぐに決断しないと死ぬぞ」

キャロルはエリカの目をじっと見て、こう続けた。

「――ヤツらは合理的にかつ残虐に人間を狩る」

＊

十七歳のエリカ・フォルダンは、マイアの腹を黒い剣で突き刺した。

「え……？」

マイアの口から真っ赤な血が、ごぼりと漏れ出る。

「ハァハァ……!!」

息を荒げるエリカの目からは、涙がさらさらととめどなく溢れていた。

「うわあああああッ!!」

そしてエリカは剣を捻り、傷口を広げてから、マイアを蹴り倒した。エリカにとって、その所作の一つ一つは、ひどく重く動かしにくいものだった。声を上げなければ、とても動かすことなどできなかったのだ。

「エ、エリカ……、どうして……？」

エリカはその問いに答えることなく、マイアの腹を全力で踏み抜いた。マイアは吐瀉物と血の混じったものを吐き散らす。――竜は意図的に大切な人間の無惨な姿を見せて、精神を壊そうとする。


「絶対に――」

エリカはさらにマイアの顔面を全力で踏み抜いた。

「絶対にゆるさない……ッ!!」

マイアの体は海老反りとなって激しく痙攣し、人間の動きをやめている。

「ふざけるなッ!! ふざけるな、卑怯者ッ!! 貴様は二度もお母様を殺すのかッ!! 畜生風情が調子に乗ってッ!! 八つ裂きにしてやるッ!! 私が百回でも千回でも貴様を殺してやるッ!!」

突如、芝が盛り上がり、鱗に覆われた巨大な手が現れる。エリカは全身を摑まれ、地中に引き摺り込まれた。

地面が崩壊して、さらに下層。広い空間に、黒い四足竜がいる。邪竜ヨナスである。

エリカは摑まれたまま動けない。竜の鋭い爪は、エリカの右腕に深く食い込んでいる。

『ギャアアアアアアアッ!!』

邪竜は動けないエリカに強烈な雄叫びを浴びせた。これは、殆ど意味のない行為である。邪竜は失意のエリカの前で恐怖を煽り、良い気分で遊んでいるのだ。

「笑っているの？」

だが、エリカの目は死んでいない。死んでいないどころか、怒りで血走らせている。

エリカは、邪竜の指の隙間から腕を出し、ボウガンで矢を連射した。矢は邪竜の顔面に直撃し、爆発する。火薬弾だった。熱されてキラキラと赤く発光する鱗が、粉塵のように広がっていく。

エリカは爆発で吹き飛ばされ、地面に叩きつけられた。爪で右腕を深く抉られ、血が吹き出している。

『ギャアアアアッ!!』

邪竜は無数に枝分かれをした細く長い尾を薙いで、倒れたエリカに襲いかかった。

しかしエリカは素早く避けて防火外套を被り、シェンヴァンの火炎放射器を使って、あたり一面を火の海にした。幾十の尾が焼ける。炎は壁から滲む可燃性のガスに燃え移る。炎の坑内が邪竜の姿を明らかにする。

黒い鱗に覆われた体に、巨大な翼。前足には鋭い爪があり、艶のある尾は幾つにも細かく分裂していて、触手の如く自由に操れるようだ。目は黄色く、歯は鋭く尖っている。立派な巻き角は乱れて重なり不格好である。

炎が空気を取り込み、巻き上げるような気流が発生する中で、エリカは怪我をした右腕を止血帯で手早く処置した。そして流れるように、キャロルが調合した神経毒の瓶を指に挟み、矢の先端を漬ける。

「絶対に殺す。逃がさない」

眩い光の炎が逆向きの滝になって昇る最中、エリカは強烈な殺意を込めて竜を睨んだ。

満足に動くのに必要な酸素が無くなるまでに、

この下劣な畜生を片付ける。難しいようであれば、竜を道連れに死ぬ。――その瞳には、呪いとも取れる覚悟が込められていた。

6

邪竜にとって、エリカの放った爆弾矢は生まれて初めて玩具(おもちゃ)から喰らった、重く、痛い一撃であった。

『ヴァアアアアギャアアアアアッ!!』

竜は体を壁に叩きつけながら、大きな雄叫びをあげる。痛みと、驚き。そして『なんで自分がこんな目に遭わなくてはならないのか』という悲しみから、錯乱(さくらん)しているのだ。

「うるさいッ!!　喋るなッ!!　黙れ、外道ッ!!」

エリカはボウガンに毒矢を仕込み、竜の顔に狙いを定める。

「貴様に、貴様なんかに、感情を表現する権利なんかないッ!!」

『カッ……。カッカッ……ッ』

竜は不気味に喉を鳴らしながら、上を向いて口を大きく開けた。そしてガスを放射し、喉袋にある石を打って、火花を出し着火する。初めに赤い炎が出て、すぐに強い魔力を宿した黒い炎となった。

竜が薙ぐようにして首を振る。坑内の炎が、眩い黒で塗り替えられていく。黒い炎は魔の炎である。鉄も岩も燃やす。

エリカの耐火外套(マント)にも黒い炎がまとわり付く。だが、エリカは臆(おく)さない。黒い炎の中、狙いをすまして放たれたのは、四本の毒矢である。

そのうち二つは激しい気流に阻まれ、逸れた。残る二つは、邪竜の顔部、爆発によって鱗の禿(は)げた箇所に命中する。その瞬間、竜は毒で口や鼻、性器、肛門(こうもん)などの穴から大量の血混じりの汁を吹き出した。

　竜は再び大きな悲鳴をあげる。腹の中で育てていた卵が割れて、股座(またぐら)から大量の未熟児がぼとぼとと生み出された。竜の体は死を前に、まるで蜚蠊(ごきぶり)のように種を残すことを選択したのだ。

「これ以上、増やすなああああああッ!!」

　エリカは地を蹴って、弾かれたように竜の懐(ふところ)に向かって駆け出す。竜も素早く反応し、右前脚をエリカの脳天目掛けて振り下ろす。

「うあああああ゙あ゙ッ!!」

　それをエリカは避け、勢いよく剣を振って、竜の右前脚の腱(けん)を切断。続いて懐に入り込んで股に回り、何匹かの未熟児を踏みしだきながら右後脚の腱を切断する。

　エリカがさらに左後脚の腱を切断しようとした時、未熟児が足に取りついた。鋭く細い爪が、腿に刺さる。

「……！」

　エリカの足が止まった。

『ブオオオオッ!!』

　竜が叫びながら尾を振った。無数に分かれるゴム状の尾が、鞭(むち)の嵐のように坑内で暴れる。

「……ッ!!」

　エリカは上手(うま)く合わせて幾つかの尾を避けたが、燃えて千切れかけていた尾の一部が、腹を掠った。竜にとっては、これで充分である。人間はかくも脆(もろ)い。

　エリカは撥ねられ、高速で回転しながら壁に叩きつけられる。取り付いた未熟児も衝撃で潰れる。

「あ……ッ!!」

　エリカは血を吹き出し、倒れる。臓器を痛め、息も満足にできない。思考もはっきりしない。頭も打ったのだ。いや、それだけではない。

（――酸素が足りてない）

　竜は大きな翼を広げ、首をあげて上を見る。酸素が足りていないのは、竜も同じなのだ。

「ハァハァ……。ゲボっ。に、逃げるな」

エリカは剣を杖にして立ち上がり、爆弾矢をボウガンに仕込む。狙いは翼である。

「動け……。動いて……」

腕が重く、動かしにくい。肩の骨が折れている。止血帯で塞いだ傷からも、また血が漏れ出てしまっている。

「ここで、殺すんだ……」

エリカは震える腕で、脈打つ飛膜に狙いを定める。

「じゃないとお父様もお母様も……、報われないじゃないか……ッ」

エリカはハンドルを回し、矢を連射した。矢の放たれる反動に耐えきれず、体の軸がぶれる。爆弾矢は様々な方向に飛び、炎の坑内のあらゆる場所で爆発を起こした。全ての矢を打ち尽くして空撃ちしながら、エリカはふらりと後ろに倒れる。

『ギャアアアアアアアアッ!!』

放った矢の二本が竜の喉と翼に直撃した。

そして竜は、ゆっくりと、腱を切られた右側へ倒れていく。

『ゴゴ……、ブポコォ……、コポォ……』

白目を剝き、極端な海老反りになって痙攣を始めた。毒が完全に回ったのだ。

「ハァハァ……。やった……。お母様、お父様……」

エリカの目の前が暗くなっていく。

「キャロルさん、私……、わたし……」

エリカは這う。ここから逃げ延び、生きる為に。待っている仲間達に、勝利の報告をする為に。崩れた天井と壁をつたっていけば、なんとか昇降機まで行けそうか。

――しかし、ここで気がついた。

倒れた竜の周りに、突如として黒い炎で描かれた魔法陣が出現し、その上で未熟児達と竜の体が

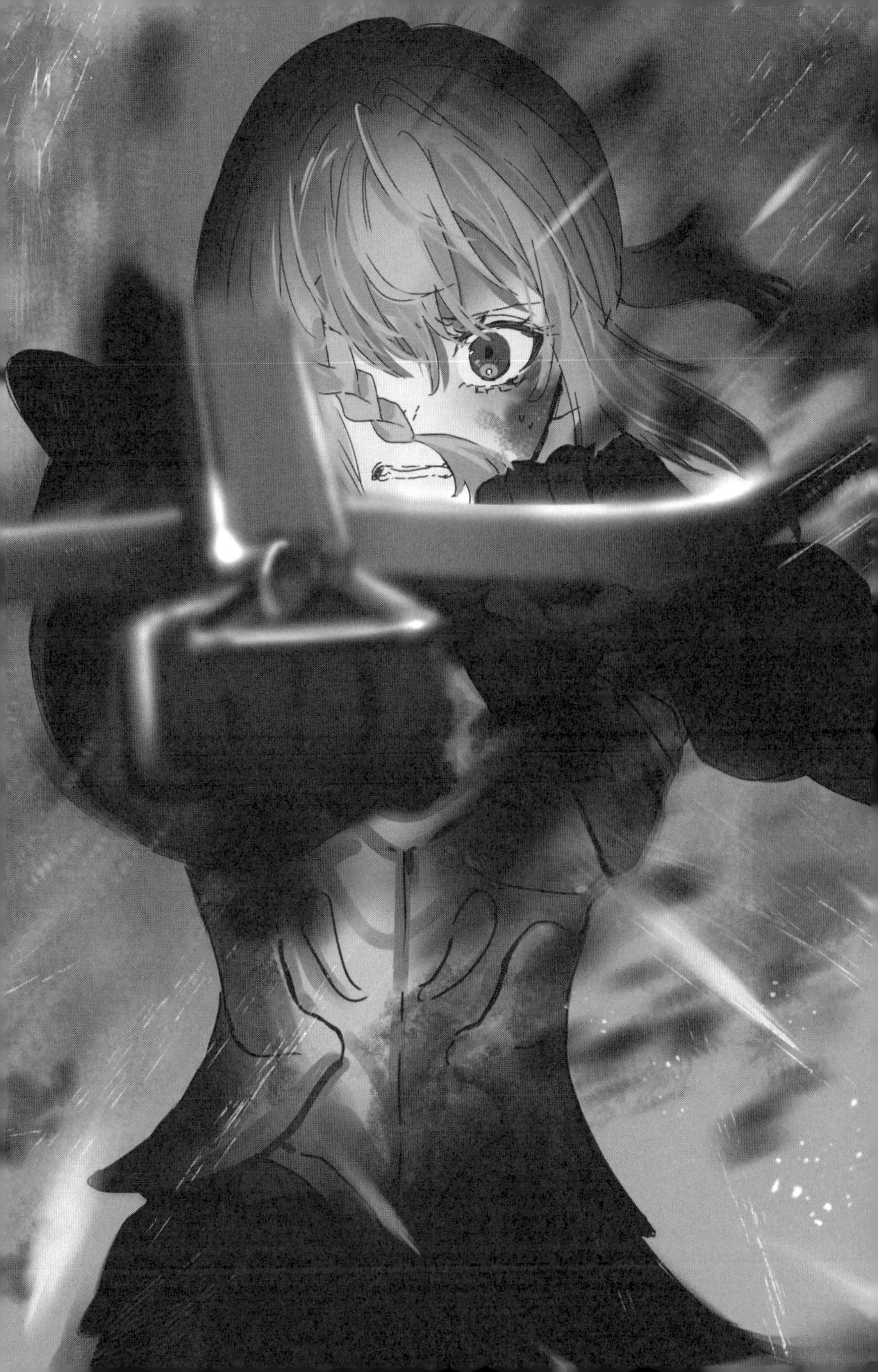

黒く燃えている。

竜は『子』と『自らの胴体』を生贄に等価交換を行い、新たなる自分を創造することにした。魔術は成功し、子は毒に侵されていない『健康な脳』へ。胴体は生首だけで動ける『特別な力』へと変わった。

竜の首だけが、魚のように跳ねて動き出す。

『ビチ、ビチビチ、ピチャッ！　ビチビチ！』

「――え？」

エリカにとっては何が起こったか、分からない。倒したはずの竜が、首だけになって動くのだ。

竜の生首は、馬が駆けるような速さでエリカに向かって突進した。エリカは最後の力を振り絞って、立つ。剣を構える。しかし、それで精一杯だった。

竜の生首はエリカの左腕に噛み付いた。

「化け物め……ッ!!」

生首は、猛犬が野鶏を喰らうようにエリカを勢いよく振り回して、宙に放った。エリカは地に叩きつけられた後、六回ほど跳ねてべちゃりと地面に倒れる。

エリカには噛まれた腕の感覚がない。

すこし先に、左腕が転がっている。竜は噛む力を弱めてエリカを放ったのではなく、単に腕が千切れたのだった。

＊

「ハァハァ……ッ!!　ハァハァ……ッ!!」

エリカは生きようとしている。折れた肋骨を押し上げ、必死に肺を動かす。そして立ち上がり、敵の姿を捜す。だが、どこにも見つからない。

――見えているのは、若い父と母である。

場所はどこだろう。見たことがある。これは確か……、寝室だ。何人かの使用人と年老いた尼に見守られる中、赤子を抱き寄せているようだ。もしや、この赤子は自分なのだろうか。

「すごい。すごいぞ。こんなに力一杯動いて」

　優しい父の声が聞こえる。赤子の自分は、ぎゅうと父の袖を摑んでいる。

「きっと、この子は幸せになる。あらゆる困難に打ち勝って、大成するよ」

　エリカには分からない。これは、竜が見せる幻想なのか。それとも、人生に終止符を打つ走馬灯なのか。

　その答えを出す間もなく、今より少し若い辺境伯が赤子の自分を抱き寄せた。場面は、よくわからない。とにかく、小綺麗な部屋だ。

「色々考えたのだがね。この子の名前は『エリカ』だ。エリカが良い。エイリケ（打ち砕く）から取った。こんな時代だからこそ、強く逞（たくま）しく、生きるんだ」

　辺境伯が小さなエリカの体を、高く高く持ち上げる。

「はははっ。エリカ！　お前は我が領の宝よ！　我らは常に君と共にあるっ！」

　また、場面が変わった。八歳になるエリカは小さな木剣を握り、屋敷の庭で父と打ち合いをしている。父を信頼し、本気で、果敢に攻めていく。

「筋がいいな、エリカ……ッ！」

　幼いエリカは、誇らしげな笑顔で言う。

「早くお父様みたいに、強く逞しくなりたいからっ！」

「ははは、私の剣の腕は大したことないんだぞ……？」

　父はそう言って、ばつが悪そうに頭をかいていた。

　十歳のエリカは、暗い部屋でフォルダン家の秘宝『黒曜の剣』を磨いている。油を付けるのも忘れて、一生懸命に刃を布で擦り続ける。辺りには誰もいなかった。音もない。怖いくらいにしんとしている。

　涙が黒い刃に、一滴、二滴と涙が落ちる。

「うっ……、ううっ……」

　自分が泣いていることに気がつくと、流れる涙をどうすることもできなくなって、剣を磨く手を止めてしまう。涙が止むのを少し待って、目に残った涙を拭き、再び剣を磨く。

　十二歳のエリカは庭で、生まれ育った屋敷を見ていた。まともに管理できる人間がいなくなって、くたびれた建物が、領軍によって壊されていく。

　その年は雨風が強く吹いて、建物を大きく傷めた。このまま屋敷を残しておくのは危険だった。

「エリカ・フォルダン。この丘は馬を走らせるには良い場所だ。お前さんもここで、馬乗りを練習すると良い」

　そう言って辺境伯が優しく笑い、エリカの頭を撫でる。エリカは、体格には合わない腰に下げた黒い剣、その柄を、ぎゅうと握った。目には涙が滲んでいた。

　十五歳のエリカは、兵達が見守る中で辺境伯と打ち合うが、負けてしまう。エリカの木剣は宙を舞い、地に突き刺さった。

「立ちたまえ。さあ、もう一度だ！」

「こんな……、こんな弱い私には、邪竜なんて倒せない……」

　辺境伯はしゃがみ、エリカを正面からじっと見て、言う。

「確かに邪竜は強い。だが、どんなに強大な敵が立ちはだかろうとも、そこに対して向かっていく気がないのでは、とても勝てない。逆を言えば、向かっていく気があるのなら、勝てるかも知れん。そんな僅かな可能性にだって、すがる価値があるとは思わんかね」

　辺境伯はエリカに、優しく木剣を持たせる。

「エリカ・フォルダン。世界は残酷だ。自分に勝った者にしか、明日は訪れない」

　その日の夜、空には満月が輝いていた。エリカは寝るのを忘れて剣を握り、素振りをしている。

宿敵を倒す為に、父と母の無念に報いる為に、そして自分が生き延びる為に。

そうして剣を握っていると、エリカの隣に、兵が一人、また一人と立って、素振りをしていく。

「……みなさん」

一人では心細いと思って、共に剣を振る。立場は違えど、心は一緒だ。そう言って、みな笑う。

「すみません、ありがとうございます」

エリカは流れそうになる涙を堪えて、声を絞り出した。泣きそうなエリカをみなが励ましていると、ついには辺境伯まで現れ、木剣を構える。

「よーし。もう一度、打ち合ってみるか！　そろそろこの老いぼれの膝をつかせてみたまえ、エリカ・フォルダン」

「はい……!!」

この日、エリカは初めて辺境伯に勝利した。

十七歳のエリカは、フォルダン家跡地の乗馬場でリトル・キャロルと向き合っていた。もう一人の自分を俯瞰(ふかん)して見ているわけではない。今こうしてここに立っている自分が、己だ。

雲は低く、流れが速い。山から冷たい風が、強く吹いている。

「キャロルさん……」

キャロルの顔を見ると、自然と涙が込み上げてきた。

「ごめんなさい……。みんな、応援してくれてたのに……。私のために付き合ってくれたのに……、キャロルさんにも稽古つけてもらったのに……」

ふと、気づく。邪竜に親を殺されてから泣いてばかりだったことに。エリカはそれが悔しくなり、目を伏せて強く拳を握った。

「勝つって決めてた……。でも、私――」

「エリカ」

名前を呼ばれ、エリカは顔を上げた。キャロルは真っ直ぐとエリカを見ている。決して目は逸らさない。

「私は神を信じないが、これだけは言えるよ。お前はこんな悲しい終わり方をする為に、生を受けたんじゃない」

エリカは、キャロルの冴えて輝く黄色い瞳に、まるで己の弱気を喰らうような圧を覚えた。その瞳があまりに美しいから、目を離せないでいると、キャロルはくしゃりと笑って言った。

「大丈夫。自分を信じて。絶対に倒せる」

そして、煙る霧の空気を鋭く吸い込み、キャロルは叫んだ。

「――斬れッ!!」

エリカの耳に、お守りについた鈴の音が届いた。

＊

幻想は心の中の人を映し出す。エリカの中のリトル・キャロルは、強い者でありつつ、導く者として有り続けた。

エリカにとどめを刺そうとしていた竜の首が迫る。エリカはそれに合わせて体を動かし、敵の額に刃を突き刺す。竜の額から真っ赤な血が吹き出す。

幻想は二度打ち砕かれた。一度はまぐれもあるだろう。だが、二度は完敗である。即ち、効いていないのだから。

「う、うう……っ!! ううう……っ!!」

分厚い頭蓋骨が、刃を阻んでいる。片腕のエリカ・フォルダンの力では、なかなか押し込むことができない。

『グゴッ。ガガガボゴボ……ッ!!』

竜は苦し紛れに魔法を使った。吹き出る竜の血が、硬質化する。無数の刃となってエリカの体に突き刺さる。

「うぐっ……!!」

エリカは血を吐く。胃を貫かれた。

「私は……、お前なんかに、殺されやしないんだ……！　そんなことの為に、生まれたんじゃない！」

だが、力は緩めない。

「お前を殺す為に、ここまで生きてきた……ッ！」

それどころか、死を前にしたエリカの体は、常人ならざる力を発揮する。

「――負けるものかあああああああーッ!!」

エリカが全ての力を込めて押し込むと、黒曜の剣先はついに頭蓋骨を突破した。ゆっくりと、だが確実に、刃が竜の頭の中に入り込んでゆく。竜の額から、さらに間欠泉のように勢いよく血が吹き出す。刃となっていた血が、新しい血で溶かされ、流される。

エリカの胸元にある邪竜の印からは赤い閃光が放たれていた。徐々にその印が消えていく。

生首の目が、ぐるんと回って白目を剝いた。吹き出す血も、底を尽きる。

竜は長い舌を力無く出し、ふしゅうと空気の抜けるような音を出して、全く動かなくなった。ついに邪竜ヨナスは死んだ。

「ゼェ……、ゼェゼェ……」

エリカは糸の切れた人形のように、ぱたりと倒れた。

生暖かい血の海の上で、エリカは穴の空いた天井を見る。その先に昇降機があるが、とてもそこまで行けそうにはない。

何か喋ってみようと思ったけれど、何も思いつかない。とにかく、とても眠い。寝てはいけないと漠然と思うが、眠いのだ。

エリカは瞼が重くなって、つい目を閉じてしまった。何も聞こえなくなり、やがて熱で肌が焼ける感覚も分からなくなった。

7

エリカは子供達の賑やかな声を聞いて目を覚ました。自分が寝台で横になって寝ていたことに気がつくのは、それからしばらく経ってからだった。

窓から風が吹いて麗糸を揺らした。若い橅の葉が風にそよぎ、室内に影を躍らせている。風は東からの陽の匂いを乗せて暖かい。外で犬を追いかけていた子供の一人が転び、大きな笑い声が届いた。

エリカはようやく生還したことを理解し、体を起こす。体の痛みはない。

包帯に巻かれた左腕を見た。包帯をゆっくりと外すと、縫われた傷口が腕周りを一周していた。さすがに、指を動かすことはできなかった。

「キャロルさん……?」

ここで、初めて辺りを見回した。自らが横たわる寝台と、小さな机と、化粧台があるだけの簡素な部屋だった。人はいない。机の上には黄色い野花が飾られており、花瓶の横にカップと袋、そして手紙があった。

手紙は美しく丁寧な字で書かれていた。全部で二枚ある。一枚目の内容は、簡潔なものだった。

『具合が悪ければ遠慮せずに人を呼ぶこと。左腕は慣らしが必要なので、医者の指示に従って根気強く行うこと』

それと対照的に、二枚目は細かく書かれていた。

『袋の中身はチョコレートの残りだから、ミルクに溶かして飲むと良い。山羊のミルクをカップいっぱいにして四十秒火にかけ、八十度にしてから、チョコレートをひとかけ入れ、よく底からかき混ぜる。この間少し温度が下がるならもう一度温めなおし、扁桃、華尼拉、桂皮、葡萄酒を少々と、砂糖を加える。材料は適量を袋の中に入れている』

さらに以下は赤いインクで強調してある。

『できるだけミルクに膜を張らないよう気をつけること。また、チョコレートは熱しすぎると細かな塊になるので、そのことをゆめゆめ忘れないよう作ること。高級品なので適当に作るべからず』

最後に追伸で締めくくられている。

『プラン＝プライズ卿が心配しているので、目覚め次第、顔を出すこと』

手紙からほのかな煙草の香りを感じて、キャロルが暫く自分のために禁煙していたことを、初めて知る。

ふと気がつき、エリカは自分の胸元にあったはずの邪竜の印を指で触って確かめた。まるで、これは悪い夢だったとでも言うように、その印は跡形もなく消え去っていた。

少し経って、エリカが目覚めたことを聞いた辺境伯が、部屋に顔を出した。

辺境伯は大きな体を縮こめて、丁寧にホットチョコレートを作った。キャロルのレシピに薄荷(はっか)を入れるなどしてアレンジも多少加えた。辺境伯には辺境伯のこだわりがあるのだった。

「私はどのくらい眠っていたのでしょうか？」

「五日かな？」

「そんなに……」

「何を言うか。それで済んだのが奇跡だろう」

辺境伯はホットチョコレートをエリカに渡す。器から甘く、深い香りが立ち上った。

「頭蓋骨は割れ、鎖骨も肋骨も砕けて皮膚を破り、肺に穴が開き、両肩とも折れて、内臓は血袋で、その上に腕まで落とした。永遠に眠ってない方がおかしい」

次いで、辺境伯は優しい声色で林檎(りんご)をナイフで剝き始めた。

「キャロルさんが治してくれたんですか……？」

「概ね、その場でな」

辺境伯は事の次第を話す。

リトル・キャロルは瀕死のエリカ・フォルダンを担いで、坑道から出てきた。戦闘によって、坑道が半壊したおかげで、エリカまでの動線が確保できたのは幸いであった。

担がれたエリカの姿を見た兵達は、これでは助かる見込みがないと、各々絶望していた。

辺境伯は、腕の断面から突き出た骨を削り、肉を縫うことを提案した。だが、キャロルは『繋げて元に戻す』と言った。

それを聞いて辺境伯は思った。繋げて元に戻すなど、不可能だ。断面は、引きちぎられて肉片も飛び散り、損傷も激しい。単純に傷を治すのとは、訳が違う。くっつけた後も再び腕として機能させなくては、腐るだけだ。

辺境伯は再度、腕を諦めることを提案したが、キャロルはまっすぐと目を見て、繋げると繰り返した。

「見たまえ」

辺境伯は瓶に入った無色透明の液体を見せる。

「彼女が用意した、真菌の糊だよ。聞いたところ、霊芝とかいう茸の真菌が、血から栄養を吸収して生殖を行い、失った細胞を補完するんだそうな。言わば、人工の皮膚……とするべきか……」

「それを、咄嗟に……？」

「いや、準備していたらしい。君が勝つことを信じてはいたが、無傷では済むまいと踏んでいたんだろう」

辺境伯はそう言って瓶を置き、兎型に切った林檎をエリカに渡す。

「リトル・キャロル曰く、後に真菌は細胞に置き換わり、腕は完治するそうだ」

キャロルは、骨や神経、血管を、水薬を垂らしながら丁寧に繋げ、足りない部分は真菌で補いつつ、左腕を繋げた。

「肺や頭の治療法も聞くかな？　そこらは、時間がないと言って力ずくで治してたから、聞くにも痛々しいぞ」

「遠慮しときます……」

　エリカは、キャロルが皮膚から突き出た骨を素手で押し込み、整形しながら水薬で治癒する様子を想像して、力無く笑った。

＊

　辺境伯は、花瓶の水を新しいものに替えている。

「リトル・キャロルという子は何者なのだろうな。薬学や体術、教会魔術や古代魔術にも精通し、殆ど不可能に近かった竜の討伐を、数週間の指導で成し遂げさせた。そして生命(菌糸)を操る」

「それが聖女候補の力なんですかね……？」

「ワシは他の聖女達がどのような人物なのかは知らん。だが、恐らくは……、リトル・キャロルが特別なのだと思う。いくら聖隷(せいれい)カタリナ学園とはいえ、あれ程の者を入学から三年間で五人も揃えられるとは思えんのだ」

　エリカは辺境伯が切った林檎を食べる。食欲は無かったが口に入れたら存外美味しく、また一口、また一口と、口に入れる。

「リトル・キャロルを見出(みいだ)したのは、当時は枢機(すうき)卿(きょう)の一人だった、現教皇のクリストフ五世。神の言葉を聞いて、貧民街の孤児だった彼女を選んだのは彼だ」

　他、四人の聖女候補は別の人間が選んでいる。クリストフ五世が選んだ聖女候補は、キャロルただ一人だった。

「彼女が追放されたことで、就任早々に立場を悪くしているらしいがね」

「そうなのですか？」

「幺教会も一枚岩ではない。特に軍部と本部教庁の軋轢(あつれき)は近年ますます深まっている。我らが頭上に燦々と輝く神の教えには、酷くつまらん政治が関わってくるのだよ」

キャロルの追放は、ただの一般学生が不祥事で退学処分になったという単純な話ではない。

「彼女は原典における聖女の力を授からなかったかも知れん。だが、神の目は節穴では無かったと思うし、神の声を聞いたクリストフ五世も耳が遠くなったわけでは無いと思うよ」

辺境伯はそう言って椅子に腰掛け、淹れていた紅茶に口をつけた。

「リトル・キャロルは、確かに救いの聖女だ」

そして、辺境伯は胸の鳥統(アウエス)を握る。

「長年、神を信じて歩み続けると、時に疑ってしまう瞬間もある。しかしワシはキャロルに会って、やはり神は信ずるべき存在だと思った」

辺境伯はエリカの沈んだ表情を見て、笑う。

「すまんな、老人のつまらん話を聞かせて」

エリカは話に退屈していたわけではない。考えていたのだ。その、リトル・キャロルはどこへ行ったのかと。

「あの……」

「うん？」

「……いえ、なんでもありません」

エリカは彼女がまだこの街にいるのかを尋ねようと思ったが、答えを聞くのが怖くなって、問うのをやめてしまった。

*

辺境伯が換気のために窓を開けると、檔にある啄木鳥(キツツキ)の古巣に、駒鳥が獣の毛を入れ込むのを見つけた。繁殖のために巣作りを始めているようだ。

山に夏が来ようとしている。

昼下がり、エリカは施療院から出て、街から続く長い坂道をリトル・キャロルが登ってくるのを待ったが、ついには現れることがなかった。

WICKED SAINTS OR :

A HOLY PILGRIMAGE TO

SAVE THE WORLD

1

　私は街外れで待たせておいた馭者のトムソンの元に寄った。青鹿毛と黒毛の二頭の馬のうち、黒毛の方が私の体に顔を近づけた。撫でてやると気持ちよさそうにして、私の腕を唇で甘噛みする。

「行こう。エリカは無事に目覚めたらしい。報告があった」

「あの子、懐いてたんだろ？　良いのか？」

「良いんだ。迷惑をかけることになる」

　馬車の中はトムソンが街で仕入れた物品が山積みになっていたので、彼の横に座り、出発する。

「俺ぁ、可哀想だと思うけどな。あの子、ショック受けるぜ」

「私が教えてやれることはもう何もない。彼女にとって一緒にいるメリットは薄いよ」

　煙草に火をつける。さすがは大盗賊様が奪った高級煙草だ。香りが豊かで、味も深い。丁子もくどすぎず、上品で質がいい。

「メリットならいくらでもあるだろ。魔法でも教えてやりゃあ良かったのによ」

「使えないんだよ」

　魔法は生まれた時点で、使えるか使えないかが決まる。つまりエリカは生まれつき気海で魔力を生み出すことができない。気海とは股上の部位で、丹田ともいう。

　今は混血が進んでいるが古来にまで遡ると、体内に魔力を作れる『カタロニア人』と、魔力を作れないが身体能力に優れる『カレドニア人』の二つの人種があった。険しい山々を包するプラン＝プライズ辺境伯領の人間はカレドニア人の血が濃い。よって魔法を使える者は少ない。現に辺境伯領には魔法学校の類がない。

「で、お前さんの行き先は？」

「相乗りだ。お前の都合に合わせて降りるよ。そこからは適当に行く」

「投げやりだな。これからどうするつもりなんだ？」

　私は黙った。どう言葉にしようか、迷ったのだ。

　つまり言うなれば、きっと私は……、自分の運命を切り拓いたエリカ・フォルダンに影響されたんだろう。あの竜が死んだ日以来、とある想いが内から湧いて出ていた。今、どうしようもなくそれを求めている。

「私は……、私のことを知りたい」

　煙は白く帯を引いて、青い空に消えていった。

「なぜ私は……、複雑な構造をもつ生命を生み出せるのか……」

「……俺、魔法に疎くて分からねえんだが、それって変なことなのか」

「自分で言うのも何だが、ありえない」

　エリカは魔法のことには詳しくなかったし、辺境伯も事情があると踏んで遠慮したのか、これについて深く追求はされなかった。が、どう考えてもおかしい。私だって、おかしいと思った。

　最初は『そういうこともあるだろう』と思って、できるだけ考えないようにすることで心持ちが楽になった。だが、いつまでもそうしているわけにはいかない。

「まず、魔法は四大元素と陰陽から成る。火、水、風、土、そして光と闇だ」

　炎の魔法は文字通り火を生み出し、水の魔法は水を生み出す。風の魔法は風を生み出し、大地の魔法は砂を生み出す。光の魔法は灯りを生み出し、闇の魔法は影を生み出す。

　魔法はそれぞれを掛け合わせることで、さらに様々な現象を生み出す。仮に氷の刃を作ろうと思えば、水の魔法で水を生み出し、風の魔法で凍てつく風を纏い、氷を成形する。実力者であれば、そこに大地の魔法で塩を生み出して威力を増すなど、術の発展のさせ方も幾らでもある。

例えば、いつだか会った宮廷魔術師は闇の魔法で影を凝縮して刃とし、いつだか会った冒険者は光の魔法で光を凝縮して雷とした。まあ、冒険者に関しては結局それをやる前に指を折られた、か。

「それぞれの元素は、『サラマンダー』『ウンディーネ』『シルフ』『ノーム』という精霊が司（つかさど）っている。光と闇は『スプライト』と『リリス』」

「へえ……。動物、みたいな？」

「どうかな、目には見えないからわからん」

「んな無責任な……」

「見えないものはしょうがないだろ。重要なのは、精霊の餌は魔力だってことだ。魔力は人間や魔物などの動物にしか作れない。つまり私達（たち）が魔力を生み出し、それを分け与える代わりに、彼らの力を借りる。それが、魔法なんだ」

「えっ！　そんな順序を踏んでたのか!?」

理屈にすれば、だが。誰もがそんなことを考えながら魔法を使っているわけではない。

「じゃあ魔法陣とか詠唱とかは？　あれ、何の意味があるの？」

「術の効果や範囲を限定する設計図のようなものかな。コイツを理解したり一から作ったりする為に、みんな研究する」

「回復魔法は？」

「それぞれの精霊の力を借りて、治癒力を増幅させているに過ぎない。やり方は腐るほどある。入り口や過程がどうあれ、最終的に体が回復すれば、それは回復魔法だ」

とにかく、この世にある魔法は全て四大元素と陰陽に基づく。それが理（ことわり）だ。

——だからこそ、この生命の力はどう説明すればいい？

「わからないんだ。この菌糸を生み出す力が、何なのか」

菌糸とは、菌。細胞を持つ。つまり生命だ。生命とは、言ってしまえば抽象概念。意味が曖昧になる。魔法的ではない。生き物、という言葉に置き換えるならば、それはやはり細胞の集合体で、つまり水と蛋白質と無機塩類の塊となる。四大元素と陰陽では言い表せないほど複雑だ。

それを私は、普通の魔法、それも初歩的な魔法を使う感覚で、生み出すことができる。

なぜ？　何故だろう。わからない。

「それだけじゃない。私は、私が分からない」

なぜ、私は聖女だとされたのか。聖女でなかったとしたら、なぜ、私は聖女達と同じように日蝕で力を授かったのか。そもそも、聖女とはなんなのか。私は……、何者なのか。

私の中には、さまざまな疑問が渦巻いている。除籍されたこと、友人だと思っていた人間がそうではなかったこと、聖女ではなかったこと、あらゆることを受け入れられず、その疑問を解消しようと思うことがなかった。簡単に言えば逃げているんだ。意識して逃げていたわけではないのが、また腹立たしい。

だから、今はそれを知りたい。知る為の行動をしたい。

私はエリカと出会い、彼女が自分に打ち勝ち、運命を覆すのを見た。正直、凄いと思った。きっとこの先、どんな困難が待ち受けていようと、自分の力で撥ね除けていくのだろう。

だが、私はそうではない。目の前のものから逃げて、何も得られていない。空っぽで、虚しくて、胸だけが重い。その重さが、声を出して言っているんだ。私もエリカのように運命とやらに向き合わなくてはならない、と。

辺境伯と初めて会った日、旅の目的は『力の源泉を探すことか』と聞かれた。その時は否定したが、成程、確かに年の功と言うわけか、あの親父は私よりももっと前を見据えていたのだ。やれやれ、人生の先輩には頭が上がらないな。

「それを知る為に、まずは『原典』を読んでみようと思う」

神が書いたかどうか私は怪しいと思っているが、原典の存在自体は嘘などではない。何故なら、確かに原典に記された通り、日蝕の日に聖女が生まれたからだ。

私はその実物を読んだことはない。人伝に聞いたりだとか、遥か昔に誰かが訳したものを読んだことはあるが、本物の原典を知らない。私は、そこになにか大きな仄めかしがあるのでは、と睨んでいる。なぜなら、人伝や訳が正しいものとも限らないから。

「原典……？」

トムソンは阿呆面をして天を仰いだ。この男は学園に入る前の私くらい、この世のことに興味がないようだ。

「神が書いたとされる本だ。この世界の理についてが記されている」

「すっげー。どこで読めんの、それ。図書館？」

「図書館には置いてないな。誰も彼もが読めるものではないんだ。果たしてどこにあるんだか」

「アテなしの旅か……」

「一応、アテにならないアテならある」

「どんな？」

「教皇」

幺教会で一番偉い人間だ。原典のありかを知らないわけがない。

「……ホラ吹いてんのか？」

「ああ、言ってなかったか。アイツが一方的に私を聖女だと決めつけたんだよ」

「……」

トムソンはひとしきり黙ったあと、大声で『はあ!?』と聞き返した。耳が痛い。突然叫ぶから、驚いて脚に灰が落ちてしまった。それを払いながら、構わず話を続ける。

「とはいえ、学園から追放された私の御目通りが叶うとは思ってはいない。いきなり聖都に行って『こんにちは、見せてください』は無理だ」

　トムソンはまだ口をぱくぱくとしている。

「だから、ヤツの息子を頼ることにする。血は繋がってないらしいが、彼は学者だ。教皇よりは会いやすい」

「が、学者？　会いやすい？」

　頭に入っていないのか、鸚鵡返しだ。

「彼もさすがに原典を読んだことはないだろうが、教皇から何か聞いているかも知れない」

　取っ掛かりとしては十分だろう。

「……だが、一つ問題がある。彼がどこにいるか、分からないんだ」

　学者には二通りある。部屋でたくさんの書物に囲まれて己の研究に没頭するか、もしくは、フィールドワークに精を出して己の五感で理論を確かめていくかだ。彼の本を読んだことがあるが、思うに彼の場合は後者。決まった持ち場などない。

「……名前は？」

「――確か、ジャック・ターナーといったかな」

2

　雷鳴の節、居待月。曇天の下、木々の緑が軽やかに揺れている。

　十二時三十分。風向き北西。風速、五海里。微風。マール伯爵領とプラン＝プライズ辺境伯領の間の地、古都セント・アルダン。

　その一団は、燻した香の薫りと絹のような紫煙を微風に乗せて、辺境伯領に足を踏み入れた。正装の喇叭隊が彼らの到着を祝福する。向かう先はウィンフィールドの北西にある聖地、地下墓地ラナ。水の聖女マリアベル・デミを包する第二聖女隊の巡礼である。

第二聖女隊はセント・アルダンにて大変なもてなしを受けた。宿は貸し切られ、隊員には十分な部屋が与えられた。出される食事も、祭りの夜のように豪華絢爛であった。

実際、セント・アルダンに住む人達にとっては祭りのようなものだった。この地に、世界を救う聖女がやってきたのだ。こんなに光栄なことなど、あろうものか。


宿の大部屋にて、今後の旅程を再度確認する会議が行われた。兵達が日に焼けた古い机を取り囲み、机の上の地図を見ながら道筋や物資に関する細かい意見を交わしている。

その最中、唐突に水の聖女マリアベル・デミはこう言い放った。

「ウィンフィールドに入る前に、パイモンに立ち寄ります」

パイモンとはプラン＝プライズ辺境伯領内、北西に位置する街であり、経済の拠点として栄えている。この街には、商館や銀行などが軒を連ね、財力のある権力者も多く滞在するから、領の政治に影響を及ぼす力のある者も少なくはない。

（……やれやれ、始まってしまった）

事実上この隊を率いている猫背の騎士ジャック・ターナーは、マリアベルに気づかれないよう猫背をさらに弓形に曲げて、小さく肩を落とした。

聖女マリアベルは出発してからこの調子を崩さない。寄り道に次ぐ寄り道で、一向に前に進まないのだ。

目的と違う都市に立ち寄っては権力者と面会し、愛想を振り撒き媚を売る。それを繰り返す。その行動は、自分の立場が確固たるものになるよう、地盤を固めているように見えた。

「あー……、聖女様。五日後には、ウィンフィールドの教会に立ち寄り、地域の子供達に施しをという話も……」

「――それは、私の活動に本当に必要なことですか？　その子供達は私の力になってくれるんですか？」

マリアベルはそっと笑みを浮かべ、澄んだ青い瞳でターナーの目をじっと見て続ける。

「ここまでに集めた金品は、商工組合に寄贈します。酒宴の用意をしてください」

ターナーは思った。何をどうして地盤を固める必要があるのか。聖女となった時点で世界にとってかけがえの無い宝となったというのに、これ以上何を求めているのか。

（……まあ強かということなんだろう）

そしてマリアベルをつくづく恐ろしい女だと思い、恐れるのではなく、どちらかと言うと呆れた。心の中で、底のない甕と例えた。

「後はよろしく頼みます」

そう言ってマリアベルは略服の青いショールを揺らし、扉に向かって歩き出す。

「行きましょう、リアン」

「はい」

そして、側に立たせていた第三王子リアンを連れていく。湯浴みを手伝わせるのだ。

（いやはや、勝手なものだ……）

ターナーは頭を掻きながら、聖女の背中を見送った。


その夜、セント・アルダンの教会。祭壇に連なる蠟燭の灯りが星々のように輝く中、ターナーは女神像に祈りを捧げていた。

跪き、額に右手の人差し指を当て、そのまま気海まで下ろし、右手で杯の形を作る。これは子宮を意味する。そのまま左肩、右肩と手を持っていき、十字を作った。正式な礼拝でのみ行われる聖鳥十字で、翼を広げた鳥を模す。これは神への忠誠を表すものだった。

「天に御座(まし)ます我らが穢(けが)れなき乙女よ、我らが聖(ひじり)よ、我らが神よ。爾(なんじ)、願わくば鳥の目で大罪の我らを導き給(たま)へ。愛を今日与え給(たま)へ。魔の誘(いざない)と魔の物を退(しりぞ)け給へ」

そう言って深く頭を下げ、床に三度口付けをする。一つ目は神が生きた世界に、二つ目は神そのものに、そして三つ目は神が作り出す未来に感謝を示す。

そして、ターナーはしばらく頭を上げることがなかった。

それからターナーは部屋に戻り、机に向かった。一冊の白紙の本を取り出して、筆を執り、長い髪を整えて結いた。そして一心不乱に何かを記し続ける。

(――雷鳴の節、既望(きぼう)。十六時の祭儀(ミサ)。マール伯爵領オルフジューンにて三度聖女マリアベルの力を見る。聖女、祈りに際し、竜巻の如(ごと)く金色の神水(じんずい)を御身(おんみ)に這(は)わせ、舞い、福音(ふくいん)願わん。神水、空に昇り豪雨を呼び、塩害祓(えんがいはら)う。溢(あふ)る力の所以(ゆえん)察するに、精霊(ウンディーネ)と一体化した説を捨てきれないでいる)

普段の飄々(ひょうひょう)とした表情は鳴りを潜め、ターナーはただ涼やかに文字と向き合っていた。

この男は、普通の騎士とは逆だった。剣を持ち防具を身につけた戦士の時は、背を丸め、不甲斐(ふがい)なさそうな面でのぼっとしているのが特徴であった。

だが一度机に向かい本や筆を持てば、灯りに翳(かげ)る顔は雪舞う水面のように淡麗であり、琥珀(アンバー)の瞳は冴(さ)えて鮮やかで、背はぴしゃりと伸び、実に騎士然とした。それには、誰をも寄せ付けない異様な強さがあった。

そして、ターナーにとってもこの瞬間は、何よりの幸せだった。誰にも邪魔されず、ただ己のために時間を使えているという感覚が、たまらなく好きであった。

（聖女、強大な魔力放ち暫(しば)し経(た)つも疲れを見せず、恒久的に何処(いずこ)より魔力を授かると見る。つまり――）

その時、集中を断ち切るように戸を叩(たた)く音がした。ターナーはがっくりと肩を落とし、覇気のない顔と猫背になって、ふらりと立ち上がる。

（……やれやれ、邪魔が入った）

煙草を咥(くわ)えて扉を開けると、そこにいたのはリアンであった。

リアンが持ってきたのは、王都より届いた書簡だった。送り主は幺教会軍部大本営。

ターナーはのぼっとした顔で文字を読み、鼻からため息をついた。

（ズィーマン・ラットンを預かり、王都まで連れ帰れ、か……）

この男は、国王アルベルト二世の弟ロブの殺害を実行しようとした政治犯である。名も知れぬ誰かより金銭を受け取っていたことが判明しているが、真実を話せば心臓が止まる呪いをかけられているから、それ以上のことは分からない。王都へ移送する最中に騒ぎがあって、プラン＝プライズ辺境伯領に蜻蛉(とんぼ)返(がえ)りしたと、その書簡には書いてあった。

（それを何故、この隊が引き取らなきゃならないのか……）

ロブは信心深く、幺教会本部教庁を政治的に支える人物だ。そのロブを殺そうとしたラットンを、幺教軍(ようきょうぐん)が引き取る。本来、違和感のない話だ。だが、ターナーは直感的に、そう簡単な話ではないと思った。

（……気には留めておくが、先(ま)ずは研究が先だ）

気だるげに煙草をもみ消す。そして、兵として参加しているのであるから、一旦は深入りしないと心に決める。それよりも、神が聖女に授けた力を解明するのが自分にとっては重要だ。

ジャック・ターナーは神を知りたい。少しでも、神に近づきたいのだ。

「どうですか？　楽しいですか？」

ターナーは、椅子に座って本を読み耽るリアンに声をかけた。

「はい！」

リアンは屈託のない笑みで返した。

手に持つ本は、過去にターナーが記した本だった。神の考えと、齎すもの、そして神は最終的に何を成そうとしているのかの考察が書かれている。だがその内容は、まるで神を丸裸にするような過激なものであり、幺教会は破廉恥であるとして焚書の処分を下していた。

「すごいです。僕には考えもつかない」

ターナーとリアンは、言わば同志であった。二人とも神学を志し、神の意思が何たるかを知りたかった。

「巡礼に付き合わされる貴方を心配して、様々持ってきておいて正解だった」

「ありがとうございます。妾の子ですから、こういうのは慣れているので気になさらずとも……。でも嬉しかったです」

リアンは王族と認められているが、事実、妾の子であった。故に、他の兄弟に比べれば扱いは不遇で、公務と称して様々な雑用を押し付けられることも少なくはなかった。

だが今回の巡礼に限って、リアンはある種の幸運を感じていた。近場で聖女が何たるかを観察できるし、何より尊敬するターナーと話ができるのは、良かった。

「本来なら好きなだけ本を与えたいのだけど、聖女様の世話係までやらせてしまい……。面目ない」

食事の世話は本来であれば飯炊が担当し、着替えの世話は本来であれば女人が担当するが、マリアベルの強い要望により、これらは全てリアンの仕事となっている。

「いえ、お気になさらず」

　リアンは厄介とも感じていないように、女子のような顔で柔らかく笑った。その微笑みは、大繁盛の酒場の看板娘よりも愛らしく、並大抵の女ではとても歯が立たない。

「役得に感じているのなら良いのですが……」

「ははは。まあ、世の男性は代わってほしいと望むでしょうか……」

「男娼の真似事はやらされてないでしょうね」

「いや、まさか」

　ターナーとリアンは巡礼の中で冗談を言い合えるような仲になっていた。共にマリアベルという女を相手にするのに苦労しているから、こうして夜な夜な話す機会も多い。

「……しかし先ほど、聖女様から婚約を取り付けられそうになりました」

　リアンは表情に影を落とす。

「当人達で決められる問題でもないでしょう」

「どうでしょう。王はそれを前提に僕を送り込んだような気もしています」

「……あー。……つまりは。あなた方が結婚することで、瘴気に立ち向かう強い夫婦というアイコンが生まれ、士気の発揚に利用できる、と」

「はい」

「……そいつぁ、苦労するなぁ」

　ターナーは二本目の煙草に火をつける。かけてやる言葉が見つからなかった。

「僕はそれで構いません。妾の子でも利用価値があるのなら」

「その心がけは健気ではありますが、褒められたものじゃない」

「はぁ。でも、その……。えーっと……。少し困っているのは……」

　リアンはまるで初恋を伝える女児のように、急にもじもじとし始めた。

「……恥ずかしながら、憧れている人がいるのです」

「え〜！　そりゃあ失礼しましたっ！」

その赤裸々な発言で、ターナーは思わず背筋を伸ばして、吸い始めたばかりの煙草をもみ消す。

「……して、そのお相手はどなたで？　女優？　踊り子（バレリーナ）？」

「ま、まさかっ！　えーっと、生徒です！　あっ、でも……。学園にいたのですが、今はいなくて」

「学園にいた……？　珍しい。好んで退学なんかする学園ですか」

リアンは首を横に振り、小さな声で答えた。

「リトル・キャロルです」

「……リトル、……キャロル」

ターナーは覚えていた。

日蝕の闇、蠟燭の明かりが床に反射して永久（とわ）に続いていた、あの大聖堂。翳（かざ）した手を腐らせ、仕舞いには女神像まで腐らせた、忌子（いみこ）とされた少女の姿。それを、来賓席から見ていたのを。

3

セント・アルダンに着いて二日目の夜は、ひどく荒れていた。

南からの風が強く吹きつけ、木々が暴れた。雨が急に強く降ったかと思えば、止（や）んで風だけになったりで安定しない。夜が更けてからは雷が鳴り始め、街中の家で家畜が騒いだ。実に雷鳴の節らしい天候だった。

――マリアベル・デミは、この日リトル・キャロルの夢を見た。

キャロルは真っ白な制服に身を包んでいる。髪は丁寧に整えられていた。その真っ白な制服の、首元から胸にかけてが血で赤く染まっている。白

力で立てないようで、手を地についていた。

顔は血塗（ちまみ）れで、額も頬も切れているが、目だけが生きている。猛禽（もうきん）のような黄色い瞳が、マリアベルを捉えていた。何を喋（しゃべ）るでもなく、ただ、じっと見ていた。

しばらく見ていたかと思うと、するりと目を逸（そ）らした。その態度は、まるで軽蔑するかのようだった。

マリアベルは、この光景をよく覚えている。忘れるわけがない。忘れたくても、忘れられない。

それは学園に入って初めてキャロルと目を合わせた時。どこまでも澄んだ晴天の下、煉瓦（れんが）が敷かれた学園の剣技場での一幕。

マリアベルとキャロルが同室になる前の出来事だった。

*

翌日。昨晩の嵐は嘘のように消え、空は晴れ渡っている。

八時三十分。喇叭が鳴って、第二聖女隊はセント・アルダンを出発する。目的地は、プラン＝プライズ辺境伯領パイモン。嵐の影響で道が悪いことを考えても、半日で着く距離だった。

パイモンにて、本日夜に地方貴族や権力者との交流会がある。これは、聖女マリアベルたっての希望によるものである。従って、それには間に合うように進まなくてはならない。

隊は暫（しばら）く順調に進んでいた。泥濘（ぬかる）みに車輪を取られるなどはあったが、順調と言っても問題はなかった。ただ太陽が天高く昇った頃合いで、三つの馬車のうち先頭を行く馬車が止まってしまう。

聖女と共に真ん中の馬車に乗っていたジャック・ターナーは、馬車を降りてすぐにその理由を確認した。問題は目視できた。

およそ十五分ほど歩いた先、遠くの一部、山が削れている。そこからさらさらとした茶色い砂が流れているようで、その茶色い砂は、ふさりと道に覆い被さっているように見えた。

　追って降りてきたリアンが言う。

「ターナーさん。あれは……」

「土砂崩れですね」

　目算では、なんとか通れそうではあった。しかしこの道は右手に山、左手に崖。馬車がすれ違えるかすれ違えないかという幅だ。進んだ先は徐々に狭くなっており、もし通れなかった時には引き返すのに苦労する。なので念のため、ターナーは道の先まで徒歩で見に行くことにした。

「僕も行きます」

　リアンが後を追いかける。マリアベルと二人きりになるのは、どうにも堪えるのである。

　近くに寄るごとに、それは壮絶な災害へと変わった。さらさらとしているように見えた茶色い砂は、水を含んで粘土のように粘り気を出している。抉れた山肌からは次々に水が流れ出ていて、立ち往生している馬車が何台かある。

　さらに近寄ると、砂に交じって岩を大量に含んでいることが分かった。それに巻き込まれた人間がどうなるか、容易に想像がついた。

「まずい。思った以上だ」

　ターナーは駆け足になった。リアンも追う。近寄るごとに、さらに絶望感が増す。

　岩の下敷きになった馬車が見える。倒れた木々が針山のように突き出している。子供達の悲鳴に近い泣き声が聞こえる。

　土の周りには怪我人のみならず、亡骸も横たわっていた。子供の姿も多い。軽い怪我だけの者もいるようだが放心状態で、生き物のような土砂がじわりじわりと動いているのを見ていることしかできない。

「状況は」

ターナーは軽く十字を切って、救助をしている数人の男に話しかけた。遅れてリアンも十字を切る。

「商隊が巻き込まれたらしい！　何人も生き埋めになっている！」

母親らしい女が、死んだ赤子を抱きしめている。腕を倒木に挟まれた子供が、助けを求めて泣き叫んでいる。子供がまだ馬車の中に、と父親が泣いている。

「……どうしたら」

リアンは思わず呟く。呟いてこそ、分かる。

――これは、どうにもならない。

だが、すぐに思い直す。はっと顔を上げる。

そうだ。こちらには水の聖女がいる。

聖女の力なら、どれだけ多くの怪我人がいても、どれだけ深い傷を負っていても、助けることができるかもしれない。生き埋めになっている者も、水の力で徐々に土砂を切り崩して救出することも可能なはずだ。

聖女だけではなく第二聖女隊の兵だって、体力と力には長ける。みなで力を合わせれば、小さな岩や壊れた馬車を退かすくらいはできよう。魔法が使える者は、聖女の援護に回れば良い。領軍の本格的な救出を待つまでの間、多くの人を救うことができそうだ。

「大丈夫です。必ず、助けます。待っていてください」

リアンはしゃがみ込む女の手を取って、言った。仮にも王族である自分が頼めば、きっとマリアベルも動いてくれる。そのはずだ。神が与えた血筋は、そういう時の為にあるのだから。

「その中に、特権階級の人間は？」

「え……？」

馬車に戻ったリアンは、マリアベルから思いもよらない言葉が返ってきて、時を止めたように硬直した。

「その中に、特権階級の人間は？」

マリアベルが追い討ちをかけるように繰り返したから、堪(たま)らずターナーが答える。

「商隊の列です」

「ならば、捨て置きましょう。酒宴が重要です。噂(うわさ)によればヒルデブラント準男爵のご子息は病気の様子。本日お会いできますから、いち早く行って診てあげたいのです。戻って道を探してください」

これにはリアンも食らいついた。あれだけの怪我人を見て、見捨てておけるはずがない。

「しかし……!!」

「ヒルデブラントは財を成して、地方貴族に次ぐ権力をお持ちです。活版(メディア)を包する商工組合の代表も務める。それがなぜ、どこぞの知らない商隊と天秤(てんびん)にかけることができるのですか？」

「すぐそこに怪我をしている人達がいます。死にそうな人達がいます。助けを求めている人達がいます……！　それを無視するなんて、そんな……」

「光の聖女が見つからない今、いつか誰かが光の聖女の役割を果たさなくてはならない。それを選んでくれるのは、商隊の彼らではなく権力者達です。助けて、どうなるのですか？」

「助けて……、それで……、助かるのです……!!　尊い命が、助かるのです……!!」

「私には価値がありません。馬車を出しなさい」

マリアベルは目を逸らした。これでこの話は終わりという意思表示だった。

「聖女様、僕は納得できません」

まだ話を続けようとするリアンに、マリアベルは空気を抜くようにしてふっと笑い、こう言う。

「——聖女である私の言葉を否定するのですか？」

「後悔をしたくないのです……!!」

「ならば初めから見なかったものと考えてくださ

い」

「そういう問題では……！」

「そこまで言うなら、踏ん切りを付けるために殺せば良いでしょう。それであれば私が行きます」

　ターナーが割って入る。これ以上は話をしても無駄だ。

「迂回します」

「ターナーさん……！」

　ターナーは最後尾の馭者に近寄って、地図で道を示す。リアンは追いすがって、必死に訴えた。額には汗が滲んでいる。

「おかしいですよ、ターナーさん……！　だって、助けられる人達があんなにいたのに……！　今も耐えながら僕達が来るのを待っているんですよ!?」

　憤るリアンを見て、言う。

「聖女には従うしかない」

　リアンは今、理解した。諦めとも取れる理解だった。

　滅亡に向かう世界は、聖女に頼る他ない。それを知っているから、逆らおうにも逆らえない。聖女が正式に誕生したことで、世界の縮図が変わったのだ。人類はもはや、この十八歳の少女に屈するしかない。たとえ王族であろうともだ。

　それに、己がどんなに真摯に訴えようと、土地を与えられていない『妾の子』の意見を受け止めることなどない。彼女にとって血筋だけは優秀だが、立場はただの兵と変わりがない。

「悔しい……。僕は……、無力です……」

　心の底では気づいていた。

　自分だけが、兄弟で領地を約束されていない。聖女と婚姻させることで価値を見出そうとする国の考えが、透けて見えて痛かった。ただの駒として見られているのが、情けなかった。それで、拳を強く握る。

　ターナーはその拳を見て思う。悔しいが、ここは心を殺して耐えるしかない。神は悪女(マリアベル)に聖女としての力を与えた。何か考えがあるはずだ。神は、万民を救うのだから。

だが、それを信じていてもなお、ターナーは呟かざるを得なかった。

「彼女は聖女の本分を忘れている」

＊

マリアベル・デミが求めていたのは、力だった。それは、戦闘力や包容力といったものではない。

誰にも脅かされない。誰もが見下さない。誰もが逆らわず、逆らえない。誰にでも顔が利き、一声あげれば手足のように動いてくれる駒を持つ。邪魔者は思うように排斥できる。裏切る者が出れば、簡単に切り捨てることができ、代わりを選べる。人々は自分を讃(たた)え、全てに賛同する。

自分を中心に世界が回る。それを永遠に保持できる。言わば、圧倒的な権力を求めていた。聖女として君臨してもなお、それを強く欲した。

いや、聖女としての成功は通過点でしかない。できれば、王よりも上へ。世界の頂点へ。

＊

――その故郷(くに)は美しかった。

土が豊かであった。

海からの風が、いつも強く吹いていた。

橄欖(オリーブ)の木や橙(オレンジ)の木が、いつも揺れていた。

マリアベル・デミは、千の丘が潮風をうけて緑に波打つのを見るのが好きだった。

その領の名前はサウスダナン子爵領。領主をサウスダナン子爵、名をエドワード・デミと言った。

マリアベルの父、エドワード・デミは軍人であった。光が当たれば青く見える髪と、恵まれた体軀、剣で魔物を薙ぎ払う勇ましさから、『青の武人』とあだ名された。

この男は人当たりも良く、多くの人から慕われていたが、爵位は持っていなかった。だが、『モラン城包囲戦』『ハルパスの戦い』で多大なる功績を残したことで、国王アルベルト二世よりサウスダナン子爵を叙される。これでエドワード・デミの人生は一変した。

サウスダナン子爵領は王国の南部に位置した。北にリューデン公爵領という王国屈指の大きさを誇る領と、西にモラン子爵領という比較的小さな領に接し、東は海であった。元々はリューデン公爵領の一部であったものを譲渡された地で、受け渡されたのは、先の戦闘の中で公爵の次男を助けたことによるものだった。

エドワードが子爵となって二年後。今から十八年前。聖暦にして一六四五年。デミ家に長女が生まれた。妻は産後の肥立ちが悪く、四日後に死亡した。エドワードは妻に敬意を払い、名を同じくマリアベルと名付けた。

この年は災いの年だった。何の前触れもなく瘴気の壁が大きく動いたのだ。今ではこれを『狭災』と言う。

狭災により、神聖カレドニア王国の国土は大きく狭まった。縦断するのに馬で七十五日、即ち五節ほどかかった地が、およそ一年で三節ほどになった。六十ほど存在した領も、三十を切った。後に壁の侵攻速度は緩まるが、初動はそれほどに急だった。

誰もが絶望し、神は我らを見放したと嘆いた。悲観し、狼狽え、錯乱した。犯罪が増え、内乱も起こり、行き場をなくした人間が各地に溢れ、あらゆる場所で悲劇が起こった。瘴気に呑まれるより先に、内から崩壊する領地もあった。

その中でもサウスダナン子爵領の治安は守られ

ていた。従順な信徒でもあったエドワードが領内を巡って、神が我々を見放すことはないと丁寧に民を勇気づけていたからであった。

だがそれでも、五年も経てば、サウスダナン子爵領には難民が溢れた。

難民の対応は領によって異なった。単純に追い出す領も多ければ、悪い例では奴隷として捕らえ、売る領主もいた。しかしエドワードは難民にも可能な限り真っ当な仕事を与えた。働けない老人や子供には、施与(せよ)した。

「お父様はどうして行き場のない人達に施しをするのですか?」

マリアベルは殆(ほとん)ど空になった屋敷の穀物庫で、子爵に問うた。その時の父の言葉を、マリアベルは今でも覚えている。

「私は国王より爵位を頂戴した。これは誉なのだ、マリアベル。だから、誉に見合う人間として何ができるのかを考えていきたい。どんなに自分が苦しくてもな」

「はい、お父様」

父を立派だと思った。

「私もお父様のように、誉ある人間として立ち振る舞います。お友達には優しくします。玩具(おもちゃ)もいっぱい貸してあげます」

「よし。いい子だ」

エドワード・デミは破顔して、傷だらけの大きな手でマリアベルの頭を撫でた。

マリアベルは、父が好きであった。いつも優しく、自分を大切にしてくれた。自分だけではなく、使用人(メイド)や庭師、料理人にも優しかった。領民にも分け隔てなく接した。たくさんの人に慕われ、たくさんの人に囲まれていた。父の作る世界は、幸福に満ちていた。そのように見えた。

難民には、モラン子爵領出身の者も多かった。まだ瘴気に蝕(むしば)まれていないにもかかわらずだった。

理由は、内政にあった。

モラン子爵は政治にとんと興味がない。領民から税を徴収し、自分が贅沢できれば、下々の人間などどうだって良いようだった。

以前から問題の尽きない領であったが、狭災をきっかけに大きな内乱が起きた。モラン卿を打倒しようという勢力が、旗を揚げたのである。そのせいで、政治に関係のない人達が難民となり、サウスダナン子爵領に押し寄せたのだった。

この時期、エドワードはモラン卿の要請に応える形で、なんとか内乱を治めようと、度々出兵した。だが、肝心のモラン子爵領軍は練度が低い。エドワードに頼る形での応戦だった。

隣領が荒れている間は、必ずと言って良いほどエドワードは領を空けていた。その為、幼い頃のマリアベルは、父がおらず寂しい思いをしていることが多かった。

「……モラン卿は、周りに迷惑をかけても何も思ってないの？」

マリアベルがそのことを女官のエスメラルダに聞いてみても、彼女は苦笑いをするだけだった。屋敷に仕える人間が隣領の領主の悪口を言うなどは、やはり失礼にあたる。

「お嬢様。隣領は隣領。我が領は我が領にございます。私達は、あなたのお父様にお仕えできて幸せです」

マリアベルはモラン卿をつくづく軽蔑していた。幼いながらも、この状況をよく理解していたからだった。人に迷惑をかけ、人に対処してもらい、問題がおさまれば、また税を集めて贅沢に使う。そのような人間が、どうして領主をしているというのか。

父が隣領から帰ってきても、マリアベルは遠慮して甘えることはなかった。父の背中は、毎度ひどく疲れているように見えたからだった。

ならば、と健気なマリアベルは少しでも父の助けができないかと思い、さまざま勉強してみることにした。財務、数学、卜占（ぼくせん）、天文学、測量、法律に神学と、役立つであろうものは何でも手を出してみた。

　中でもひときわ異彩を放ったのは、領内の魔物を撃退するくらいはできないかとエスメラルダに教えを乞うた魔法だった。

「素晴らしい！　お嬢様、これは本当にすごいことです！」

　マリアベルは魔法を習い始めてすぐに四大元素を自由自在に操った。炎は優しく暖かく、水は清らかだった。地から突き上げる石の柱は硬く逞（たくま）しく、生み出す風は冴えていた。詠唱は丁寧で狂いが無く、応用も利いた。魔法陣の仕組みをよく理解し、古く効率の悪い陣は、近年の効率の良いものに組み替えることができた。

「これで少しはお父様をお助けできるかな？」

「お助けなんて、とんでもない！　今にも小隊を率いて魔物と戦えます。将官に兵法を指南して頂きましょう」

　領軍の将バルバロスには、兵の扱い方を教わった。それで弱冠六歳にして小隊を率い、亜人（ゴブリン）などの魔物の群れを撃退することもできた。

「ハッハッハッ。お嬢様は神童でございますな」

　バルバロスが褒めてくれるのが嬉しかった。幼いマリアベルが活躍する姿を見て、兵達にも気合が入った。

「卿もお喜びですよ。お嬢様がいれば、この領は安泰です」

　エスメラルダが喜んでくれるのが嬉しかった。新しい魔法を教えてくれるのが、楽しみで仕方がなかった。

「マリアベルは特別なのかも知れんな」

　父は照れくさそうにしながらも、やはり喜んでくれた。

（私って、凄いのかも……！）

良き仲間、良き環境に支えられ、マリアベルは自信を培った。領民にとってもマリアベルの活躍は明るい話題だった。みなが噂し、みなが愛した。領内は前向きな雰囲気に満ちていた。迫る絶望を感じさせなかった。

――サウスダナンは、世界一の領だ。

マリアベルは、そう確信していた。

*

マリアベルが十四歳の時。

大好きだった千の丘は魔物や人間の血で赤く染まった。

魔物達の酸や毒素で、橄欖の木や橙の木は溶かされた。

海は灰色に濁り、風は温(ぬる)く腐った。

「どうして？　私達は、何かしたの……？」

先に瘴気の手が伸びたのはモラン子爵領であった。モランの兵達は悉(ことごと)く敗れ、土地は強力な魔物で溢れた。領民は無惨にも殺された。いつもの如くエドワードに助けを求めたが、それでも間に合わなかった。

　この状況を受けて、モラン卿は苛立(いらだ)った。苛立ったと言っても、彼にとって人々が襲われる状況は、そこまで重要ではなかった。だが、贅(ぜい)を尽くした歌劇場(オペラハウス)や大庭園が破壊されるのは嫌だった。自らの趣味を詰め込んだ、大事な大事な結晶だ。それを失うなど、我慢ならない。

――そこでモラン卿が取った行動は、魔物達をサウスダナン子爵領に流すことだった。

　魔物の大半は、血の臭いに誘われる。死にかけの人間を喰(く)らおうとするからだ。その特性を活(い)かし、か弱い女子供を半殺しにして、領と領の境に置いたのだった。瀕死(ひんし)の女子供が杭(くい)に括(くく)られてずらりと横に並ぶ様は、まさに地獄の光景であった。

　かくしてモラン卿の作戦は成功し、魔物達はサウスダナン領へと雪崩れ込んだ。

「モラン卿は何がしたいの……?」

この十年近く、エドワードは自領のみならず、モラン子爵領の為に戦ってきた。それだけではなく、防衛策まで提案した。それも全て、隣領の不憫な民達、そしてモラン卿が苦労しているだろうと思ってのことだった。それにもかかわらず、この仕打ちはあんまりだ。

「今、旦那様が何とかしようとしてくれています。ですから……」

エスメラルダが宥める。だが、その声はマリアベルに届かなかった。

「どうしてこんなことするの？　なんで、彼らの為に戦ってきて、考えてあげて、補ってあげたのに、こんな風にされなきゃならないの……?」

そこからは早かった。五日と経たぬ内に、サウスダナン子爵領は瘴気に呑まれ、街一つといくつかの農地、集落を残すのみとなった。

領主エドワードは最早どうにもならないと察し、最後まで付き添った側近達や農民に私財を分配して、良きようにしてくれる領へと逃した。

「お嬢様、どうかお元気で」

マリアベルは、長年女官として務めていたエスメラルダとも別れることとなった。エスメラルダはマリアベルが物心ついた頃から共にいた、言わば母親役だった存在。我儘が過ぎた時も、悪戯をした時も、いつも笑って許してくれた。苦楽を共にしてきた。

「必ず、必ず、神が良いようにしてくださいます。こんな終わりはあんまりですから、神が良いようにしてくださいます」

最後に抱きついたとき、マリアベルはエスメラルダの温もりに涙を流した。母というものがあれば、こういうものだったのだろう、と思った。

その後、残った領地は隣領のリューデン公爵領と合併。サウスダナン子爵領は完全に消滅した。

ほどなくして、モラン子爵領も合併し、消滅した。

　エドワードはマリアベルを連れて、隣領のリューデン公爵領に行くことになった。騎士として近臣(きんしん)となる約束になっていたのだが、それはあまりにも簡単に裏切られた。

　自ら呼んだはずの公爵はその地位を与えなかったのである。理由は、サウスダナン子爵領が陥落して魔物が押し寄せるのだから、責任をもって対処するのが先であるとしたことからだった。したがって、エドワード・デミは一兵の身に落とされた。

「約束と違う！　なんでお父様がこんな目に！」

　マリアベルは兵舎でエドワードに問うが、父は黙々と装備を整えるばかりで何も言わない。獣人(ワーウルフ)の軍勢が、旧サウスダナン子爵領との境にあった砦(とりで)に攻めてきているのだ。いち早く撃退しなくては、リューデン公爵領で暮らす人達に危険が生じる。それはエドワードにとって耐え難い。

「それが私の務めだからだ」

　また、エドワードが率いる兵は、老人や子供ばかりであった。誰も彼も元難民で、公爵が押し付けたものだった。自分が真っ当な指揮を執らねば、不憫な彼らをも死なせてしまう。

「違う！　お父様は子爵です！　こんな、こんな風な扱いをされる謂(いわ)れはありません……!!」

「マリアベル。私に領主としての才能はなかった」

「え……？」

「私は元々兵隊だ。この国の為にできることは、これなんだ」

　――そんなことはない。

　父の作る世界は、幸福に満ちていた。農民達も、商人達も、エスメラルダも、将官も、子爵領に生まれて良かったと言っていた。多くの人に認められていたのだ。お願いだから、才能が無いだなんて、そんな悲しいことを言わないで欲しい。――己の憧れを否定しないでほしい。

マリアベルが目に涙を溜めるのを見て、エドワードはいつものように頭を撫でてやった。

「いいか、マリアベル。後悔などしていない。ならば国のために、私は剣で国王に認められたのだ。ならば国のために、それを振るおう」


マリアベルは教会で働くことにした。父を側で支えたいと思っていたが、公爵領では兵として女が前線に立つことを許されていなかった。

教会での仕事は、掃除に炊事、洗濯と、多岐に亘った。リューデン公爵領でも田舎街の教会だからか、ここでは新参者に辛く当たる風習があるようで、若いマリアベルは苦労した。

それでも弱音を一つも吐かずに耐えられていたのは、全て父を助けたいという一心からだった。

父は死に物狂いで働いたが、大した給金を与えられていない。なので自分が働けば、少しは良いものを食べられて、力を蓄えられるはずだと、そう思って健気に耐えた。

三日働けば燻肉や腸詰めが買え、一節働けばエールを樽で買えた。少ないかもしれないが、それでも父の助けにはなる。

マリアベルが炊事の当番をしている時、ふいに声が聞こえた。勝手口の裏で、修道女が立ち話をしていたのだ。

「聞いた？　モラン卿の話」

マリアベルは野菜を切る手を止めて、聞き入る。

「聞いたわ。――公爵様の騎士になられたようね」

耳を疑った。

馬鹿な。そんなことがあるはずがない。なぜ、領周りに迷惑をかけるばかりだった男が。なぜ、領民を虐げ、自分の贅沢に一生懸命だった男が騎士となれるのか。

あり得ない。あり得てはならない。

「周りの人に媚を売ってたからねぇ。お仲間作って外堀を固めたんじゃ、どうにもならないわよねぇ」

「早速、豪華なお屋敷を作ったみたいよ。何で、あんな人が……」

「まあ、領主時代は魔物を撃退したり、内乱治めたりしたものねえ。一応は認められているってことなのかしら」

――違う。

それは父がやったのだ。モラン卿は何もやっていない。

「もともと騎士になる筈(はず)だった人を押し退(の)けたみたいだしねえ」

「サウスダナン卿よね。まあ、仕方ないわね。寡黙(かもく)な方で、横のつながりも薄かったみたいだし」

「あと財力も違うわ。モラン卿、ばら撒いてるみたいよ」

「教会に少しでもお恵みくださると良いのだけれど」

――悔しかった。ポタポタと涙が溢れ出た。

結局は、それではないか。父がどれだけ人格者であろうと、どれだけ能力があろうと、どれだけ強かろうと、どれだけ努力をしようと、結局はそれではないか。横の繋がりとやらで、何の努力もしていない無能で浅はかな人間が、支配層に君臨する。ならば兵の身からの成り上がりで、初めから横のつながりの薄い父は、どうしたら良いというのか。

悔しくて悔しくてしようがなく、石鹸(サボン)で荒れた手でナイフを握りしめ、ポロポロと涙を流すことしかできなかった。

*

その翌日のことだった。大寒(だいかん)の節、暁月(ぎょうげつ)。寒空の下、湿る風に粉雪が舞う。それは何の前触れもなく訪れた。

十時。その一団は、燻した香の薫りと絹のような紫煙を雪に溶け込ませながら、リューデン公爵領に足を踏み入れた。兵達は白く輝く甲冑を揺らし、燦々とした赤い聖鳥章を掲げ、小さな街の中央を行く。

異様な集団だった。庶民達は道を空けて頭を下げ、しばらく上げられなかった。その一団の佇まいに粛然たる畏怖を感じていたからである。

前を行くのは白髪の男で、年は五十か六十か。大層な甲冑を身につけて、左手には杖を持ち、その杖を左右に動かして足元を気にしながら前を行く。目には深い傷があり、瞼を閉じている。畏怖の正体はこの男なのだと気づいた者は、庶民の中に交じる元軍人や元冒険者などに限られていた。

――幺教軍大元帥『ヴィルヘルム・マーシャル』の巡礼である。

ヴィルヘルムは教会に、街にいる十五歳未満の処女を全て集めさせた。聖女の選定を始めるのだと言う。

教会に出入りしていたマリアベルは、第一陣として選定を受けることになった。マリアベルにとっては何が何だか分からなかったが、とにかく従うしかなかった。他の娘と同じく一斉に横に並び、大元帥が目の前に立つのを待つ。

大元帥は聖水を乙女の頭に振りかけ、黙る。その後、何事もなく隣の乙女の前に立ち、再び聖水を振りかけるのを繰り返す。乙女の前に立っているのは、およそ二十秒ほどだった。

その間、マリアベルは震えていた。この目の潰れた男の周りが、陽炎のように常にぐにゃぐにゃと歪んで見えたからだ。それが何によるものなのか、見当もつかなかった。とにかく、恐れた。

ヴィルヘルムはついにマリアベルの前に立った。それで、きゅっと目を瞑る。聖水を振りかけられ、ひやりとしたものが首筋を伝った。この感覚は、冬には辛かった。

——帰りたい。

そう思った時、臍（へそ）の下辺りに妙な温かみを覚えた。今まで感じたことのない力だった。次いで、脈打つのと同時に、まるで太鼓の響きのような振動が全身を駆け巡った。それがあってから、血の流れる音がざあざあと漣（さざなみ）のように聞こえてきた。

マリアベルはそろりと目を開けて、気がつく。ヴィルヘルムが目を開けて、既にこちらを見ている。男の潰れた瞳は膿（う）んで白く濁っている。眼球とするべきか悩ましいほどにグロテスクなそれは、十五歳の少女を恐怖させるのに十分過ぎた。

ヴィルヘルムは何も言わず、右手に持っていた小さな鈴を鳴らした。ここに聖女がいたのだ。

*

マリアベルが聖女だったという報は瞬く間に国中に広がった。多くの人が祝いの言葉を口にし、誰もが聖女に近づこうとした。

「凄いぞ、マリアベル。お前は特別だと思ってはいたが……、聖女だったのだな」

エドワードはいつものように優しく頭を撫でてやった。

「……」

当の本人は、嬉しくはなかった。まだ聖女というものがよく分かっていないのと、多くの人に喜んで貰（もら）ったにもかかわらず、デミ家の待遇が何一つとして変わらなかったからだ。

今日も父は、公爵領を守る為に魔物との戦いに出る。日に日に、体の傷は増えていた。

マリアベルが聖女だとされてから五日後。聖女の誕生を祝す、ささやかな式典が街の教会で行われた。祈りに始まり、少しの食事をし、祈りに終わる。街が主催するものであった為に領外からの来賓こそいなかったが、公爵領の騎士や貴族は数人参加した。その中に、モラン卿の姿もあった。

「おめでとう、おめでとう。今日は素晴らしい日だ」

式が滞りなく終わって、モラン卿はマリアベル親子に近づいた。マリアベルが彼の姿を見たのは、初めてのことだった。思っていたよりも、若い。

第一印象はこれだった。

下品に巻いた金髪に、嘘のような高い鼻と青い瞳。貼り付けたような塩気のある薄ら笑い。金と銀の糸で飾られたローブ。鼻を突くような香水の臭い。全てが教会という神聖な場に相応(ふさわ)しくないように思えた。

「実にめでたい。君のような没落貴族でも、神は見離さないのだよ」

モランは馴(な)れ馴(な)れしくエドワードの肩を抱いた。娘には目もくれていない。

マリアベルは父の隣で、ぎりと歯を食いしばった。なんて忌々しい言い草。この男のせいで没落したと言うのに。握った拳、爪が肉に食い込み血が滲んでいたが、それには気づかない。

「ありがとうございます」

頭を下げる父を見たくなくて、目を伏せる。

「私は考えたんだがね、彼女を私の婚約者とするのはどうかね？　うん？」

マリアベルは硬直した。この男は一体何を言っているのか。

「君にとっても悪い話ではあるまい。うん？」

エドワードは何も言わない。言葉を探している。はっきりしない態度に腹が立ったのか、手放しで喜んでもらえると思っていたのが裏切られたのか、モラン卿は声を荒らげ始めた。

「言っている意味がわからんのか。地に堕(お)ちた貴様を救ってやると言っているのだ！　恥を忍んで、聖女とかいう迷信に付き合ってやると言うのに！

感謝をしないか！」

　この時はまだ、聖女という存在が本当にあるのかどうかは誰にも分からなかった。信仰心の薄いモラン卿は聖女などは戯言（たわごと）であると、この祝典などは全く面白くもない面倒なものだと、そう決めつけていた。

「頭を下げんか！　痴（し）れ者（もの）め！　貰ってやると言っているのだ、喜べ！」

　祈りに参加していた貴族達が、三人を見ている。嫌な顔をする人はいても、止めに入る者はいない。モラン卿は公爵を取り込んでいるようだから、あまり関わりたくないのだ。意見すれば、自分の立場が怪しくなる。

　だがマリアベルは、我慢の限界だった。肩で息をしながら、言う。

「《――揺蕩（たゆた）う水の美よ。刻に岩を砕きしその清流よ……》」

　詠唱。水の剣。

　父を侮辱するこの男を許せなかった。誰よりも痴れ者であるこの男を許せなかった。この時、マリアベルは生まれて初めて人間に対して暴力を振るおうとした。

「……ひっ！」

　マリアベルの掌（てのひら）に何処（どこ）からともなく水が集まるのを見て、モラン卿は身を縮こめて、顔の前に手をやり、身構える。その上、情けなく震える。

　しかし、エドワードは水の剣が仕上がる前に、マリアベルの腕を摑（つか）んで魔法を止めた。

「マリアベル」

　ざばり、と水が床に落ちた。静寂が訪れる。

「……何の真似だ!!　クソッ!!　教育がなってないぞ!!　外道がッ!!」

　その静寂を破ったのは、頬を叩く音だった。モラン卿がエドワードの顔面を打ったのだ。次いで腹を蹴り飛ばした。エドワードは倒れ込む。

「いいかッ!!　この娘は俺のものにするッ!!　お

前に拒否権はないッ!! クソがッ!! クソがッ!!」

そう言いながら、何度もエドワードを踏みつけた。見ている者の誰もが止めようともしなかったし、何も言わなかった。関わりたくないと、目を背けた。

父の虐げられる様をじっと見ていたのは、マリアベルただ一人だった。

*

マリアベルは兵舎でエドワードの治療をした。水の力を使った回復魔法は、すぐに傷を癒した。

あの男は本気で拳を振るい、蹴りを喰らわせたが、エドワードに大した傷を負わせることはできなかった。それほどに、非力な男だった。

「私は……」

マリアベルは、ぽつりぽつりと話し出す。

「……私は、聖女として必ず、大成してみせます」

マリアベルは、教会で悟った。父は報われず、痴れ者のモラン卿が幅を利かせている事実を目の当たりにして、強く悟った。

所詮、周りを良いように振り回して我儘をした者が得をする。恥知らずで、人を頼り、甘え、罪悪感を抱くことなく、あたかもそれが当然のように振る舞い、あまつさえ自分の手柄にし、人を蹴落とし、大した志もなく、自分だけがいい思いをすれば良いとして、楽をした者が成功する。

父のように人道を重んじて、弱者を助け、寄り添ったところで、何の意味もない。弱者は弱者。感謝こそすれど、何もしてくれない。モラン卿のような恥知らずに足元を見られて、足を掬われて、利用され、馬鹿にされ、それで終わる。

父は、自分を大切にせず、身分の低い人間などにかまっているから失敗した。それでは意味がない。自分が不幸になるだけだ。

自分の幸福だけを考えた者だけが、幸せになることができる。その者が勘違い甚だしくても、恥知らずでも、それで良い。他人を蹴落としても、嫌われようとも、結果的に得るものを得られる。成功する。

不誠実が得をし、誠実は足蹴にされる。世界は、そうやってできている。その真実を誰が否定することができよう。

「どんな行動を取ろうと……、必ず、必ず……」

エドワードは娘の話を黙って聞いている。

「光の聖女として認められれば、きっと……、報われる……」

そして、マリアベルの掌に血が滲んでいるのに気がつく。

「私は、お父様のようには、ならない」

エドワードはいつものように頭を撫でてやった。

「マリアベル、私は……」

娘の考えを否定してやりたいと思った。だが、その言葉が出てこなかった。

「――お父様は、上に立つ者として才能がなかったのかもしれません」

マリアベルはつい、言いたくもないことを言った。それで急いで、父の顔を見る。父の目からは涙が溢れていた。初めて見る父の涙だった。

その涙の意味を理解すると自身の決意が揺らぐと思い、マリアベルは考えるのをやめた。

*

時は経ち、聖女となって初めてとなる、国王アルベルト二世との謁見。

「――畏れながら、私とデミ家に相応の地位をお約束くださいますよう、お願い申し上げます」

静かなる部屋に、マリアベルの堂々たる声が響いた。

「できることがあるなら、何でも協力しよう……。

うむ。何でも、協力する……」

　王はただ優しく笑って、そう答えた。その笑顔に、憂いはなかった。ただ、子供の我儘を聞く大人のような、生暖かくて、あまり味のない、素朴な笑顔。

　――ああ。この人はエドワード・デミを忘れている。爵位を与えた男がどうなったかを知らない。

　そして、マリアベル・デミという悪女は完成した。

4

　夕空は葡萄酒色に染まり、雲は薄く溶けていた。

　第二聖女隊はパイモンに到着した。聖鳥章が描かれた幺教会旗と、書を持つ鷹と剣が描かれた隊旗を掲げた一団が、歓声に迎えられて石畳の上を行く。

　プラン＝プライズ辺境伯領に於いて第二の都市と呼ばれるパイモンは、清潔な街であった。石造りの建物は背が揃い、整然と並び、道幅は何処も概ね同じである。街中、均一に植わっている椈の木は、石の街に鮮やかな色をさしている。この整備された風景が、街の財力を物語っていた。

　パイモンの中心部に美しい邸宅があった。これは、この地域の商工組合を纏め、街の顔役でもあるヒルデブラントの所有物である。彼の正式な名はパイモンのヒルデブラント準男爵。本名をジョン・ヒルデブラントと言い、身分は平民であった。

　ヒルデブラントという男はパイモン、ひいてはプラン＝プライズ辺境伯領の発展にも大きく貢献してきた。しかし、同業者を蹴落としたり買収で味方を増やすなど、その手段はあまり褒められたものではなかった。

　今宵、邸宅の大広間にて行われる酒宴の内容は食事会(パーティ)や歓迎会(レセプション)に近く、街の権力者達が聖女らを囲んで話をするというものだった。

　これについては第二聖女隊から場を設けるよう働きかけてはいたが、元よりパイモンの権力者達は水の聖女をこの街に呼び、それを行う計画であったため、準備にそう手間はかからなかった。

*

　会場となる大広間の壁にかけられた綴織(タペストリー)には、神が人に与える三つの恵み『養ひ(やしな)』『愛』『試練』が描かれていた。同じく壁に飾られる華美な装飾の剣と盾は、ヒルデブラントが王より賜ったものである。

　酒宴の参加者は三十人で、第二聖女隊からは聖女マリアベル、ジャック・ターナー、リアンを含む五名が出席。二十三名は貿易などで莫大(ばくだい)な富を得ている商人達と、その家族。残る二名は辺境伯軍兵士である。兵士は神事用の軍服を着用していた。

　辺境伯軍二名は男女であった。男は壮年で、茶色い髪を後ろで結(ゆわ)き、左頬に傷がある。女はマリアベルと同年代だった。白に近い銀の髪色をしており、長い睫毛(まつげ)が特徴的で顔立ちも美しかった。

「この度はお会いできて光栄です、聖女様。ミッシェル・マクロナンと申します。明日はパイモンよりウィンフィールドまで、滞りなく務めさせて頂きます」

　男が挨拶をする。

　プラン＝プライズ辺境伯軍は隊を成してパイモンに入っており、ここで合流後、ウィンフィールドまで第二聖女隊を護衛する運びとなっている。

　続けて、男は側にいた女に代わる。

「エリカ・フォルダンと申します。この度は、お会いできて光栄です」

　マリアベルは軽く挨拶をして、その場を離れた。

離れたのを見届け、エリカはミッシェルに言う。

「……すごく、お綺麗(きれい)な方ですね」

「そうだな」

　エリカは今回、自ら名乗り出てこの会に参加した。と言うのは、聖女とは何たるかが知りたかったのだ。キャロルは学園から追放されたと言うが、では追放されなかった聖女とは、どのような人物なのだろうか。キャロルと長い時間を共に過ごした人は、どんな人なのだろうか。どうしても、知りたくなった。竜を倒して以降、エリカ・フォルダンはリトル・キャロルの影を追いかけている。少しでもキャロルと繋がっていたい。

　エリカの左腕は、急速に回復していた。さすがに切断前とまではいかないが、物を握ることもできたし、剣を振るうこともできた。辺境伯は、まだ本調子ではないのだから休んでおけ、と何度も繰り返し言ったが、エリカはそれを良しとしなかった。


　各々が席に着くと、長い机に料理が運ばれる。牛肉のパテ、兎(うさぎ)の蒸煮肉(シチュー)、子鹿の香草焼き、羊の塩漬け肉、豚の血の腸詰め、鯉(こい)のスープ、そら豆、蒸し卵(プリン)に生野菜(サラダ)。まるで庶民が夢に見るような豪華な料理が、燭台(しょくだい)の灯りに照らされて艶やかに輝いていた。

　ぶくぶくと太っているヒルデブラントの挨拶もほどほどに、食事が始まる。

　エリカは葡萄酒を一口飲み、権力者達や聖女が食べ始めたのを確認する。位が上の人間より先に食べ始めるのは失礼にあたった。それから、羊肉が好きであったので、使用人にそれをよそってもらった。

　程なくして、金髪の若い吟遊詩人が竪琴(たてごと)を手に、詩を歌い始める。題目は『素直なじいさん』。年老いた浪人が弱き人々を助け、国王より男爵を叙されるという話である。山間(やまあい)の地方では比較的有名な物語で、エリカも、その上司ミッシェルもよく知る話だった。

「止めてもらって良いですか？」

——急なことだった。

マリアベルの冷たい声があって、場に緊張が走る。食事を楽しんでいたエリカも手を止めた。完璧な静けさが訪れて、隣に座る人の呼吸さえも聞こえた。

「な、何をしている！　出ていかんかっ！」

一瞬の間の後、吟遊詩人はヒルデブラントに退室を命じられた。ドアの閉まる音が、寂しく響いた。

「た、大変申し訳ありません、聖女様……っ。内容がお気に召さなかったようで……っ」

焦るヒルデブラントをよそに、ターナーとリアンはそれとなく目を合わせた。二人はマリアベルの涼やかな表情を見て、計算でそうした態度を取ったことを確信したのだ。

マリアベルは今この瞬間、誰がこの空間で一番偉いのかを見せしめたかった。そして、たった一言で参加者全員に上下関係を理解させ、この広間を完全に彼女の場とした。歓迎の雰囲気に冷や水を浴びせ、今後、恙無く自分に協力するよう仕向けたのだった。

しかもその後、マリアベルは何も喋らない。感情を表にも出さない。何を考えているのか誰にも分からない——ように参加者達には見えた。彼女はただただ、圧を発している。

広間は嫌な空気に包まれた。この数分間で、使用人がナイフを落とした。とある商人の妻が、グラスを倒した。閑所に行く者はいない。揺れる蠟燭の灯りで癒される者など誰一人もいない。ヒルデブラントは何度も額の汗を拭いている。

それで、困ったヒルデブラントは聖女の機嫌を取ろうと必死になった。やれ神に選ばれた奇跡の乙女だの、やれ聖女がいなくては皆が苦しむなど、ぺらぺらと薄っぺらい世辞を並べた。それに続いて、その他の商人らも口々に聖女の機嫌を取ろうとする。

聖女マリアベルは大人達が媚び諂う様子に満足して、目を閉じて微笑みつつ、粛々と食事を進めた。吟遊詩人のつまらぬ詩などよりも、こちらの方が数倍滑稽で食が進むのだ。

（……キャロルさんとは随分と違うみたいだ）

エリカも食事を再開し、目立たぬようにその様子を見ている。

「よくもまあ落ち着いていられるな、エリカ」

ミッシェルは、ふぅ、と小さくため息をついた。少しばかり気揉みしたらしい。次いで、グラスに入った葡萄酒を飲み干す。

「え？」

死地を乗り越えたエリカは、精神面に於いても間違いなく強くなっていた。

「あの泣き虫で心配性のエリカは何処へ行ったかな……」

ミッシェル・マクロナンはいくつもの隊を統べる立場にある兵の一人であり、辺境伯からの信頼も厚い。エリカも彼の下で働くことも多かった。軍に入ったばかりの時は、彼女の指南役も務めた男だ。その彼をもってしても、ひとまわり大きくなったエリカから滲む気のようなものに、頼もしさを覚えた。

「聖女様、お願いがございます」

マリアベルが食事をやめて口元を拭いた時、ヒルデブラントはそわそわと話を切り出した。だが、マリアベルは彼に一瞥もくれない。

ヒルデブラントは他の商人のことをちらりと見て不安を抑え、もう一度話しかける。

「私の倅の具合を診てやって欲しいのです」

聖女の返答はない。マリアベルは元より彼の子供を治すつもりだったが、無反応を貫いた。

「お、お願いしますッ!!　聖女様だけが頼りなのですッ!!」

ヒルデブラントは目に涙を溜めて懇願し始める。周りの商人達も口々に『聖女様』と言って、彼の話を聞いてやるように頼む。

「願い方が足りないのではないですか?」

「え……?」

「――平伏なさい」

本来、床に頭をつける平伏の行為は、神の前でしかやらないものである。

これにはヒルデブラントも一瞬、躊躇(ちゅうちょ)した。だが、すぐに意を決したようにして下唇を噛み、席を立って膝を突き、手を床に置き、頭を下げた。

「どうか……、私の倅を診てやってください……。き、君らもやらんか!」

そう言い、周りの商人達にも平伏を強要した。みな、立ち上がり、揃って膝を突き、手を床に置いて頭を下げる。


エリカにとって、これは異様な光景だった。平伏自体は教会でも時折見られる行為で、特段珍しいものではない。リアンにとっても、ターナーにとっても、ミッシェルにとっても、そしてエリカにとっても日常のものだ。神事があれば、その度に行う。

だが、その相手が違う。エリカはたったそれだけのことで、妙な気味の悪さを感じた。まるで、靄(もや)がゾワゾワと床から立ち昇ってくるよう、と言えば良いか、とにかく息苦しさを感じた。

自分は見たことも聞いたこともないが、もし、異教徒というものがこの世に存在したとして、突然その祭典に出会(でくわ)したのならば、こういう気持ちになるのだろうか。まるでこの世に良く似た異世界に、迷い込んだような。

(――やっぱり、キャロルさんとは全く別物だ)

エリカは、自分達もやった方が良いのか?　と落ち着かない様子の給仕達を掌で制止し、目立たぬようにしている。

「良いでしょう。連れてきなさい」

滑稽を充分に楽しんだマリアベルは薄ら笑いを浮かべ、予定通りヒルデブラントの子供を診てやることとした。

呼ばれて部屋に入ってきたのは、六歳～八歳程度の子供だった。名はヘンリーと言う。父親と同じようにぶくぶくと太っており、肌はぷりぷりと弾んでいた。

ただし顔色は悪い。立っていると、五分ほどで全身から力が抜けて倒れ込んでしまうのだと、ヒルデブラントは説明した。

これまで様々な医者や神官に診てもらったは良いものの、まるで症状の見当がつかなかった。亡霊の類に取り憑（つ）かれたかと思い霊媒師（シャーマン）を雇うなどもしたが、効果がない。

ヒルデブラントにとっては目に入れても痛くない、最愛の息子である。金はいくらでも出すから、いち早くこの可哀想な子を助けてやって欲しい。

そう泣きながら、ヒルデブラントは聖女の前に我が子をやった。

マリアベルはヘンリーの前で笑む。その微笑みは、慈悲の表情には程遠く、温度が冷たい。そしてその笑顔を貼り付けたまま、ヘンリーの額に指をつけた。

「深呼吸を」

言われたままに、ヘンリーは深呼吸をする。

マリアベルは指に魔力を込めて、ヘンリーの血潮の音を聞いた。

（――血が乏しい。ただの栄養不足だ）

偏ったものばかりを食べていると、そうなってしまう。おそらくこの子供は、相当な偏食なのだろう。こんなものは大病でもなんでもない。ただの甘えだ。

診てきた医者も、霊媒師も相当な阿呆だ。いや、医者が偏食のせいだと言ってもヒルデブラントが大病だと言って取り合わなかったのかも知れない。

「今まで見てきた医者はヤブです……!! こんなに苦しそうなのに、変なことばかりを言う……っ!! どうか、どうか聖女様、助けてやってくださいませ……!!」

マリアベルの予想を裏付けるようにして懇願するヒルデブラントを無視し、リアンに持たせていた荷物袋の中から、何種類かの塩と油、調合した酢と葡萄酒を混ぜ合わせる。水薬(ポーション)を作っているのだ。限りなく栄養剤に近い水薬を。

仕上がった薬(ポーション)を飲ませると、ヘンリーの顔色はみるみる内に良くなり、問題なく立っていられるようになった。

「パパ、ぼく元気になったよ！」

久しく聞いていなかった我が子の張りのある声に、ヒルデブラントは涙を流し、抱きしめた。権力者達から、二人と聖女へ拍手が送られる。少し泣いている者までいた。

「――大病でした。あともう少し遅ければ、死んでいたでしょう」

マリアベルは、実際には誰でも治療することができたものを、そう嘯(うそぶ)いてみせた。

ヒルデブラントはその言葉を聞き、さらに涙を流して嗚咽(おえつ)を漏らす。自分も大病だと思っていたから、信頼する聖女から聞きたかった言葉が出てきて、安心したし、救われた。そうだろう、そうだろう、と仕切りに頷(うなず)く。やはり医者達はヤブだ。己は間違えていなかった。さすがは聖女様だ、と心の中で繰り返す。

「ああ、これが聖女さまか……っ。なんと……、なんとお礼を……っ。いくら金を積もうと……、礼を尽くしたとはなるまい……」

「礼などいりません。あなたはこの国の功労者。その働きを神が見ていたのです」

マリアベルはそう言って拳の大きさほどの袋を渡す。ヒルデブラントがそっと中を見ると、光り輝く硬貨が入っていた。『神の金貨』である。

「こ、これは……？」

「街を発展させるには、さまざま苦労が絶えないはず。神はそれを憂いていらっしゃいます。金策にもならぬとは思いますが、気持ちです。好きに使いなさい。さあ、皆様にも」

リアン他幺教軍が権力者達に袋を渡していく。

この金貨には神の横顔が彫られており、幺教会では食料と葡萄酒より上の、最大の施しとされている。通常の金貨よりも価値が高く、一枚で中庭付きの家が買える程の価値があり、それが袋に五枚は入っている。

普通これは領主などの支配層に対し、領民に施すべしという名目で与えるものである。それも、金貨を渡すのは災害や疫病が発生した時に限る。

だが、マリアベルは今回、それを権力者達に『好きに使え』と渡した。これは異例だった。

「あ、ああ……、あっ、ああっ……！　なんとお心の広い！」

ヒルデブラントは感激に震えて、もう一度平伏した。

「聖女様に、最大限の協力をお誓い申し上げます！　共に、世界の為に働かせてくださいませ！」

権力者達も次々に平伏していく。それはまるで、唸(うな)る波のようであった。――群れが完全に掌握される時、人は海となって波打つのだ。

会もそろそろ御開(おひら)きといった頃、一人の無礼な商人が聖女にこう言った。

「神のお言葉はないのですか」

これは、神事があると最後に神官が『神の言葉』として説教をするわけだが、そのことを言っている。説教の内容というのも、大抵は人として恥ずかしくない行動を取れ、といったものであった。当然、便宜上、神の言葉と呼んでいるだけであって、それは神官の思う神官の言葉である。

マリアベルは聖女であり、神官ではない。そしてこの会も儀式の類ではない。それを問うた一人の商人は誤っている。それで、場に緊張が走ったが、マリアベルは穏やかだった。

「良いでしょう。ただし、私は聖女。本当に神の言葉が聞こえます」

おお、と権力者達から感嘆の声が漏れる。

マリアベルは咄嗟（とっさ）に思ったのだ。神の言葉に自分に都合の良いことを乗せて、パイモンを牛耳る彼らをさらに上手（うま）く纏めることができれば、光の聖女が見つからない今、より一層、己を政治的に持ち上げてくれるだろうと。

自分に都合の良いこととは、例えば『水の聖女こそ、聖女を従えるに相応しい』だとか『水の聖女は世界にとって救いである』だとかだ。

*

マリアベルは占術の支度をする。

広間の開いた空間に、大人五人が横たわれるほどの一枚の紙を敷いて、その上に金の器具（オブジェクト）を置いた。権力者達はその周りに集う。

エリカも、その紙に目をやる。

（——天体図だ）

その紙は、月と太陽の動きを記したものだった。巨大な真円を中心に配し、その周りをぐるりと回るように月の満ち欠けが描かれている。

変化する月の形に寄り添うように、牛や羊などの動物も描かれていた。これは季節と星座を表す。また、様々な星が描かれていたが、それは規則的でもあったし、よく見れば不規則なようにも見えた。

色数少なく描かれた左右対称（シンメトリー）の図に、エリカは異様な圧力を感じていた。まるで宇宙（そら）の体内を覗（のぞ）き見ているかのような、底の見えない感覚に襲われた。

その中央部分に真鍮(しんちゅう)の天文機器アストロラーベが置かれている。見た目は出来の良い美術品のようだが、いくつかの歯車が絡んでいて複雑だ。これは、星の位置や星々の距離、天の動き、現在の正確な時刻など、様々な計算に使われる、いわば演算機のようなものだった。

　エリカは思った。

（道具もキャロルさんとは随分と違うみたいだ）

　魔法の手段は、自分に馴染(なじ)むものが一番である。例えばリトル・キャロルは香草(ハーブ)や根、花、動物の部位、血などの素材を使う傾向のようなものがある。各地に伝わる土着的な呪術や童話・民謡をルーツにした術を得意としているからである。

　一方で、幼い頃から星を見るのが好きだったマリアベル・デミは、占星術をルーツにした魔法をよくよく用いた。

　どんな方法が馴染むかは、本人の理解度に由来する。その個人差をなくす役割をもつのが、詠唱や魔法陣である。

「今から、神のお言葉を可視化します」

　息を呑んで見守る商人達を気にする風もなく、マリアベルは銀砂を天体図の上に撒いた。砂は銀河のように、図の上に流れる。

　続いてマリアベルは、古い布を鞘(さや)がわりにした妙な剣を取り出した。この青い布は、聖骸布(せいがいふ)。女神に仕えたとされる『使徒ザネリ』の亡骸を包んでいた布である。剣の柄(つか)はザネリの骨を編んだものでできていて、白く美しく、象牙に似ている。名を『聖(せい)ノックス市(し)の石剣(せっけん)』という。幺教会の秘宝の一つであり、水の聖女が手に持つ聖剣として原典にも描かれていた。

　マリアベルは、ゆっくりと布から剣を引き抜く。淡い青の光を放って、刃が覗く。

　刃は宝石のようである。ごく薄く、淡い。氷のようでもあり、陽炎のようでもあった。放つ光は空気を平行に凪(な)いで、青い地平線のように広がっ

てゆく。

「おお……」

声が再び上がったその時、アストロラーベががこんと音を立てて高速で回りだした。一秒二秒と経ち、そして解を導いて止まる。動きは、狂った仕掛け時計を思わせた。

見学者にはその解がなんであるか、見ただけでは分からない。ただ目を見開いて呆気に取られるだけである。

マリアベルは白紙の本を手にし、導き出された解を数字にして書き起こす。そして、砂が撒かれた図と照らし合わせた。

砂に隠れた星々と解を合わせることで、神の言葉が現れる。普段であれば、『魔獣迫り人抗い続く』といった、人類が置かれた状況が示される。

そう、普段であれば。

「——え？」

マリアベルは解を見て、目を見開き、固まった。


「どうか、なされましたか……？」

ヒルデブラントが問うもそれには答えず、撒いた砂を魔法で回収し、再び砂を撒いた。砂は寸分の狂いもなく、先に撒いた砂と同じ位置に撒かれた。

マリアベルはもう一度撒く。同じ位置に砂が撒かれる。もう一度。もう一度、もう一度。何度やっても砂が描く模様は同じであり、従って解も同じであった。

「聖女様。解はなんと……？」

ただならぬ気配に、ターナーも問う。

「——輝聖到る」

マリアベルの手はひどく震え、額には汗が滲んでいる。

「光の聖女が私達の前に現れようとしています」

＊

星々が瞬くその下。水の聖女マリアベル・デミは宿の露台(テラス)で予言について考えていた。

光の聖女は四人の聖女を従える、聖女の中でもとりわけ特別な存在。それがもうすぐ、自分の前に現れようとしている。

光の聖女が存在しないのであれば、幺教会は光の聖女の代わりを立てるはず。それは既存の聖女達の中から選ばれるだろう。だとしたらば、今日のように権力を持つ者達を手の内に置いておくことで、民意が反映される可能性もある。幺教会とて、自分達だけの儲(もう)けだけで組織が成っているわけではない。寄付金が重要だ。実業家達の協力は馬鹿にできない。

——でも、光の聖女が現れたら、どうなる。

光の聖女は言ってしまえば四人の聖女の上位に君臨する存在。

下位となる己の価値は?

存在意義は?

当然、薄れるのではないか。

折角手にした聖女の力が、光の聖女の陰に隠れてしまう。

結局、そうなのだ。己がどれだけ頑張ろうと、己がどれだけ考えて準備しようと、己がどれだけ味方を作ろうと、己より位が高い人間が颯爽(さっそう)と現れてしまえば、無意味。やってきたこと全てが無駄となる。

嫌だ。怖い。どうしよう。何とかしなくてはならない。涙が出そうだ。

——ならば、どうやって何とかする?

考えろ、考えろ。まず、光の聖女とは、どういった存在か。光の聖女が上位の存在ならば、素質は水の聖女より上。それは間違いない。だが、聖女としての教育は受けていないはずである。であるなら、その実力は良くて『魔法学校の秀才程度』と見積もろう。

しかし、光の聖女の力がそんな程度であろうか？　原典に書かれたそれが、そんなものでおさまるとも思えない。どうすれば。

ええい、少し冷静になろう。辺境伯領に入って、何か特別な力を持つ女がいるという噂を聞いたか？　いや、聞かない。

これはどういうことか。もしや、光の聖女は日蝕によって覚醒したことすらも気がついていないということだろうか。そうか。そうに違いない。

——芽を摘むなら今だ。

「お呼びでしょうか」

呼びつけておいたリアンが来た。商人達に対してどれだけの施しをしたかというのを纏めて貰うよう頼むつもりだった。誰に渡したかを書き留めておけば、後に脅しとしても使うこともできよう。

だがマリアベルは、その話は一旦置いておくことにした。今、重要なのはそれではない。

「リアン」

マリアベルは星空を仰いだまま、続ける。

「光の聖女が現れるのなら、消します」

リアンは目を見開いた。

「……正気ですか？」

「至って正気です」

リアンは予言を受けて、密(ひそ)かに期待していた。光の聖女が現れてくれるのであれば、この水の聖女の暴走とも言える行為にも歯止めが利くのではないかと。

「その理由をお聞きしても、宜(よろ)しいですか」

「輝聖の存在は邪魔だからです」

「しかし、光の聖女は世界を平和にするのだと……!!」

「光の聖女が存在すると、私はどうなると思いますか。彼女の下僕(しもべ)と成り下がるのです。私の価値は彼女以下になる。どうあっても。それが、どんなに恐ろしいことか」

マリアベルはリアンの目を見ない。

「光の聖女さえいなければ、私は誰にも脅かされない」

リアンの返事はない。

「……私の言っていることが、おかしいですか?」

「おかしいですよ!」

リアンはマリアベルに勢い良く近寄り、腕を引いて、自分に注目させた。これは、目と目を合わせて話さなくてはならない。そう思ったからだ。

彼女を正気に戻すなら、今しかない。それに踏み切ったら、取り返しのつかないことになる。マリアベルにとっても、世界にとっても。リアンはそう、直感した。

「そのまま突き進もうと言うのなら、神はあなたをお見捨てになる……! これは脅しではありません……!! 神は見ている!! そのことをお忘れに——」

「——貴方に私の何がわかる?」

リアンは思わず言葉を詰まらせた。マリアベルの、凪の海を映したかのような青い瞳に、涙が溜まっていたからだった。

「私がどんな思いをして聖女になったか。何を思って聖女になったか」

リアンは彼女の追い詰められたような表情を見て、摑んでいた腕を離してしまった。

「神が私を見捨てるなど、そんなことがあってはならない」

マリアベルは思うのだ。もし、神が弱者を救わないと言うのならば。救わないと言うならば、それは——。

「そうならば、それは、この世には神はいないということの証明です」

*

リアンからの報を受けたジャック・ターナーは、直ちに一通の手紙を用意し、白い鳩に運ばせた。鳩の行き先は聖都、幺教会本部教庁。教皇『聖座クリストフ五世』宛。

『輝聖（光の聖女）到ると天啓（てんけい）有り。但し海聖（水の聖女）に謀反（むほん）の構え。

至急巡礼の中止求む』

5

パイモンにある鳩小屋に、一羽の雅（みやび）な鳩が降り立った。

鳩小屋を管理している少年は目を疑った。鳩が持っていた二つの書簡には、金蠟（きんろう）による封がなされていたからだ。印は教皇冠（クラウン）と聖鳥章、その周りに五つの剣と盾が描かれている。少年は急いでそれを記された宿に持っていき、宿主は急いでそれをターナーへと持って行った。

ターナーは自室で書簡を受け取り、急ぎ封を解く。その内容は、全く予想しないものであった。


『神の御名において海聖（かいせい）に従うことを命ずる』

差出人の名は聖座ヴィルヘルム・マーシャル。

「――馬鹿なッ！」

ターナーから血の気が引く。指は冷え、眩暈（めまい）がした。この一枚の紙、ただの一文に、あまりにも情報が多すぎる。

水の聖女に従え？

ならば光の聖女に対する謀反を支持すると言うことか？

何を考えている？　どのような理由があってその判断を下したのか？

いや、しかし、一番目を疑うのは――。

「クリストフ五世の名がない……！」

ヴィルヘルム・マーシャルは幺教軍の大元帥。追放されたリトル・キャロルを除く、四人の聖女を任命した朧んだ目の老人。それが聖座、即ち教皇を名乗るとは何事か。教皇はクリストフ五世ではないのか。

「――幺教会は軍部に乗っ取られたか」

まさか、教会内に燻っていたクリストフ五世の本部教庁とヴィルヘルムの軍部の軋轢が極まった結果か。

これについて考察する間もなく、扉を叩く音がした。外から、リアンの声がする。

「ターナーさん、聖女様がお呼びですが……」

悪い予感がして背筋が凍る。

ターナーは緑溢れる中庭を行き、マリアベルのいる離れ屋まで向かう。その隣でリアンは歩みを進めながら、強張った表情で書簡を読んでいた。

「ならば……。ならば、光の聖女を討つという選択を幺教会が許可をしたと言うことになるのですか……!?」

「『聖女に従え』と勅命は下りました」

勅命に背けば、叛逆である。

「恐らく、聖女様に呼ばれたのも密告がバレたからでしょう」

リアンはハッとして、ターナーを見る。マリアベルの自室に呼ばれてターナーを呼べと言い付けられた時、机の上に似たような書簡があったのを思い出した。

部屋に着くと、マリアベルは窓辺の椅子に座っていた。涼やかな夏の風に髪を揺らしながら、ターナーに書簡を渡す。内容はターナーに届いたものとは別であった。

『巡礼の間に限り、これをもって海聖の権限を教皇と同等とする』

ターナーの悪い予感は当たった。教皇ヴィルヘルムはマリアベルにも書簡を届けていたのだ。

「光の聖女を討つと覚悟した瞬間に、これです」

マリアベルの表情は読めない。窓からの光が逆光となって、深い影を落としている。

「きっと、これが神のお考えなのでしょう」

ターナーにはそれを否定することができなかった。一連の流れは、マリアベルにとってあまりにもできすぎている。神の奇跡と言っても良いほどに。

「リアン、今すぐヒルデブラントを呼んでください。話があります」

隣でリアンが仕方なく頷いたのを見て、ターナーは問う。

「……どうするおつもりですか、聖女様。まさか、本当に光の聖女を」

「――部外者には関係のないことです」

ターナーは一瞬硬直したが、すぐに目を閉じ、ゆっくりと頭を下げた。

是(これ)をもって、ジャック・ターナーは幺教軍右筆(ゆうひつ)および中尉を罷免(ひめん)。巡礼の間はマリアベルの監視下に置かれ、自由を失う。聖都に戻り次第、陥穽(かんせい)の罪人として軍法会議にかけられることと決まった。

数刻後、マリアベルは急ぎ現れたヒルデブラントに告げる。

「貴方には、光の聖女を見つける手伝いをお願いしたく思います」

ヒルデブラントは跪き、額の汗を手巾(ハンカチ)で拭きながら、へこへこと頭を下げ、話を聞いている。

「大したことではありません。乙女達を集めて欲しいのです。ウィンフィールドは広いので、一軒一軒回っていくのはとても時間がかかりますから」

「畏(かしこ)まりました。聖女様のために、身を粉にして働かせていただく所存です」

「良い機会ですから、ウィンフィールドの子供達に私の力を特別にお見せするということにしましょう。私のような子供でも世の役に立てると言うことを知れば、乙女達の励みにもなるでしょう」

＊

十二時三十分。海聖の号令により、パイモンにある哨所(しょうしょ)前に、第二聖女隊、ならびに辺境伯軍で構成された護衛隊五十三名が集った。

　聖女が兵達の面前に立ち、言い放つ。

「ただ今より、辺境伯軍護衛隊を第二聖女隊に合併し、ウィンフィールドへ向かいます」

　辺境伯軍の兵らは互いに、これはどういうことか、と視線を交わす。第二聖女隊に属するならば、指揮系統が大きく変わる。プラン＝プライズ辺境伯ではなく聖女マリアベルの命において働かなくてはならない。

　エリカが問う。

「理由をお聞かせ願いたいのですが」

「全てを円滑に済ませるためです」

「説明が十分になされないなら、辺境伯軍としては――」

「拒否権はありません。教皇の勅命により全権が私にあります」

　エリカは目を見開き、驚く。

「以降、疑問を呈す場合は教皇に対する叛逆として、これを扱います」

　そして辺境伯軍の全員が一斉に、四十五度の最敬礼をした。

　勅命とされれば、従うしかない。勅命に理由は問えず、説明はない。そして教皇の名は、王の名と同位。それを断れる人間は、この世界に王と教皇のみである。

　十三時。第二聖女隊はパイモンを出立。以下隊列、第二聖女隊の馬車三台、昨晩のうちに隣領から駆けつけた幺教軍騎兵三十名、辺境伯軍騎兵十名、辺境伯軍歩兵三十五名、内幺教軍捕者一名。ウィンフィールドを経由した後、近郊にある地下墓地ラナを目指す。

「これより本隊は、風を食む雄牛の討伐に向かう。前進」

　先頭に立つ幺教軍兵士が合図をし、みな一歩を踏み出す。

　エリカは号令に違和感を抱いた。そもそもの目的は風を食む雄牛を封ずる魔法の強化、また、それに取り憑く悪霊の祓いではなかったか。――いつのまに巡礼の目的が変わったのか。

十三時五分。エリカはこれらのただならぬ気配から、密使を辺境伯の下へ行かせることにした。

ミッシェルは隊から騎馬が一つ離れて行ったことに気がついたが、それを黙認。幺教軍に悟られないよう、騒ぐなと早急に部下に伝達。表面上、滞りなく行進がなされているように努めた。


十五時。ウィンフィールドにある居城(パレス)。領主プラン＝プライズ辺境伯の執務室に、エリカが送った密使が到着する。密使の顔は青い。

「ミッシェル・マクロラン、エリカ・フォルダン両隊は本日より第二聖女隊に属するとして、指揮権が聖女に移行されました」

辺境伯は、ずり下がってきていた老眼鏡を指で押し戻し、怪訝(けげん)な顔をして本から密使に視線をうつす。

「また、風を食む雄牛の封の強化から、巡礼の目的が討伐へと変更になった由(よし)」

「何……？　ならば、封印の獣の封を解くと言うのか」

風を食む雄牛は六百年前に、『物理的に討伐が不可能』として封印された魔物である。

残された書によれば、この魔物は体がない。風を食べて体を風にしたとされる。まるで鎌風(かまかぜ)のように皮膚を切り裂き、撥ね飛ばし、体に風穴を開けていく。体がないので、姿が見えない。姿が見えなくば、対応のしようがない。

かつて突然現れたこの魔物に、プラン＝プライズ辺境伯領の前身であるプラン領の民が三万人以上殺された。戦乱や飢饉(ききん)よりも被害が出た。

最終的に雄牛は、何百という兵や住民を残したままウィンフィールドの街ごと封印された。封印に成功したのは奇跡に近かったと記される。この戦いで当時の宮廷魔術師が多く斃(たお)れた。今あるウィンフィールドは、旧市街から人々が移転して成ったものである。

　封印の地には石柱を立て、幾つもの平たい岩で覆い、上から盛り土がされた。今では旧ウィンフィールドを、地下墓地ラナと呼ぶ。ラナの名は、魔物の封印に用いられた十六歳の生贄(いけにえ)の少女の名から取った。

「ならんぞ。そんな話は聞いていない」

「しかし、教皇の勅命です」

「勅命だと!?」

　立ち上がり、椅子が倒れる。

　辺境伯は直ちに第二聖女隊に向けて密使を返した。それとは別に、文を持たせた伝令も出した。これは、何故(なにゆえ)に討伐を行わなくてはならないのかを問うものであり、その中止も求めている。

*

　同時刻。ウィンフィールドの中央広場では、商工組合が制札(せいさつ)を立てていた。パイモンのヒルデブラント準男爵より『聖女の計らいで特別に子供達にお力を見せていただける』との報が届いたのだ。制札には、聖女と共に地下墓地ラナに向かえるということ、それから、出発は明日夕刻だということが書かれている。

　突如現れた制札に群がるウィンフィールドの男(お)子(こ)達は立ち入り禁止のラナを探検できると喜び、乙女達は憧れの聖女様の力が見られると言って、期待に胸を膨らませて喜んだ。

　十八時。辺境伯は居城の長い廊下を急ぎ行く。隣の老騎士に確認をするその声は荒れていた。

「伝令が帰って来んのだな!?」

「はっ」

「幺教軍は一体どういうつもりか！」

厩舎（きゅうしゃ）へと向かい、毛の長い黒く巨大な馬に鞍（くら）と鐙（あぶみ）を付けた。

「ワシの装備を用意せい。それから第二聖女隊の二倍の兵を集めよ」

「ど、どうなさるおつもりで！」

老騎士は困惑する。

「封印を解くという限り、聖女をウィンフィールドには入れられまい。ラナは街から近い。あまりに危険すぎる」

「しかし、勅命ですぞ！」

「だまらっしゃい！　領民が第一じゃ！　そこは耳が遠かったことにするか、年の功で上手く誤魔化すわ！」

「あいや暫く！　聖女様に剣を向けるおつもりですか！」

「やらん！　膠着（こうちゃく）を狙うだけよ！　伝令が帰って来ん以上、兵をずらりと並べて考え直すよう話すしかなかろう」

「それでもやめなかった場合は……？」

辺境伯は考え、少しの間の後で顔を顰（しか）めて言った。

「相手は救いの聖女だ。話せばわかる！　わからねば聖女にあらず！」

ここで辺境伯の前に、若い料理人が現れる。

「ああ、辺境伯さま、ここにおりましたか。今日の歓迎会のことで、料理長が聖女様は何を召し上がるのかと……」

「ええい、じゃかあしい！　今はそれどころではない!!　乳粥（ちちがゆ）でも準備させておけ!!」

＊

第二聖女隊は石畳の街道を行く。街の灯りが、遠くに見えてきた。

馬車の中、マリアベルはターナーとリアンの二人に話を始める。

「光の聖女は恐らく、自分がそうであると気がついていないでしょう。ですから、風を食む雄牛の封を解いた時、よく見ていてください。自らが命の危機に陥った時、その身を守ろうとして、聖女の力を覚醒させるのを」

リアンが目を見開く。

「――まさか、集めた子供達を魔物に襲わせるつもりですか」

「力を覚醒させたならば、捕らえてください」

「多くの無関係な人が巻き込まれてしまう！　人の命を何だと思っているのですか……！」

ターナーは後ろで手を括られていたが、それでも摑み掛かろうとするリアンの服を摑んで止めた。

そして、マリアベルに問う。

「どのようにして、姿の見えない魔物を倒されるのか。何か策はお有りで」

「封印の獣とはいえ、所詮は魔物でしょう。聖女の力があれば、なんとでも」

「甘いのでは。雄牛は他の封印の獣とは違う。姿が見えず、討伐能わないとして封印された魔物です。我々ではどうにもならなかったら、如何します。街だけじゃない、領ごと滅びる可能性もあります」

「外をご覧なさい」

マリアベルは、山の遠く、瘴気の壁で淡く煙る空を見る。

「――遠からず、この地は滅びます」

リアンは憎しみの目でマリアベルを睨みつけ、ターナーの手を振り払った。そして、走行中にも拘らず馬車の扉に手をかけた。

「僕はこの隊を抜けます。これ以上は付き合いきれない」

「許されません」

マリアベルは聖ノックス市の石剣をぬき、刃をリアンの首元に添わせた。

「貴方の父親は、私と婚姻させる目的であなたをこの隊に遣わした。そろそろ認めなさい、リアン（妾の子）。この運命からは、逃れられません」

　リアンは石剣から漏れる氷のような冷気と、マリアベルから漂う確かな殺意に、体を動かすことができなくなった。ターナーもまた、刃から溢れる光と冷気に躊躇し、動くことができなかった。動けばリアンの首から血が噴き出す。そう、直感した。

*

　辺境伯はウィンフィールド郊外の街道に兵を配置した。およそ、騎馬隊が二十。歩兵が六十。魔術師が二十。合計、百余の人員である。隊旗は青鹿に盾と大槍（おおやり）、それから『山民は神の他に屈せず』の文字。領軍本隊が使用するものを、そのまま用いる。

　一方でウィンフィールドの街では、聖女を迎える準備が進められている。まるで祭りの日のように、広場には露店が並び始めた。特別な時にしか使わない大きな篝火（かがりび）も幾つか置かれた。商人達や、食堂の女将（おかみ）、酒場の看板娘達が、忙（せわ）しなく働く。

「聖女様はお肉などは召し上がるのだろうか？」

「そっちに店を構えたって聖女様に気づかれないよ！　もっと前に寄りなさい！」

　みな、笑顔で準備を進める。世界を救わんとする聖女が、この街に来てくれるのだから。

*

　二十時。空、西の山々の峰から星の帯が伸びる。星明かりの下第二聖女隊は、ついに辺境伯の敷いた防衛線の前に着いた。

　辺境伯が前に出ると、マリアベルも馬車から降りて前に出る。互いの距離、十歩ほど。

「この度の巡礼お祝い申しあげまする、海聖マリアベル。我が名はプラン＝プライズ辺境伯、ロジャー・グレイと申す」

続ける。

「街に入られる前に、ここに一つ確認しておきたい儀あり。兵より聞くに、風を食む雄牛を討伐なさるとのことだが、これはどのようなご存念か」

辺境伯の目は厳しい。醸す圧は獅子のようである。だがマリアベルは何も言わず、辺境伯の後ろの兵を見ている。戦力の差と、その配置を確認しているのだ。

「わざわざ封を解いて、討伐する理由が思いつかぬ。多くの民を危険に晒すより、封印しておけば良かろうものと。憚りながら申し上げれば、聖女様のお力を疑うわけでは無いが――」

「抜刀」

マリアベルが右手を挙げて、号令を出す。幺教軍は全員抜刀。吸収された辺境伯軍は困惑した。

「抜刀」

それを察してか、マリアベルはもう一度指示を繰り返した。同時に、挙げていた右手で信号を出す。親指と人差し指で輪を作り『注目』、五指を伸ばし掌を翻し『前方』、人差し指と中指を立て『敵』、そこから拳を二度握り『抜刀せよ』。

マリアベルが従えている辺境伯軍も、ついにばらばらと抜刀し始めた。ミッシェルもたまらず指示に従って抜刀した。エリカは抵抗の意思を見せようとしたものの、背後の幺教軍の視線厳しく、結局抜刀する。

「正気か……！」

辺境伯の問いに、マリアベルが答える気配はない。

「待たれよ！　こちらは考えを知りたいのだ。お教えいただけないのなら、もう、それでも構わん。しかし、雄牛が討伐可能だという根拠だけは、ここに示して頂きたい！」

「斉唱」

マリアベルは左手を挙げ、小指と薬指を立てた。

幺教軍が歌い始める。讃美歌八七五番『さやかに野ばらかがやき』。これは血の穢れを祓うとして、幺教軍が戦闘の前に歌うものである。

「話もさせて貰えんと言うのか……！」

つまり、マリアベルは武力でウィンフィールドに入ると宣言したに等しい。最後通告である。

「当方は勅命に背き、罪に問われても良いという覚悟である。それでもなお、話すらできぬか」

マリアベルがようやく口を開く。

「私も、これだけの兵を揃えて頂き出迎えご苦労と申し上げたく思います」

これ以上話をしても平行線であると主張しつつ、ここに来て慈悲を見せた。今ならば出迎えとして解釈する、と逃げ道を用意してやったのだ。

辺境伯としては膠着を狙っただけで、もちろん戦闘は本意ではない。その上、向こうにミッシェルとエリカらが生け捕りにされているから、下手をすれば同士討ちとなるし、人質にされても面倒だ。

さすがの辺境伯も、マリアベルによって作られた逃げ道に誘導されるしかなかった。これは、目的を何も果たせぬまま、将としての駆け引きに負けたことを意味する。

「……おい。道を空けるよう言え」

辺境伯は隣に立つ老騎士に告げる。

マリアベルは馬車に戻らず、旗手を両脇につけて、そのまま前を行く。第二聖女隊は邪魔者のいない石畳を、悠々と進み始める。

辺境伯とエリカはすれ違いざまにそれとなく目を合わせた。思うのは、同じこと。やはり、リトル・キャロルがそうであったようにマリアベル・デミもまた、並大抵ではない。これが神に選ばれた聖女ということか。

第二聖女隊はウィンフィールド市街に入り、歓声によって迎えられた。

マリアベルが中央広場まで行くと、集っていた子供達や乙女達に囲まれた。みな、『聖女様、聖女様』と口々に言っている。

その中の一人に、黄金の髪を輝かせる少女を見つけた。歳はマリアベルよりも少し若いか、そう見えるだけで同年代かといったところで、瞳は美しい翠、顔立ちは凜々しく、肌は透き通るような白であった。その娘が頬を赤らめながら、マリアベルに言う。

「聖女様、わたし、わたし、とっても憧れていて……!!」

マリアベルは微笑み、言う。

「美しい髪ですね。お名前は？」

「クララです！　クララ・ドーソンです！」

その少女は、かつてここより北に存在したアルトバーグ伯爵領の領主の娘であった。今は辺境伯領で暮らしている。

隣に立つ、ドーソン家の侍女が言う。

「クララさまは魔術に秀でていて、いつかは聖女様のお役に立ちたいと常々仰っているんですよ」

クララは血筋良く、見目麗しい。才もある。彼女の周りには光があるようで、これだけの人に囲まれても特別華やいでいるようにも見えた。

「――そうですか。ではお手伝いして頂かなくてはなりませんね」

「ぜひ！」

クララは嬉しさに目を潤ませて、にこりと笑った。

6

午前二時。セント・アルダンの教会。無数の蠟燭の火に照らされ、大理石（マーブル）の床が光るその礼拝堂。

今ここには、約五十人の怪我人がいる。その内十人弱が子供だった。彼らは全員商人で、この街の北西にある崖道で起きた土砂崩れに巻き込まれたらしかった。

私とトムソンはマール伯爵領へと向かっていたが、その道中、土砂崩れの現場に出会（でくわ）した。すぐにトムソンに人を呼んでもらい、救出し、こうして治療を行っている。

「問題ない。すぐに治る」

ようやく、最後の怪我人を診終（みお）える。できることはやったつもりだ。だが、残念ながら教会の外には十五体の死体がある。彼らは、私達が見つけた頃には事切れていた。

「流石（さすが）ですな、本当に。私一人ではとても診きれなかった」

セント・アルダンの修道院で医者をやっている爺（じい）さんが近づいてきて、温めた山羊（やぎ）の乳を差し入れてくれた。折角なので頂くことにする。

少し話をしてから、外に出て夜風に当たる。今日はいささか疲れた。

山からの風はからりとして爽やかだった。煙草に火をつけると、ジジという燃える音が風に消された。死体を布で包んでいたトムソンにも一本くれてやる。

「治すのは終わったのか？」

「ああ」

老人の亡骸のそばに、一匹の老犬が寄り添っている。ここに到着してから、ずっとこれだ。きっと長い間旅を共にしてきた家族だったのだろう。

「結局、『助けに来る予定だった兵隊さん』ってのは誰だったんだろうな?」

怪我人の一人が言っていたことだ。どうやら私達が来る前に兵が通りかかり、助けを呼んで来ると言って足早に去っていったらしい。中にはその助けが私達だと思っている人もいるようだが、実際にはそうではない。

「白い甲冑の兵だったそうだ。ま、幺教軍だな」

「幺教軍が何でこんな田舎に……」

「水の聖女の巡礼だろう。セント・アルダンに立ち寄っていたことからも符合する」

トムソンは干し肉を犬の前に置いてやった。しかし犬が手をつけようとしないので、頭を撫でてやっている。

「待てよ。聖女ってのは人を救うもんって聞いたぜ。でも、その水の聖女はコイツらを見捨てて、どっか行っちまったのか?」

「どうだろうか……」


マリアベルは強い子だ。自分が成功するためなら、他人を利用することもあるし、嘘だって平気でつける。可愛い顔をして、そういったことを躊躇なくやる。

だが、その根本は良い子なのだとも思う。でなくば、あんなに小まめに親に手紙を書くことなんてしないだろう。机に向かっている時の優しげな顔は、決して偽りの表情ではなかった。

「知り合いだったんだろ?」

「聖女の中では一番付き合いがあったかな」

マリアベルは、学園に入ってから初めてまともに口をきいた子だ。入学当時、私は身分が低いから誰にも相手にされていなかった。その中で、唯一ちゃんと接してくれたのがマリアベルだった。

もちろん、それが無償の優しさであったとは思っていない。私を利用してやろうという確かな強かさも、ひしひしと感じていた。

「どんな人だったんだ?」

「良い子だよ。まあ、若干調子に乗るきらいはあるが」

翌朝。私が炊事場に入ると、すでに教会の人間が朝食の支度を始めていた。

私も手伝うことにして、何品か作る。食糧は教会の備蓄が少しと、あとはトムソンがほとんどを提供していた。ここでの食事は基本的にポタージュだ。素材を丸ごと煮込めるから栄養に無駄がないし、何より作るのも食べるのも楽で良い。

その後、教会の集会場で怪我人達と食事をとる。ポタージュと、パンと、エール。少しの炒り豆もある。栄養満点の朝飯、といったところか。

「なんだ、アンタら聖都から来たのか！」

私の隣で、爺さんと会話をしていたトムソンが大声を上げた。

「俺達聖都を目指してたんだ。コイツに尋ね人がいてね」

トムソンが私を親指で示す。


確かに私達は、学者ジャック・ターナーへの手がかりを求めて、兎にも角にも一先ずは聖都へと向かっていた。マール伯爵領に入ってから北上する予定だった。

王都『大ハイランド』に次ぐ第二の都市、それが聖都アルジャンナだ。王都が百の塔を持つ城壁に囲まれた城塞都市であるのに対し、聖都は山に建つ巨大な宗教施設『大白亜』から麓に向かって広がるように作られた開放的な街だ。

大白亜は幺教会の本部としての役割がある。その広大な敷地には様々な建物が並び、さらにその中央に城のような教会が聳える。建物の色は殆どが白で統一されていた。

私は学園を追放された身だから、流石に大白亜の門の内には入れない、即ち入山することはできないと思う。が、その周りにも街は広がっているわけだから、そこで情報を収集しようという考えだった。聖都には幺教会の関係者が山ほどいる。

地道に聞いて回れば誰か一人くらいは、ターナーの行き先を知っている人がいてもおかしくはない。

……と、思っていたのだが。

「聖都はやめておけ。ワシらはそこから逃げてきたんじゃ」

老人は怪訝な顔をして、そう言い放った。

「おいおい。聖都は治安も良くて商売もしやすいんじゃなかったのか？」

「いつまでもそうとは限らん。聖都を歩く幺教軍の数も異様に増えとる。戦乱の空気じゃ」

……幺教軍が増えている？

普通、聖都にはあまり幺教軍がいない。もちろん駐在こそしているが、大白亜内の見回りに必要な最低限の人数が、そこにいるだけだ。

幺教軍の本部は王都にある。禁軍、即ち王の私兵らと密に連携することが求められているからであったり、立地の問題であったり、理由は様々だが、とにかく聖都に幺教軍が増えるというのは異常だ。目的が見えない。

「ワシャあ、何十年も大白亜の中に油を卸してきたんだ。それでな、仲のいい神官がおってな。だから、幺教会の内情についても、ようく知っとる。お嬢ちゃん達は優しくしてくれたから、特別に教えちゃるがな」

老人は少し身を屈めて、机越しに顔を近づけ、ヒソヒソと声を発した。

「――教皇が査問にかけられ、退陣なされたと」

＊

朝食を食べ終え、裏庭の長椅子で煙草を吸う。

灰色の空に煙がふわりと溶けていくのを見ながら、査問にかけられた教皇クリストフ五世のことを考えていた。

まず、査問にかけられた理由だが、まあこれに関しては十中八九、私が聖女では無かった為だろう。恐らく『私欲による任命』だったかどうかが争点となっていて、それが真と認定されれば教会法に違反しているとされる。

　前にコスタスが言っていた、学園に戻そうという声があるというのは、私を査問に出席させる為のものだったのかも知れない。もしかしたら彼は、その理由を知っておきながら逃してくれたのかも。遠回しの忠告だったのだろうか。

　私が参考人として査問に出席すれば、教皇を退陣させたい勢力によって、出生や入学理由、クリストフ五世との関係性について、嘘の証言をするよう強要された可能性が高い。それを断れば、ことさら面倒なことになっていただろう。

　まあ結局のところ退陣したと言うならば、私が出る必要もなく彼は罪に問われてしまったわけだ。

「よう。ここでヤニ吸ってると思ったぜ」

　トムソンがやってきて私の隣にどかっと座るので、煙草をくれてやる。

「何だよ。落ち込んでんのか？」

「そう見えるか？」

　私は顔に出やすい人間なのだろうか。学園でお嬢様ぶってたのが尚更恥ずかしくなってくるな。

「別にお前さんのせいじゃないんじゃないの。教会内の権力争いってやつだろ？」

　そう言ってトムソンが干し葡萄を一つ寄越す。

「何にせよ、聖都に行くのはヤメってことになるか？」

「あの爺さんの話だと物騒らしいしな。もしかしたら、私も追われる身なのかも知れん。ぼんやりと入って行ってもしょうがない」

「聖女って大変だな」

「聖女じゃなかったから、大変なんだよ」

　その時、ふと長椅子の後ろの方で、話し声が聞こえた。親に言われてこの教会で手伝いをしている、十五歳程度の女の子二人の会話だ。

「私も『風を食む雄牛』の討伐、見てみたかったなあ」

「今から行けば、まだ間に合うと思うけど……」

「一人で行くのはさすがに親が許してくれないよ。ねえ、一緒に行かない？」

座ったまま、反って振り返る。煙草の灰が落ちて、服についた。

「雄牛の討伐……？」

「何の話？」

「彼女達の話」

妙な胸騒ぎがして、立ち上がり、二人に近寄る。

「あっ。キャロルさん……」

「かっこいい……」

女の子達はこそこそと木の陰に隠れてしまった。

彼女達はいつもこれだ。目が合うと隠れてしまう。そのせいで昨日は井戸の場所や薪の場所を聞くのにも一苦労だった。

「あのさ。さっきの雄牛の討伐ってのは……」

「ウィンフィールドで聖女様が、みんなにお力を見せてくださるって……。それで、今日の夕方ごろに地下墓地に行くみたいです」

——あのマリアベルが風を食む雄牛を倒す？

マリアベルは考えなしに動く人間ではない。いつも用意周到だ。必ず外堀を埋めて、確実に目的を達せられる算段を立ててから、慎重に動き出す。

だが、風を食む雄牛には実体がない。それを確実に倒せるなどと算段をつけることは難しい。だとすると——。

「マリアベルは何に焦っている……？」

私が考え込んでいるのを見てか、トムソンも近寄ってくる。

「どうした？」

「そうだな……。あー……、トムソン。ここからウィンフィールドまでどれくらいかかる」

私の勘が、急げと警鐘を鳴らし始めた。それはもう、煩いくらいに。

7

第二聖女隊が地下墓地ラナへ向かう間、ジャック・ターナーはウィンフィールドの牢獄に収監されることとなった。手首には木の枷をつけられ、魔法を封じる術もかけられた。

暗い石の部屋にいるのは、一人だけではなかった。王都へと移送される最中に、エリカ・フォルダンを人質に逃げ出そうとした暗殺者ズィーマン・ラットンもまた、そこにいた。互いに幺教軍に引き渡される人物として、纏められている。

長い沈黙が続いていたが、それを破ったのはズィーマンの方であった。枯れて消え入るような声で、唐突に問う。

「大白亜は幺教軍に占拠されたのか？」

ターナーは幺教会内で何か良からぬことが起きていると推測しているが、実際にはどのような状況なのかは分からない。だから、訳知り顔なこの男から少しでも情報を仕入れるために、話を合わせてみることにした。

「……よく分かったな」

そう言うと、ズィーマンは小さく肩を揺らしてくつくつと笑う。

「何となくな。勘だよ。そうか。ついにやったか、そうか……」

この男は、本部教庁に深い繋がりがある人物を葬ろうとした。

幺教会の中枢を担う本部教庁と、幺教会の軍事組織である幺教軍は軋轢が深いとされている。幺教軍大元帥ヴィルヘルム・マーシャルが本部教庁のクリストフ五世を追いやり、教皇と名乗ったことでそれは決定的となった。これらを前提とした上で、ズィーマンの意味ありげな態度を見ても、やはり彼は軍部と深い関わりがあるのだろう。

「幺教軍はどういう考えでクリストフ五世を追いやった……？　大層な志(こころざし)でもあるのか？」

「決まっているだろう。腑抜(ふぬ)けた幺教会を変え、この世を正すのだ」

　ズィーマンはにやりと笑って、続ける。

「幺教会が全世界を統一する役目を負わねば、滅びゆく世界を変えることはできない」

　瘴気で狭まる世界では、五つの国だけが残った。

　まず一つは幺教が誕生したこの国『神聖カレドニア王国』。今では一番の大国である。

　次に隣国『アングリア王国』。『グリフィズ王国』。これらは瘴気で小国になりつつある。

　戦乱が続く『ロングランド諸侯地方』。

　もはや瘴気により虫の息の『ナヴァラ朝カタロニア』とがある。

　ターナーは少し考えて、小さくため息を漏らした。

（……成程。水の聖女が光の聖女を討とうとするのを許可したのにも、納得がいく）

　全ての国が信じるのは幺教。神は同じくして、女神リュカである。

　神に選ばれた聖女達を従え、我こそが世界を救う者だと力を振り翳し、既存の王を従えれば世界の王になれる。それを成せるのは教皇か、光の聖女か、だ。

「ヴィルヘルム・マーシャルは王になりたいのか」

　果たして邪(よこしま)な心があってそうなりたいのか、真に世界のことを考えてそうなりたいのかは分からないが、論で言えばヴィルヘルムにとって光の聖女は邪魔だ。

　水の聖女は聖女達の中から輝聖(光の聖女)の代役を立てると考えているようだが、この話を聞く限りそれはなさそうだ。ヴィルヘルムがその役目を担うつもりなのだ。

「王？　ヴィルヘルム・マーシャルはそんな所に落ち着くお方ではない」

「では何を目指す？」

「神そのものだよ」

　ターナーは耳を疑った。

「何一つとして人を救いはしない神を消し去り、真に人を救う神となるのだ」

　神になろうとしている？　今この男は、そう言ったのか？

「人は神になどなれない。人が神として立てば、それは偽神（ぎしん）だ。聖職者だけでなく、王や諸侯も黙っていない。瘴気が迫る中、人と人の争いを仕向けるなど、とても救世主のやることとは思えない」

　ターナーがそう言うと、ズィーマンはこう返した。

「何を言っている？　四人の聖女がいるではないか。もはやヴィルヘルムは神の資格を得ている」


――しまった。

　ヴィルヘルムを神とする根拠に、四人の聖女がいる。彼女達は全員、ヴィルヘルムに選ばれた。教育を施したのも彼であると言える。聖隷（せいれい）カタリナ学園は幺教軍が作ったものであり、学長の名はヴィルヘルム・マーシャルとなっているからだ。だから、聖女を作ったのは彼だと言うならば、それは嘘だとも言い切れない。

　聖女は神により選ばれ、その力を与えられると原典にある。即ち、四人の聖女はヴィルヘルムを神とするための根拠として存在しうる。

　この状況で、もし幺教会がヴィルヘルムを新たなる神として認めれば、どうなるか。神の資格を頭上に掲げ、人を救わぬ神の代わりに、己が人を救う神となると宣言すればどうなるか。

「クリストフ五世の養子（こ）、ジャック・ターナー。どうせお前は養父（おや）と共に処刑されるのだ。冥土の土産に教えてやる」

名を言い当てられ、ターナーはハッとして顔を上げる。この男、己のことを知っていたのか。

「ヴィルヘルム・マーシャルは神としてこの世界を征服し、瘴気と戦う。これは何年も前から準備してきたことなのだ。誰であろうと、もはや流れを変えることはできないんだよ」

神が生んだ救いの聖女を己の為に利用するなど、神に対する冒瀆(ぼうとく)の極みである。その上で神そのものを踏み躙(にじ)り、自分は神に成り代わろうとしている。邪であろうと、大志があろうと、それはもはや『神殺し』に他ならない。

——光の聖女を。光の聖女を殺してはいけない。

神が生んだ最大の希望『光の聖女』、すなわち輝聖を失えば世界は瘴気に埋まる。

原典には光の聖女が聖女達を率いて、平和を成すとある。原典とは神が記した人類の道筋(シナリオ)。そこから外れてはならない。それが神の教えだ。道を逸れれば、滅ぶと言っているのだ。

『神殺し』が神を殺し、頂点に立つなどあってはならないのだ。

*

その一方で聖女マリアベル・デミはリアンを含む幺教軍とエリカ、ミッシェルを含む辺境伯軍を連れ、子供達の待つ街の広場へと向かっていた。辺境伯は不在である。聖女らが地下墓地に入り次第、ウィンフィールドの街全体を警護する隊を率いる。

マリアベル・デミは広場へ向かう道中、妙な感覚に襲われた。

——足が重い。

まるで膝上まで泥のある、深い沼地を歩いているようだった。

いや、それだけではない。時折、足首を何かに直接摑まれているような気配さえ感じた。

下を見れば、骸骨の手や、毛むくじゃらの獣の手が、足首から脹脛（ふくらはぎ）へ、脹脛から太腿（ふともも）へと、のぼって来るようにも見えた。

恐ろしくなり、小さく悲鳴を上げて、つい、足を止めた。息が浅くなり、顔は青ざめ、汗は冷えている。

マリアベルが立ち止まると、リアンも、追従している兵達も足を止めた。そして、何事かと一様にマリアベルを見る。

マリアベルは彼らの目を見て、震えた。目が、黒い。ぽっかりと穴が空いているようだ。その穴は、深い深い海の底に通じていて、得体の知れない場所を覗かせている。

先に進めば、もう後には戻れない。そう、脅してきているんだ。

一体誰が。……たぶん、それは。自分なのだろう。

「……どうされましたか」

リアンは、ここで考え直せと言わんばかりに、問うた。

マリアベルは胸に手を当て息を整え、目を閉じ、小蝿（こばえ）を振り払うようにして首を振る。

——ここで立ち止まれば、光の聖女が生まれてしまう。

光の聖女が世間に認知されれば、水の聖女の価値は大きく下がる。自分の力は、自分で保たねばならない。誰も自分を守ってはくれない。

大丈夫。神は私の味方だ。見捨てるはずがない。

マリアベルは、拳を握り、強く一歩を踏み出した。その足に、泥を纏わせたままに。

＊

広場には多くの子供達が集まっていた。特に乙女達は数十人と集まり、みな伝統的な白い服を着て、頭には花冠をのせ化粧を施していた。

腰には三つの巾着袋をつけ、一つには山羊の乾酪、もう一つには蕗や紫蘇などの山菜、最後の一つには貝殻が入っていた。これは山間に伝わる伝統的な魔除けで、豊かな実りを身につけることで、神が味方していることを知らしめ、魔を退けるのである。

聖女が広場に到着して早々に、巡礼の祭典が行われた。祭典は、穢れを祓う際に行う祈禱に準ずる様式で、細かな次第は前日の内にマリアベルより指導があった。

聖女が篝火の前で祝詞をあげ、少しの霊酒を子供達に分けた。その後、聖水で満ちた金の杯から水の剣を生み、引き抜く。そして、男達に押さえ付けられた生贄の子山羊の首を刎ね、血の滴るまま胴を自らの頭上に掲げた。最後には、水の剣を徐々に聖水に戻しながら振り回し、舞った。聖水は煌めく飛沫となって撒かれ、存分に場は清められた。

男子達は血を見た後は退屈していたが、乙女達は舞の美しさに最後まで目を輝かせ、光る水の飛沫にため息を漏らした。

そして、喇叭の音と共に、隊は子供達を連れて地下墓地へと出発する。

マリアベルは乙女達に囲まれながら、歩む。傍には、黄金の髪を持つ少女クララ・ドーソンがいた。彼女は喜びに頬を赤らめ、目を潤め、少し額に汗を滲ませながら、ぴたりと付いて歩いていた。

「私、こうして聖女様と共に歩くことができて、それだけじゃなくてお話までできて、何と表現していいか分かりません。何だか、夢みたいで、ふわふわしています」

クララは、アルトバーグ伯爵の子であるが、緑豊かな故郷は瘴気に呑まれて消滅した。

家族で命からがら逃げ出したが、領を満たした毒のせいで、父母は大病を患った。辺境伯領に逃げ込んでからは、父母を看病しながら自らも働いた。やがて父母は娘の顔さえ分からなくなり、自らの糞尿で遊ぶようになって、喉を掻きむしって死んだ。

　仕事は辺境伯の紹介で職人の手伝いをした。石材を加工し、小さな像を作る仕事であったが、働いたことなどないクララにとっては慣れぬ作業で大変だった。手は乾燥してひび割れ、血が滲んだ。周りは親切な者ばかりで恵まれていたとは思えど、それでも父母を看病しながら慣れない作業をするのは辛かった。日々、神はどうして私をお見捨てになったのだろうと嘆いていた。

　それでもクララが人生を諦めずにいられたのは、聖女候補五人の存在があったからだった。自分とそう変わらない歳の娘が、世界を救おうと邁進していることを思えば、勇気が出た。彼女達が明るい未来を作ってくれると信じれば、力が湧いた。

「故郷も失って、お父様とお母様もいなくなってしまった私にとって、聖女様は本当に救いの人だから。私には聖女様しかいなかったから……。その、嬉しくて……」

　マリアベルは優しく微笑む。クララのはにかむ表情が、どこか愛おしくも思えた。そして、彼女の荒れた手を見て、自分との共通点を見出してしまった。

　この子は、一緒なのだ。聖女になる前、サウスダナン領を追われたばかりの自分だ。

「クララ様は、聖女様のお力になりたいと魔法も勉強しておいでです。それはもう評判で、もしかしたら聖女様以上の働きをなさるかも」

「や、やめてよアンナ！　なんてことを言うの！」

　クララの隣にいる、ドーソン家に仕えていた四十半ばの女性アンナ・テレジンは、焦るクララを無視して、胸を張って自慢げにこう説明をする。

　クララは仕事熱心で周囲にも頼られるようになってきたし、仕事に慣れてきたら自分の時間を捻出できるようになったので、その時間を魔法の研究に充てた。一節に三度ほどの暇を貫い、隣領の魔法学校に夜学で参加するなどして、実力も身につけた。

「きっと聖女様のお役に立つはずですから、お側に置いてやってくださいまし。損はなさいませんわ」

「アンナ！　いくらなんでも失礼でしょう！　ご、ごめんなさい！　私のことになると、いっつもこうで！」

　マリアベルは困ったように笑い、気にしないで、と首を横に振った。

　そして、こう思った。きっとクララ・ドーソンにとってアンナという女性は、己にとっての女官エスメラルダのような存在なのだろうと。

「私はクララ様の為ならば、多少の失礼など苦にも思いません」

「苦に思うのは失礼をされたほうです！　もう、本当に……。ごめんなさい、聖女様」

口喧嘩を始める二人を見て、マリアベルは急に胸が苦しくなった。

　クララの真っ直ぐな目。張りのある声。可愛げのある仕草。全てに、人を惹きつけるものがあった。それらは、マリアベルにとってあまりにも眩しかった。

　――きっと、この子は光の聖女だろう。

　なぜだろうか。心臓を直接握られたように、胸が痛む。

「聖女様？　気分を害されましたか……？」

　クララはマリアベルの表情が翳ったのを見て、心配そうに顔を覗き込んだ。

「いいえ。なんだか、懐かしい気持ちになって」

　それを聞いて、クララはほっと胸を撫で下ろした。

「よかった。嫌われちゃったらどうしようかと」

　マリアベルは、逃げるようにして歩みを早めた。この子と一緒にいると、自分が危うくなる。自分が、自分でなくなってしまうような気がする。

だが、どうしても考えてしまう。

——もしも己が領を追われた時に、既に世界に聖女が存在していたならば、この子のように健気でいられたのだろうか。


隊は進む。

街から続く長い石畳の坂道を登ると、急に道が無くなり、森に入った。この森は『大きなシュバルツバルト』と呼ばれ、地元の人間も寄りつかない。木々が生い茂り、昼なお暗い禁忌の地である。

辺境伯領の民達の間では、決して入ってはいけないと言い伝えられており、入って探検しようとすると竜が来て頭を齧るという歌まである。とにかく、人の寄りつかない聖地だった。

森をしばらく進むと、木々の間に縄が張り巡らされた箇所に差しかかる。縄にはたくさんの鈴と、木の板が吊り下がっており、音が鳴るようになっている。これ以上入るな、と警告しているのだ。

さらにこれを無視して進んでいくと、動物達の痕跡も無くなってくる。魔物を含めて生き物が寄り付かない、妙な静けさのある、暗く、気味の悪い森へと変貌していく。これには、地下墓地にある封印が影響している。

人間にもその効果は現れる。敏感な者は『何か気分が悪い』『船酔いするようだ』と言って嫌がる。

「なんだかちょっと怖いですねぇ、クララ様」

アンナは、女性にしては大きめの体をクララに引っ付けて進む。

「大丈夫。聖女様が守ってくださるわ」

クララも少し恐怖を感じていたが、前を進む聖女の髪が風に揺れて煌めくのを見て、堂々と木の根を踏み越えてゆく。

男子の一人が、方位磁針をその場に捨てた。狂って回りだしたので、壊れたと思ったのだ。

しばらく歩くと、突如、森が途切れて、芝の原が広がった。

がらんとした原の中央に、異様なほどに巨大な樫（かし）が生えていた。これはただの樫であるが、何人かの乙女は動物的な枝の造形に恐ろしさを感じた。ある者はこの木は狂っているとも思った。生きていて動くのかと思う者もいた。黒々とした葉の色は鉄（くろがね）を思わせ、沈む夕陽の空は鮮血を思わせた。

その唸るような木の根幹に空いた大穴が、地下墓地へと続く唯一の道である。

隊は大穴に入り、苔（こけ）むした石の階段を降りてゆく。滑りやすいので気をつけるよう、子供達は互いに注意しあう。階段は螺旋（らせん）状になっていて、長く続いていた。

階段が終わった先は、どこまでも暗闇であった。

マリアベルが小さく息を吸い込み、簡単な呪文を言いながら手を暗闇に翳すと、あたりに光が満ちた。大小様々な光の玉が、螢火（ほたるび）のように現れたのだ。

「凄い……。これが聖地……」

クララは目を輝かせて立ち尽くした。いや、クララだけではない。アンナも、何人かの付き添いの大人達も、子供達も、辺境伯軍も、幺教軍も、リアンも、エリカも、みな驚いた。そこには、かつてのウィンフィールドの街が、殆どそのまま残っているのだった。

大通りにはいくつかの馬車があって、荷が積まれたままである。店の形もそのままだ。通りに仕立て屋があって、床屋があって、酒場があって、抜歯屋があって、少し離れた場所に酒蔵がある。傾いた天体時計塔が示すのは十五時三十分。封印が成されたその時刻である。そして、天からは大小の木の根が無数に垂れてきており、その街を侵蝕（しんしょく）していた。

街のあちらこちらに、塔のような石柱が幾つも聳（そび）え立っていた。この街の天井を支えるものである。建築用に組み立てられた足場がそのまま残されていたので、これは封印がなされた後で作られたものなのだと、見る人なら分かった。

一行はゆっくりと大通りを進み、街の中央広場に辿り着いた。噴水の中央に美しい装飾が施された銀の椅子があり、そこに首のない女性の木乃伊が腰掛けている。首は、その亡骸の腿の上で、両手で支えられていた。

何百年と経つのに、服は残っている。白く、薄い生地だ。頭の花冠も枯れてはいるものの、残っている。

木乃伊の足元に石板がある。これは墓標であった。この少女の名は『ラナ』。姓はなく、奴隷の身分だったらしい。

マリアベルは亡骸に向き合い、祈りの言葉を三つ捧げてから、後ろで待つみなを振り返り、言う。

「それでは今より封印を解き、風を食む雄牛を討伐します」

子供達はざわざわと喜ばしく沸き立ったが、兵達には緊張が走った。

リアンは全ての意識を、子供達に向けた。もし魔物が封印から解かれ、乙女達の中で聖女の力を覚醒させる者がいたならば、その者を連れてこの場から脱出しよう。それを成功させるためには、マリアベルよりも早く、光の聖女が誰であるかを見定めなくてはならない。この計画を知っている、自分だけが要だ。

エリカは腰に携えた鉄重石の剣の柄に手を添え、隣に立つミッシェルを見た。ミッシェルは小さく頷く。もし、水の聖女が雄牛を倒し損ねた時は、自分の体を盾にしてでも子供達を守る。その覚悟を共有した。

マリアベルは荊でできた槌を麻袋から取り出した。形は歪んでいて、枯れ枝のようである。一目で槌とも言えないそれは、凡そ女子が片手で持てるような重さと大きさであった。

これは荊棘槌と言い、強力な魔法を破る為に古くから使われている道具である。存在こそ知っている人が多くても、実際に見たという人はそういない。これで封印の要石である、少女の亡骸を破壊すれば、雄牛は解き放たれる。

マリアベルは荊棘槌を手に、背後の子供達をちらりと見た。みな、どんなことが起きるのかとそわそわしながら待っている。興奮六割、緊張四割の空気が、時の止まった廟を満たしていた。

次いで子供達の中、黄金の髪の少女クララを見た。彼女は隣にいるアンナの手を握り、他の子供と同じように目を輝かせている。その憧れに潤む瞳が、自分を捉えて離さない。

マリアベルはふと、己の足元に目をやった。足首から脹脛、太腿へ、毛むくじゃらの魔物の手や骸骨の手が、ひたりひたりと、のぼって来ている。

(――私は間違ってない)

マリアベルは荊棘槌を強く握りなおした。そして、あの美しい千の丘と遥かなる青い地平線、爽やかな潮風と、愛する父の眼差しを強く想像した。まるで、己の迷いを振り払うようにして、望郷に努めた。

他人の為に自分を犠牲にしても何も残らない世界ならば。つまり報われる為には、自分の為に他人を犠牲にしなくてはならないのだ。どんなにそれが軽蔑されることであっても、どんなにそれが人の道を外れることであっても。

(私は間違ってないッ!!)

マリアベルは勢いよく、亡骸の頭に向かって槌を振り下ろした。

亡骸の頭部にヒビが入り、中から赤い光が漏れた。それはほろほろと崩れていき、体は糸が切れたようにして、どさりと横に倒れた。

その時、風のない街に風が吹いた。天から垂れる木の根の内、細く長いものがさわさわと揺れた。

兵士達は集中している。果たして、どんなものが飛び出してくるのか。自分達は、どう動けば良いのか。何か起きたら、どう聖女を援護したら良いのか。

リアンは少女達に目をやる。光の聖女は、誰だ。

エリカはマリアベルを見て、考えていた。なぜ、この聖女は封印を解いたのにもかかわらず、戦う態勢を取らないのか。手をだらりと下げ、魔法陣を描こうとすることもなく、魔道具の類を出すこともなく、占術の時に見せた石の剣を持つことさえしない。

（もう倒したの？　いや、違う。まさか――）

――倒す気が、ないのでは。

隣に立つミッシェルに対して、その疑問を口にしようとした時だった。

少女の木乃伊を中心に、あり得ないほどの突風が吹いて広がった。例えば見えない巨大な腕で殴られるような、そんな突風だった。音もゴオというでもなく、びゅうというでもなく、パンという弾けるものだった。

子供達は悲鳴をあげた。そのうちの半数以上が体を浮かせて、転がり倒れた。同様に、何人かの兵がバランスを崩して倒れる。塵や埃や砂が体にあたり、痛い。遠くからがらがらと音がして、建物が崩れた。

エリカは垂れる木の根を掴み、体を支えながら、思った。

（封が解かれた……!!）

だが、風を食む雄牛の姿はまるで見えない。

次いで、もう一度同じような強い風が吹いた。

油断していた兵達の武器や盾は、吹き飛ばされた。リアンが腰に携えていた剣も、ものの見事に吹き飛ばされた。ミッシェルは剣の柄を握ってはいたが、それでも吹き飛ばされた。不思議なものである。武器を持つ者が、総じて一瞬のうちに丸腰になったのだ。

――雄牛は、六百年前の敗北を覚えていた。

人間は厄介だ。動物の中で最も厄介だ。だが武器さえなければ、さしたる脅威でもないことを、覚えていた。

　エリカは吹き荒ぶ風の中、ゆっくりと立ち上がる。その手には剣がある。エリカだけは、剣を離さなかった。キャロルから貰っていたお守りの紐を縁起物として柄に巻きつけており、それを自分の手首にかけていたのだ。

　子供達の悲鳴が飛び交う中、エリカは意識を集中させた。目を凝らし、耳を澄ます。

（どこだ。どこにいる）

　気配がして、エリカは天井を見上げる。無数に垂れる木の根が、弾かれたように揺れている。それが、ぐるぐると旋回しているように見える。細い根は千切れ、ボタボタと地に落ちていく。

（確かに、いる！　目に見えないだけで、いる!!）

　何かが、空気を切り裂きながら、頭上を大きく旋回している。

（あれが風を食む雄牛だ……!!）

　この場にいる兵の中で、エリカだけが唯一その見えない姿を捉えた。

　そして、聖女を見る。彼女は戦う気か、そうではないのか。戦う気があるなら、連携して攻撃を仕掛ける。上手く合わせてみせるし、その自信はある。だが、そうでないなら。

（そうでないなら、どうしたらいい……!?）

　マリアベルが見ているのは、子供達だった。

　子供達は慌てて、怯えている。腰が抜けて立てず、飛ばされないように地面を掻いている。親や友人が作ってくれた乙女達の花冠は飛ばされ、編んでもらった髪も解けてしまった。どうしたらいいか分からず、抵抗せず蹲る者もいる。聖女を信じて、祈って待っている者もいる。

　マリアベルはそれをただ、冷たい瞳で、何かを見定めるようにして眺めている。エリカには、そのように見えた。

　雄牛は旋回しながら六百年前を思い出していた。あの敗北を喫した日、油断した。ただの少女を、武器だとは思わなかったからだ。

　少女によって、己は封印されてしまった。少女は武器になり得る。だから、少女は危険だ。真っ先に処理しなくてはならない。あの時、生贄に使われた少女は驚くほどに美しかった。つまり、美しい少女から殺すべきだ。

　雄牛は困惑する乙女達の中で、一人の少女に目をつけた。顔の前で手を握って祈り、涙を我慢しながら目を瞑る、黄金の髪の少女クララ・ドーソンである。

　雄牛は急降下し、見えない体を地にぶつけて、地を抉りながらクララに突進した。当然、クララは気が付かない。

　クララは全く防御することなく弾き飛ばされ、高速で回転しながら宿屋に衝突した。宿屋の廃墟（はいきょ）は土煙を上げながら崩壊する。

　隣でクララの肩を支えながら恐怖で泣いていたアンナも弾かれてしまった。だが、直撃はしていない。すぐに立ち上がる。

「クララ様が……!!」

　愛する主人が、ひとりでに吹き飛んだ。華奢（きゃしゃ）な体が建物にぶつかり、崩壊している。それを理解した瞬間、ぞっとして、全身の毛穴が閉まるようにアンナの筋肉が硬直した。

「だ、誰かーっ!!　クララ様がー!!」

　アンナはクララに近寄ろうとするが、近くにいたリアンがそれを抱きついて止めた。

「今動くと危ない!!　屈んで下さい!!」

「クララ様!!　クララ様ー!!」

　アンナはそれでもクララの下に向かおうとする。

　クララは腰から下を瓦礫（がれき）に埋めて、倒れている。頭からは沢山の血が流れ出ている。奇跡的に意識はあるようで、何とか瓦礫から出ようとするも、力が入らない。潰れた虫のように、かさかさと腕を動かすだけである。

だが、涙は流さなかった。声も上げない。助けも呼ばない。聖女を信じて、聖女の足手纏いにならないように、とにかく自分の力で危機を脱しようとしている。

マリアベルはその様子を見て、顔面蒼白（がんめんそうはく）になっていた。手も足も震え、目は泳ぎ、息は荒い。今、マリアベルの中にあるのは、大きな疑問だ。

――何故、クララの力が発動しない？　聖女の力を覚醒させない？

マリアベルが感じるかぎり、クララの魔力は徐々に薄まっている。戦おうとする気がまるでない。恐怖で震えている。逃げようとするばかりである。

火の聖女も、風の聖女も、大地の聖女も、己も、そしてあのリトル・キャロルでさえも、聖女候補達は窮地に立たされた時には、急激に血が熱を帯び、魔力を何倍にも高めた。それは空気を伝って、離れていてもヒリヒリと肌で感じることができた。生きようとする力が波動となって、周りの人間にも力を与えた。

だが、クララ・ドーソンは違う。聖女候補達から漏れなく感じることができた、野生的な力強さのようなものが一切ない。いや、クララだけではない。この場にいる誰からも、その命の昂（たかぶ）りとも言える鼓動を感じることができない。それは、この場に聖女たる人間が存在していないことを意味していた。

――では、この惨状は何のために引き起こされたのか？

何のために、健気なクララ・ドーソンは傷ついている？　何のために、ただ穏やかに暮らしていた子供達が怯えなければならない？

みな、死ぬ。間違いなく死ぬ。すると、この子達の親は泣くだろうか？　彼女達、彼らに、死ななければならない罪はあったか？
――私は一体、何がしたかった？
父の涙が脳裏をよぎり、泣き叫ぶアンナの顔がエスメラルダに見えた、その時。マリアベルは飛び出した。足に絡む魑魅魍魎の手はない。体は今までになく軽かった。颯よりも疾く、ただ前に進み、急いでクララ・ドーソンの前に身を投げ出した。

　その瞬間、雄牛がマリアベルに激突する。防御体勢を取れていないマリアベルは直撃を喰らい、鉄砲玉のような速さで弾かれて、石柱に衝突した。球のように跳ね返り、次いで二回石柱に衝突したあと、離れた時計塔に激突し、それを崩壊させながら地に落ちた。

　腐った鐘の音が地下に鳴り響く。遅れて、少量の血の雨が降った。

「聖女様……!?」

　リアンは走り、倒れたマリアベルに近寄った。

　マリアベルの体はいびつに曲がり、血溜まりがサラサラと瞬く間に広がっていった。血は波立ち、彼女の体を修復しようとしているが、肝心のマリアベルは頭を強く打ち気絶している。目を力無く開けたまま、一定の間隔でごぽごぽと口から血を吹き出している。

「あなたが今ここで気を失って、どうするのですか!!」

　揺らし、頬を叩く。だが、まるで返事がない。

「……！」

　リアンは気がつく。マリアベルが、涙を流している。だがそれは今、流しているのではない。クララの前に身を投げ出そうと馳けた時、涙を流しながら、そうしたものだった。

　リアンは固まった。一瞬、考えてしまったのだ。この悪女は、何を思って泣いたのかと。

「こっちへ！　早く！」

　子供達を誘導するエリカの声を聞き、リアンは

我に返って顔を上げた。聖女が気を失った今、ここにいる兵士達で雄牛を何とかしなければならない。固まっている場合ではない。

だが、自分には武器がない。吹き飛ばされた。どうする。

ふと、マリアベルの腰にある石剣に気がつく。この伝説の武器は、どうやら吹き飛ばされることがなかったらしい。これならば、雄牛を斬ることができるかもしれない。

リアンは石剣をマリアベルの腰から外し、手に持つ。そして、剣を抜こうとするが――。

「――抜けない！」

刃を包む布が剣から離れない。マリアベルはスルスルと布を外していたのにもかかわらずだ。では、何か留め具があるのか。確認してみても、それらしきものが見られない。ただ布を巻き付けてあるようにしか見えない。

「聖女じゃなくちゃ、抜けないのか……!?」

その瞬間、リアンを女子と勘違いした雄牛が迫り、彼を弾き飛ばした。手から石剣が離れ、転がる。

リアンは地に叩きつけられ、二、三回と跳ねて倒れた。体を強く打ったので、息がしにくい。が、何とか立ち上がる。

続けて、雄牛が攻撃を仕掛ける。リアンは風を切る音だけを頼りに、無理やりに転がって一撃を免れた。そして、二度続けて己に攻撃を仕掛けられたことが分かって、標的は自分に向いていると確信した。つまり、雄牛はクララの次に美しい女子はリアンであると格付けしたのだ。

リアンは周りを見る。辺境伯軍のミッシェルとエリカが、子供達を避難させようとしている。だが足を挫(くじ)いた子供や、落ちてきた巨大な根の下敷きになっている子供がいて、上手くいっていない。

「僕が引き付けている間に、早く!!」

エリカは叫ぶリアンを見た。

――彼は満身創痍ではないか。

左腕は肘から下があらぬ方向に曲がっていて、頭からは血が流れている。こんな状態で引き付け役など、全うできるはずがない。

そう思った時、パンという音が響いた。リアンの前方から地を抉り、瓦礫を巻き上げながら、空気が迫り来ている。雄牛だ。先の二発よりも、巻き上げる瓦礫の勢いが強い。直撃すれば間違いなくリアンが千切れ飛ぶだろうと、エリカは直感した。

「来るッ!!　前ッ!!」

エリカが叫ぶ。

だが、叫ぶより前に、リアンもその存在は認めていた。なんとか避けるつもりでいるが、膝が笑って上手く力が入らない。

それで、リアンは覚悟を決めた。どうせ己は妾の子。城に戻ったとしても、歓迎されない。ならば、ここで少しでも多くの子供を助けるために、その身を犠牲にするのも悪くはない。

そう思って迫る空気を見据えた、その時であった。向かって来る見えない体が、自分の左脇を勢いよく駆け抜け、背後で建物をいくつか薙ぎ倒した。リアンの体には、雄牛の体は掠らなかった。

リアンは目を見開き、振り向いた。

『ブオオオオオオオオ!!』

猛々しい鳴き声が響く。

瓦礫の上に、何かがいる。苦しんで、のたうち回っている。

それは、鈍い黒と緑を混ぜたような色に覆われた、半透明の、細長い、蛇のような、あるいは太刀魚に似た、角のある魔物であった。

リアンは一瞬、新しい魔物が出現したのかと思った。だが、すぐにそれを自分で否定する。間違いなく、自分のすぐ横を雄牛は駆け抜けたのだから、あの蛇のような魔物は『風を食む雄牛』に他ならない。

そうか。雄牛と名付けられてはいるが、それは六百年ほど前に、この見えない魔物の猪突猛進な様を『雄牛』と例えただけで、まさにそのような姿だとは限らないのか、と気づく。

リアンは雄牛が抜けていった軌道に、ふわふわとした緑色の何かが舞っているのを見る。肩にのったそれを、つまむ。一瞬、なんなのかと考えたが、すぐに答えがわかった。以前、これを見たことがあるのだ。

城の中、しばらく使われていなかった古い食糧庫を整理しろと兄に言われた時。そこに放置されていた橙の箱を誤って倒してしまった。すると、緑とも黒とも言えないふわふわしたものが舞った。

これは、カビだ。

(雄牛はカビたのか……?)

雄牛はその長い体をジタバタとさせていたが、ようやく落ち着きを取り戻し敵を見据えた。敵とは、リアンではない。その後ろにいる者に目を向けている。

「キャロルさん……!!」

エリカが、叫んだ。リアンは振り向く。

そこにいたのは、紺の髪をした女だった。長い髪を風に躍らせ、右手の平を雄牛に向けている。鋭い目の金の色は、眼力だけで敵を喰らわんとするほど猛々しく燃えていた。

「リトル・キャロル……?」

リアンは自分の知る、学園にいた頃と少し様子の違うリトル・キャロルに戸惑いながら呟いた。

キャロルは雄牛から目を離さず、言う。

「マリアベルを連れて離れてくれ。少々派手にやる必要がありそうだ」

そして煙草を吸おうとしたが、風が強くて火を付けるのに苦労すると思い、やめた。

四章 ◆ 原典

WICKED SAINTS OR :

A HOLY PILGRIMAGE TO

SAVE THE WORLD

1

風を食む（はむ）雄牛は封印の獣と言えど、魔物だ。脳みそは畜生（ゴブリン）であるとか、畜生（ワーウルフ）であるとか畜生（オーク）であるとか、その程度のものだろう。

つまり、阿呆（あほう）なのだ。体が透明でもこれだけ派手に塵（ちり）を巻き上げて移動すれば、どこにいるのかは丸分かり。どうしてその優れた体を活（い）かさないのか。恐らく、六百年前もこうして失敗しているのだろう。全く進歩がない。

私は雄牛がリアンに突撃する横から、その見えない体に菌を根付かせることに成功した。これで誰でも目視ができるようになった。そして雄牛は今、廃墟（はいきょ）に衝突し、それを崩壊させ、のたうち回っている。菌糸が皮膚の奥深くにまで食い込み、相当に痛いのだろう。皮膚だけではなく、体の中までも汚染されたはずだ。

だが、雄牛はその長い体を、まるで蛇が塒（とぐろ）を巻くようにして安定させ、再び臨戦態勢をとった。

思うに、まだ余裕があるらしい。血反吐（ちへど）を吐き散らかしてもおかしくないはずだが、それもない。痛みはあれど、致命傷にはならなかったと見える。

となると、体の丈夫さだけで言えば、竜か、もしくはそれ以上か。脳は畜生だと軽口を叩（たた）いたが、体はさすが『封印の獣』だと言わざるを得ないようだ。思ったより真剣に頑張らなくてはならないかも知れない。

しかし、こう風が吹いていては煙草（たばこ）に火もつけられないし、やれやれ、口寂しいことだ。

「リトル・キャロル……」

リアンは血まみれのマリアベルを引きずりながら、私を見た。

「いいから早く。コイツはお前を狙ってるぞ」

私は聖水を撒き、次いで塩を撒いた。来る途中に捕まえておいた双頭の毒蛇を麻袋から出し、両首を刎ね、血を撒く。

魔物にとって聖は臭気で、塩は汚物。雄牛から見れば、同胞を穢しに穢した上、これ見よがしに命を奪ったように見えるだろう。私の視点に置き換えるならば、魔物が人間の子供に糞尿をかけて遊びながら殺すようなもの。これは最大級の挑発だ。

『フシュルルルル……』

雄牛が息を荒げて、私を見る。

そうだ、私だけを狙え。怪我をしているリアンや、蹲る子供達を守りながらこの魔物を相手にするのは、難しい。

駆け寄って来たエリカに言う。

「エリカ。少し術に集中する必要があるから、しばらく私を守ってくれ」

「私がキャロルさんを守る……!?」

エリカは目を見開いて驚きつつ、少しばかり頬を紅潮させた。一緒に旅をするという話を無下にしたのにもかかわらず嫌な顔をしなかったので、私は申し訳なく思いつつも少しばかりホッとしてしまった。どうやら嫌われてはないようだったから。

「……頼めるか？」

問うと、エリカは目を閉じ、深く息を吸って、吐く。ゆっくりと目を開け、赤い瞳に静かな火を宿しながら剣を構えた。

「準備はいいか、エリカ」

「任せてください。キャロルさんには指一本触れさせない……ッ!!」

これだけ挑発しても雄牛はまだ様子を見ている。目をぎょろぎょろと動かし、私とリアンを見比べて、何かを見定めているようだ。どちらかと言えば、ややリアンに殺意が向いているか。

ならば、と同胞の胴を噛みちぎって吐き捨てた。

残った胴は地に落として踏み躙り、『来い、愚図』と五指を前後に動かして招く。これが引金になった。

『ブオオオオオ!!』

雄牛は激しく鳴き、その長い体で空を泳いで、こちらに真っ直ぐ向かって来る。

エリカが私の前に出て、雄牛を剣で払う。刃が角に当たり、火花が散る。雄牛は弾かれて、私の横を抜けて行った。

「くっ……!!」

エリカは苦しげな声を上げた。やはり、左腕はまだ完全に回復しきっていない。それ故に、払う仕草は左腕を庇うようだった。

右腕だけで雄牛の突撃をいなせるのは、三度が限界か。すなわち残り、二回。急ぐ必要がある。

後ろから、ごうと風を切る音が聞こえる。背後で旋回して、すぐに攻撃を仕掛けて来るだろう。

私は目を閉じて、姿勢を正し、意識を集中させる。先程は大したダメージを与えられなかったから、もっと純度の高い魔力でヤツの動きを止める必要がある。魔力を溜め、練り上げ、それを一纏めにぶつけてやるしかない。

芥子から作った丸薬を口に放り、噛み砕く。生贄を脱魂させる際によく用いる麻薬だが、慣れれば魔力を増せる。

次いで、没薬の大塊を左手に握り、手の中で熱し、煙を立てる。没薬とは樹脂の香だ。これには私の血を馴染ませているので、私の魔力に限りこれの中に備蓄することができ、燃せばそれを取り出せる。

左腕を真横に突き出し、足は揃えて棒とし、頭は正面。天地人の姿勢。右手で三度十字を切り、『汝、名を名乗れ』と繰り返し口にする。風を食む雄牛という呼び名ではなく、本当の名を知りたい。真の名を知っているか知っていないかで、魔法の効果は桁違いに変わるものだ。

雄牛の魂は『ダーゴン』と、私の魂に直接名乗った。なるほど、覚えやすい名だ。耳心地も悪くない。

「つぁ……ッ!!」

激しい衝突音と、甲高い金属音が背後から聞こえた。エリカが雄牛を弾いた。残り、一回。

焦らずに、改めてイメージを高める。菌糸が敵の皮膚の奥深くまで食い込み、もっと太い根となって、肉を破って腹まで蝕むのを、強く強く思い描く。

臍の下、丹田の奥に、熱を感じる。魔力が増大して、内で炎が宿る。炎は次第に、私の中で光の柱となって、天を突き宇宙を目指し、地を突き岩漿を目指すようだった。

ジジジ、と音がしている。私の周りで電離が発生している。体から魔力が迸り、それが空気を壊して火花を散らせる。カタカタとした音が混じるのは、塵や瓦礫が浮き始めたからだ。

——整った。最大限まで魔力を溜めた。

それを無駄に放出せず、全てを漏れなく敵にぶつけたい。

精神を揺らさず、なみなみとした器の水を運ぶように、そっと、静かに目を開く。

「キャロルさんっ……!!」

エリカの剣が雄牛の角を受けた。捌き切れず、鍔迫り合いのような形となる。エリカは膝をつきながら、何とか持ち堪える。左手を右腕に添え押し返そうとしているが、縫合箇所から血が吹き出る。

私は『ダーゴン』と静かに呼びかけ、雄牛と目を合わせた。

バチン、と雄牛の体に電気が走る。

その瞬間、敵の体の表面がボコボコといびつに盛り上がり、緑色の葉が花開くようにわさわさと生まれ、肉が弾けた。その緑は急速に増えていき、肥大し、肉を破っていく。雄牛の体から血が吹き出す。腹からは茶色い根のようなものが出て、地面に食い込んだ。

雄牛の体を蝕んだのは、茸(きのこ)やカビの類ではないことは確かだった。

エリカが、ポツリと言う。

「……木が生えた」

その時、雄牛の目がぎょろりと動いて、エリカを睨(ね)め付けた。

「チッ！　まだ動くか！　エリカ、剣を貸せッ!!」

反撃が来る。すぐに首を刎ねなければならない。

エリカが私に剣を渡そうとした時、雄牛はその体を捻(ひね)って、根や葉を無理やり千切りながら回転し、エリカを尾で弾き飛ばした。がしゃんと装備が壊れる音と共に、エリカは凄(すさ)まじい速さで飛ばされ、幾つかの建物を崩壊させた。

剣は私の手に渡っていない。宙を舞っている。

次いで、雄牛は大きな口を開けて、私の頭を齧(かじ)ろうとしている。まずい。このままでは、首を持っていかれる。

咄嗟(とっさ)に、足元に落ちていた布に包まれた剣を手に取る。柄(つか)を持ったその時、少し離れた場所からリアンの声が響いた。

「――ダメだ！　それは聖女にしか抜くことができない!!」

彼が私に向けて叫んだことが分かったが、その内容までは理解できなかった。理解するまでの余裕がなかった。

柄を持ち、そのまま振り上げると、布が剥がれて刃が露(あら)わになった。薄く繊細な刃だった。陽炎(かげろう)のように光が揺蕩(たゆた)っていた。

その切先は、雄牛の体を縦に割き、真っ二つにした。手には何の抵抗も伝わらなかった。まるで空気を撫(な)でたようだった。

＊

真っ二つの死骸から、葉が生まれ、根が生まれ、木になる。木は急速に成長を続けた。私が一息ついて、ふらりと立ち上がる頃には、葉は天井まで届き横に広がり始めていた。その下には、血と臓物の雨が滴り降る。

私は刃を見た。魔物の脂が付着していても、陽炎のような揺らめきは濁らない。ついた赤い露(つゆ)は玉となり、跡を残さず流れ落ちている。

「まさか、石剣(せっけん)か」

私は離れた場所で立ちすくむリアンに向けて問う。リアンは目を見開いて驚いたまま、動かない。

聖ノックス市の石剣は水の聖女に与えられる武器。当然、聖女以外が触れることは許されず、そもそも刃を抜くことすらできないだろう。だが、聖女ではない私はその刃で敵を切り裂いた。

異様だ。私という存在に、気味の悪ささえ覚える。

「いや、今はそれどころじゃない」

疑問を押し殺し、急いでエリカの下に駆け寄った。エリカは酒屋の庭にあった納屋のような建物の、完全に崩れた瓦礫の上にいた。頭から血を流し、治りきっていない左腕は血まみれだ。だが、意識はある。

「ごめん。痛い思いをさせたな」

直接、回復魔法を使用する。本当は薬(ポーション)を作って治したいのだが、そうしている場合ではなかった。私は、あまり回復魔法を使うのは好きではない。なんだか他人の傷に自分の唾をつけて治しているようで。

「聞いていいですか?」

「うん?」

「なんで私を置いて行ったんですか?」

答えづらい質問に私が黙っていると、エリカは続けた。

「もしかして、私から逃げたんですか……?」

まだ続ける。

「……私がそんなに信用できないですか?」

エリカはじっと私を見ている。頭の血が額を流れて、血の涙として頬をつたっていた。

「ふう。参ったな……。分かった。もう認めるよ」

頭の傷を治すために、その銀の髪を撫でる。

「仲間を作るのが怖かったんだ。また、誰かの期待を裏切って幻滅されるんじゃないか、って」

私には、私自身がわからない。何者なのか、どういう存在なのか。まるで、見当がつかない。

私という存在のせいで、エリカに迷惑をかけてしまうかも知れない。そうなれば、彼女は私を疎ましく思うだろう。考えるだけでも切ない。

「今は良いだろうが、きっとこの先、私から離れたくなる時が来るかも知れない。そう思われてしまうのが怖かったんだ」

「私は、キャロルさんの味方です。キャロルさんが私の味方であったように」

「気持ちは嬉しいが……。きっと、そう簡単な話じゃない」

エリカは首を横に振った。

「簡単な話です。私はキャロルさんと、もっと一緒にいたい。もっとたくさんお話しして、キャロルさんのこといっぱい知って、喜びも悩みも共有して、そばで支えたい」

「私はどういう存在だか、分からないんだぞ」

「はい」

「邪竜の呪いよりも大変な運命を背負うかも知れない。地獄を見るかも知れない」

「はい」

「私に幻滅するかも知れない。その時は私も辛いが、きっとエリカの方が辛い」

「それでも構いません」

エリカは私の袖を掴み、体を起こして顔を近づけた。

「キャロルさんによって再び生まれた命だから、キャロルさんの為に使いたいんです」

いやはや、参った。本当に参った。こう真っ直ぐな瞳で見られたら、どこにも逃げようがない。

「……降参だ、エリカ。行こう。一緒に」

私がそう言うと、エリカはゆっくりと目を見開いてから、血混じりの涙を浮かべて笑った。

「良かった。本当に一人で行っちゃうんだったら、永遠に追いかけ回すつもりでした」

「そいつは笑えない冗談だ」

「精進します」

私もエリカに影響を受けて自分が何者であるかを探し始めている、というのは照れ臭いので言うのをやめた。

*

怪我をした子供達や兵士達の手当も行った。幸運なことに、死者はいなかった。

この結果は、マリアベルが自分以外の全員に防護術(バリヤー)を張っていたことによる。街人の話を聞くに、祭典の際に聖水を振り撒いていたらしいから、それが術の元だと察する。

術がかけられていることに気がついたのは、恐らく私だけだ。それだけ、薄く、淡白に、気づかれないように施されていた。子供達や兵士達にそれを知られたくない何某(なにがし)かの理由があったのだと思う。

例えば、自分達は守られている、と意識して欲しくなかったなどの理由が考えられる。この手の手法は、実戦の授業、特に真剣を用いる場合では良く使われていた。これには、死を前にした時の、いわゆる火事場の馬鹿力を発揮させ、それを自分で引き出せるよう感覚を叩き込みたいという意図がある。

だが術があっても、大怪我を負った者もいる。クララ・ドーソンという女子は酷(ひど)く負傷し、しばらくは療養が必要だった。

ともあれ、風を食む雄牛は死んだ。従って、聖地『地下墓地ラナ』はその役目を失った。

第二聖女隊の巡礼は、脅威を完全に取り除くという形で終わった。結果だけ見れば、これ以上ないものだ。マリアベル・デミの誉は国中に広まるだろう。


ウィンフィールド牢獄内の病室の寝台の上で、マリアベルは寝ている。白い肌も、長い睫毛も、涼やかな薄く青い髪も、学園にいた頃と何一つ変わらないように見える。

「凄い怪我でしたが、死んでないんですよね？」

「あの程度じゃ聖女は死なないよ」

エリカがマリアベルの顔を覗き込む。

「……聖女は何故、闘わなかったんでしょうか。雄牛を倒すと決めたのは、彼女なのに」

怪我を治す前、マリアベルの目元は仄かに赤らみ、腫れていた。怪我によるものではないことは、一目見ればわかった。泣いた後の腫れ目だった。

「そう敵を見るような目を向けてやるな。きっと、マリアベルなりの考えがあったんだろう」

「敵ですよ。幾ら考えがあったとしても、やって良いことではないと思います。集まった子供達は、聖女に憧れていた健気な子達です。死人が出なかったからまだ良かったものの、もしものことがあったら私は……」

「首を刎ねるか？」

「かも、しれません」

「やめておけ。さっき言った通り、その程度では聖女は死なない。首なしで動いて、首を取り返す」

「……それは笑えない冗談です」

別に冗談で言ったつもりはないが、そう聞こえたなら仕方がない。少し笑って、残った水薬を鍋から瓶に移し替え、蓋を閉めた。

「キャロルさん。私はこの人が聖女だとは思えません」

　黙って、聞く。

「聖女がみんな、キャロルさんのような人だったら良かったのに」

　憤るエリカの顔を見て、私は、いつか話してやろうと思った。

　マリアベルは下民の私を利用したにもかかわらず、その度に悲しげな、つまらなそうな表情を滲ませていた。それを疑問に思って、二年ほど前に調べた、とある地の話だ。

　もう殆どの人が覚えていないだろう。私も本でしか知らない。その地にあったのは、たった十年と少しの歴史だった。南部諸侯には悪どい謀略で争う文化のようなものがある。そんな中で、一人の勇敢な騎士が剣と正義で手にした、小さな領地と城。それは、歴史の大海の中で、陽炎の石剣のように儚かったことと思う。

　かつてその地には、潮風が吹くと緑の波が揺れる、幻の千の丘があったことを、いつか話そうと思った。

＊

　リアンの怪我を治している最中、軽く話をした。私がジャック・ターナーを捜していることを知ると、今この牢獄に彼がいるのだと言うので、早速会わせて欲しいと頼んだ。

　それで、私とエリカはリアンに連れられて地下に向かう。長くて暗い螺旋の階段には空気の逃げ場がない。灯りの獣油の臭いが充満し、いささか具合が悪くなりそうだ。

「僕からも原典の在処を教えてもらえるよう、頼んでみるよ」

「申し訳ない」

「こんな形でも、君の役に立てるなら良かった。いつかは君に恩を返したいと思っていたんだ。まあ……、今日、助けてもらったことで、また借りが増えてしまったのだけれど」

リアンはそう言って、照れくさそうに下を向いて続ける。

「それにしても、雰囲気が変わった。でも嫌じゃない。なんだか、これが本当のキャロルな気がして、今までの君の行動に納得がいった」

それではまるで、学園でお嬢様を演じていた私に違和感があったようではないか。恥ずかしいというか、なんというか、いたたまれない。なる気はないが、女優には向かないな。

「知り合いなんですか？」

エリカが問うので、答える。

「第五聖女隊のメンバーだった」

第五聖女隊は、まだ聖女候補だった頃の私が率いていた部隊だ。正規で従軍していたのはこのリアンともう一人の幺教軍大尉だけで、他の兵は毎度変わっていた。

学園では課外授業という名目で、魔物を討伐する時期がある。大概は多くの魔物が活発になる春先か、冬を越えるために食料を集め始める秋だった。敢えて危険な時期に赴く。

「自分だけの隊を持っていたなんてカッコいいですね」

「カッコいいもんか。私にとっては苦い思い出だ」

学園に来て二年目。ファーレンロイズ侯爵領ベクレルに発生した、大狼の群れの征伐という任務があった。だが私は学園と幺教軍の命令を無視して、ファーレンロイズ領から程近い場所にあったレギン伯爵領ディアボロという場所に向かった。私の故郷だった。そこに霞竜フィリーが現れたのだ。

私が独断で行動を取ったことで、隊は二分した。リアンはその時、私についてきた数少ない一人でもあった。まあその理由は『国を困らせたい』という随分と投げやりなものであったが。

「隊は僕にとっては大切な場所でした。だけど、あれ以来第五聖女隊はなくなってしまった。僕はそれが寂しい」

そうかい。それは耳が痛いな。

「キャロルさんってどんな人だったんですか?」

ええい、あんまり話をほじくるな。

「上品で、優しくて、強い人でしたよ。妾の子だと不貞腐れて、何の努力もせず、人に迷惑ばかりかけて、ただいたずらに時を過ごしていた僕を変えてくれた」

「その話もっと聞きたいです」

エリカがわくわくとした表情で私を見る。

「もう忘れた。前を向かないと足を滑らすぞ」

結果として霞竜こそ倒したものの、故郷の人間を誰一人助けることができずに終わった。あんまり口にしたくない。

「なんか、リアンさんだけ知ってるの悔しいな。二人の秘密みたいで」

エリカは少し俯いて、頰を膨らませた。

「時間はこれから山ほどある。いつか話すよ」

奇しくも、話さなくてはならないことが溜まってきてしまった。やれやれ、これでは仲間ができて浮かれているみたいじゃないか。全く情けないと言うか、恥ずかしいと言うか。


地下についた。どこまでも牢が続いていて、人の垢の臭いがしている。夏の夜だが、冬の入り口のような気温で、肌寒い。

進み、最奥の牢の前に立つ。中にいるのは、二人の男だ。

一人は座り込み、寝ているようだ。顔は良く見えず、寝息だけが聞こえる。

もう一人は壁際に立って鳥統を握り、仕切りに何かをぶつぶつと唱えていた。耳を澄まして、ようやく祈りの言葉と分かる。普通は簡略するものをそうせず、正当な祈禱文(きとうぶん)を唱える。凜(りん)として、妙な近寄りづらさがある。

「ターナーさん」

　リアンが呼びかけ、立っていた男がこちらに目を向けた。彼がジャック・ターナーか。

「雄牛は？」

「彼女のおかげで、倒せました」

　ターナーがじろりと私を見た。先ほどの姿からは想像できないほど、眼差(まなざ)しはくすんでいる。

「リトル・キャロルと申します。お会いできて光栄です」

　しまった。また昔の癖でカーテシーをしてしまった。ええい。

「君は女神像を腐らせた……。見ていたよ、後ろで」

　ターナーは鳥銃から手を離し、こちらへ近寄って来た。背は曲がっていて、あの凜とした気配はどこにもない。瞬(まばた)きの内に人が変わったようにさえ思えた。

「ターナーさんを捜して、旅をしていたんだそうです」

「私を捜して……？　何故？」

　これについては私の口から説明したい。自分の問題だ。あの日蝕(にっしょく)の日、私のことを見ていたなら話は早いだろう。

「原典を捜しているんだ」

　ターナーは私の目をじっと見る。

「原典を読めば、私が何者なのかが分かるのではないかと思った。もしかしたら空振りに終わるかも知れないが、少しでも自分につながる何かが欲しい」

「原典を……」

「クリストフ五世の養子なら、その在処を知っていてもおかしくないと思って捜していた。誰が持っているのか教えては貰(もら)えないだろうか。奪うことはしない。見せてもらえないかと頼んでみるだけだ。ダメなら、諦める」

　言い終わると、ターナーは顎に手を当て深く考え込んでしまった。まあ、無理もない。私は所詮、見ず知らずの女だ。そう虫のいい話など、ないかも知れない。

「僕からもお願いします。彼女は石剣を抜いたんです。普通じゃない。リトル・キャロルが日蝕の日に他の聖女達と同じく力を授かって、女神像を腐らせたことを考えても、何か、原典に記載があってもおかしくはないと思うのです」

「石剣を抜いた？　彼女が……？」

　しばらく沈黙が流れる。リアンが手に持つ提燈(ランタン)から、ぱちぱちと油の弾ける音だけがしていた。

　やはり、原典の場所など教えられないだろうか。原典は、幺教会(ユーウェニス)で最も慎重に扱われている聖具だ。普通に考えて、たかだか聖女候補だった十八歳の小娘に教えてやれるものではない、か。

　私が小さくため息をついた時、ターナーは口を開いた。

「分かった。見てみよう、一緒に」

「見てみる……？」

「――原典なら、今、私が持っている」

2

　リアンが牢獄の執務室に戻った。両腕に抱える程度の白い箱を持っていて、それをゆっくりと机の上に置いた。重かったからか、ふう、と息を吐く。

　部屋にいるのは限られた人間だけだった。私と辺境伯、リアン、エリカ、そしてジャック・ターナー。ターナーは牢から出されていた。さすがに原典を牢で見るわけにもいかないとして、辺境伯が許可したのだ。

みな、箱を取り囲むようにして座っている。

ターナー以外の表情は大体一緒で、難解な芸術品を見るような顔をして箱を凝視していた。箱は磨かれた白い石でできたもので、全くの平面だ。凹凸がない。

外は夜の帳(とばり)が下りている。開いた窓からは、夏にしては冷ややかな空気が入ってきていた。

「これが原典か？」

辺境伯が尋ねるとターナーは首を横に振り、箱を触り始めた。目に見えない少しの切れ目を見つけ、それを順番に押し込むのを繰り返すと、箱の一部が開く。仕掛け箱だったらしい。

中から出てきたのは、また箱だった。土産物の自鳴琴(オルゴール)程度の大きさで、乳白色であり、布製か革製のように見える。いくつかの異なる素材が使われていて、質感の違いで作られた格子柄が連なっていた。いわゆる、木画(もくが)の手法だろう。

「この箱は、神の御母(みはは)カレーディアの頬と額を貼り合わせて作られていると言われています」

ターナーによって、ゆっくりと蓋が外される。

「……本じゃない」

エリカが呟(つぶや)く。

中に入っていたのは、首飾り(ペンダント)だった。

紐(ひも)は、艶がある亜麻色だ。装飾部分(チャーム)は円柱型をしていて、ちょうど人差し指ほどの太さと長さ。上下に金の装飾が施されており、文字とも紋様とも取れるものが、柱をぐるりと一周するように彫られているが、非常に細かくてあまり見えない。金の装飾に挟まれて硝子(ガラス)室がある。中にあるのは、赤褐色の塊。

「これが原典なのか？　想像と随分違う……」

私が問うと、ターナーは頷(うなず)く。

「原典には二つある。一つは紙繭(パピルス)でできた本状の原典。敢えて言うなら読みやすくしたもので、詩と共に絵が描かれている。歴代の教皇が肌身離さず持っていたが、実のところ、本状のものは使徒ザネリが作った副書(レプリカ)だ。そしてもう一つは、大元(オリジナル)と言うべき聖遺物。それが、首飾り状の原典だ。紐は神の頭髪で、硝子の中には神の血が入っている」

「何故、そんなものを持っている？　教皇の養子とは言え、幺教軍予備役の中尉で、しかも普段は文官、それもたかだか代筆(ゆうひつ)役だろ」

　そう言うと、ターナーは困ったように頭を掻(か)いた。

「そうだね。詳しく説明したいところなのだが……、情けない話、私にもよく分からないんだ。本来であれば原典(オリジナル)は、大白亜にある廟の奥深くに眠っているはずのもの。存在を知る者すら乏しい」

　大白亜にある廟(びょう)とは、馬廟(ばびょう)のことだろう。地下深くにあり、幾つもの扉を経て、そこにある。教皇か王くらいしか足を踏み入れることを許可されていない。

「よく分からない、とは……。理由もわからず原典を持っているってことか？」

「確かに私は、原典を読みたいという不純な目的でクリストフ五世に近寄り、裾を引っ張って、拾ってくれと懇願した。それは九つの時だったかな」

　ターナーは、こう続ける。

　貧しい農村に生まれた彼は、原典が何なのかはよく知らなかったのだという。ただ、神が書いた本だということだけは知っていたから、これに神の生活や思いが記してある、つまり日記や手記のようなものだと幼きターナーは思ったそうだ。

　彼は歳の離れた姉と二人で暮らしていたらしい。両親はどこに行ったか知らないと言う。

　ある日、姉に熱が出た。うなされる姉は、神と話をしたと度々言っていた。

　やがて姉は死んだ。

　純朴で幼いターナーは姉と神は一体何を話した

のか、どうしても気になった。そしてそれが、原典に記してあるのだと勘違いした。

一方で、故郷の農村には神官が出入りしていた。それが、クリストフ五世だ。

王国西部の教会を行脚しながら管理していたので、三節に一回ほどはターナーの故郷に顔を出していたのだと言う。幺教会に知り合いなどいないターナーは、何度か見たことのあったこの男に縋った。

「当時、クリストフ五世は神官ジェイデン・ターナーだった。原典など持っているわけがないが、それを知る私ではなかった。だが、彼は素行が悪いことでも有名でね。願いが叶わず私が泣いていると『よし、待ってろ』と言って、数日後にはあっさりと原典を持ってきた」

そして『教皇をしこたま脅してやった』と言って豪快に笑ったのだそうだ。

ちなみに脅しのネタは『藪で聖歌隊の男子のブ、ツをしゃぶっていたのをバラす』といったもので、後ろで聞いていたエリカはドン引きしていた。私と辺境伯が、幺教会ではよくあることだとフォローすると、震えるほどドン引きしていた。

少年性愛は火炙りだ。さて、選択肢は二つ。燃やされた上に汚名を永遠のものにするか、大人しく原典を見せて今まで通り教皇を続けるか。彼は後者を選んだ。

しかし待望の原典は、残念ながら日記でも手記でもなかった。それは四十一の詩でできていて、この世界の道筋を示していた。ターナーは愕然とした。こんなものが読みたかったわけではない。

ただ、姉と神の会話の内容は、その後クリストフ五世から教えてもらったのだと言う。それを聞いて、彼は神を敬い、神のために生きることを誓った。果たしてそれがどんな内容の話なのかは、残念ながら私達には教えてもらえなかった。

「長らく私は本状の原典を、本物の原典だと思っていた。それが違うことを知ったのは、つい半年ほど前だ」

　ターナーはある日突然、教皇クリストフ五世に呼び出され、共に廟に赴くことになった。前を行く教皇の歩みは、非常に急いでいるように感じたらしい。

　廟に着くとあまり説明なく原典(オリジナル)をひょいと渡された。ターナーが『教皇の座を自分に明け渡すつもりか?』と問うと、誰にも渡すものかと首を横に振った。

　そしてクリストフ五世は、神聖な祭壇に図々(ずうずう)しく腰掛け、喫煙具(クレイパイプ)に葉をぎゅうぎゅうと詰め、魔法で火をつけ、呆(あき)れたようにこう言った。我儘(わがまま)な神がお前に渡せと言い張って聞かない、と。

「教皇様って、結構やんちゃな方なんですね?」

　エリカが呆気(あっけ)に取られた顔で問うので、ため息交じりに頷く。

　クリストフ五世は、いわゆる生臭坊主だ。整えていない髭(ひげ)に、無骨な顔つき、傷だらけの体と、岩のような手。表情は乏しく、滅多に笑わない。が、冗談は好み、社交的で女好きだった。貧民街(スラム)から学園に向かう途中、何本も煙草を勧めて来たのを思い出す。どうせしばらく吸えないだろう、と言って。

　あの男の鞄(かばん)の中には、綺麗(きれい)に磨かれた幾つかの聖具と、酒瓶、喫煙具、煙草葉、謎に分厚い官能小説、フリントロック式の拳銃、それと弾丸が入っていた。拳銃は大変珍しいもので、今はもう作れる者は残っていないとヤツは言っていた。製造の全ては瘴気(しょうき)の中らしい。

　学園までの旅はなかなかに過酷だった。途中、魔物や賊が関わった事件を知れば『キャロルの力を知りたい』といって、よく打って出たものだ。

　ヤツは祈りの言葉と共に銃をぶっ放し、私は独学で身につけていたひよっこ魔法で応戦した。その時、私の詠唱を馬鹿にされたのを思い出すと、今でも怒りで机を叩きたくなる。私が滅多に詠唱を使わない理由の四割がこれだ。

　結局、王都に到着したのは貧民街を出て三節後だった。普通は十日で到着する。馬鹿だ。阿呆だ。

　だが、あの男の人間力は本物だった。だから教皇になったと知った時は、特に不思議とも思わなかった。人格的に不相応だろ、とは思ったが。

　クリストフ五世と最後に会ったのは、霞竜フィリーを倒した後、幺教会により処分がくだって第五聖女隊が解体された時だった。それ以来会っていない。ヤツは日蝕の日にも、姿を現していない。あの時、命令を無視して故郷に赴いた私を見損なったのだろう、と私は勝手に思っている。

　辺境伯が髭をさすりながら、怪訝な顔で言う。

「しっかし、こんな大層な物を貴殿に持ち歩かせて、野盗にでも盗まれたらどうするつもりじゃ」

「原典は有るべき所に行きます。盗まれても、紛失しても、たとえ海の底に沈もうとも、必ず有るべき所へ辿り着く。それは原典自体にも記載されています」

　私は原典を指差す。

「……触ってみても？」

　ターナーが頷いたので持ち上げようとすると、辺境伯が囁くように言う。

「そ、そっと、そ～っとだぞ……、リトル・キャロル」

　持ってみると、見かけ通りに軽い。顔を近づけ、金に刻まれている文字を読もうとしてみた。それはまるで砂粒を一つ一つ並べて書かれているような細かさで、読もうにも読めない。気を利かせて辺境伯が拡大鏡を渡してくれたが、今度は書かれている言語が分からない。

「悔しいな。言語は色々勉強してきたはずなのに読めない。私のこれとも随分と違う」

　袖を捲って、一部を見せる。原典を基とした絵や紋様、祈りの言葉、呪文が合わさった入墨だ。

「その入墨は、あくまで原典とは別物だ。聖女の体に入れるものとして、使徒ザネリが図案化したものだと聞かされているよ。……キャロル、君は原典の内容をどこまで知っている？」

「原典とは、四十一の詩だ。原典についての説明が三篇。世界の成り立ちが三篇。魔法の成り立ちが一篇。世界の誕生から今日までの歴史が三十三篇。そしてこれからの歴史についてが一篇」

　いわゆる古代の預言書のようなものだ、と私は理解している。現に原典に書かれている筋書き通りに、歴史は歩みを進めている。

　私の知る限り、詩は簡潔だ。例えば、瘴気が発生した所に関しては、二十篇の『海原の上、霧となって病現る』とだけ書かれている。聖女に関する記述の一つ前は狭災に纏わることで『人抗う所、霧迫り五つの国となる』。これが四十篇。その後聖女が生まれ、光の聖女が導き、瘴気を祓う。『蝕起きて五人の聖女現る時、世界の太平成る』。これが四十一篇で最後の詩だ。ここから先は存在しない。

「よく勉強している」

「……私が学んで知った原典と、ジャック・ターナーの知る原典との違いはあるか？」

「あるには、ある。世界の成り立ちと、魔法の成り立ちの部分だ」

　ターナーは続ける。

「その部分は幺教会の枠を超えて、民衆の間で口承されているからね。それ故に、原典に書かれているものと若干の齟齬が生じている。ただ、大きな違いはない」

「他には……？」

「他は、君が勉強した通りだと思う」

「……だとすると、私に関する記載はないのか」

「うん。腐食の力に関する記述は無い。副書の聖女に関する頁には、四つの元素をもつ少女達と、彼女達を導く、白い翼を生やした少女が描かれている。あとは魔物達の死骸と、目が冴える程に真っ赤な海と大地だけだ」

——そうか。原典にも書かれていないか。

思わず少しのため息が出て、肩の力が抜けた。

「……やれやれ。時折、自分が怖くなるよ。何なんだろうな、私は」

話を聞いていたみなも緊張が解けたのか、そわそわとし始めた。さらに少しの間をおいて、私だけではなく辺境伯からもため息が出た。

「う〜む。そうか……。何らかあるかと思って期待したのだがのう……。そうかぁ……」

辺境伯が腕を組んで、椅子にもたれた。ぎしりという音が、寂しく響く。

ここでリアンが、焦ったように切り出す。

「しかし、キャロルは石剣を抜いたんです。あれは普通ではないと思います」

「それについては、記録が無いわけではない。五百年ほど前、大白亜に突如、生樋嘴の群れが飛来した」

生樋嘴とは、人と蝙蝠をないまぜにしたような形の、体が石でできている魔物だ。

「その時、生樋嘴を撃退するために一人の少女が石剣を振るったという話がある。当時、彼女は聖女だと噂されたが、それ以来特に力を発揮することがなかった」

その話なら、私も知っている。当時、その少女が赤い羽織物を纏っていたことから『赤い偽聖女』と呼ばれている事件だ。

「文献によると、その時、彼女は危機的な状況に陥っていた。神が特別に剣を使うのをお許し下さったんだと思うよ」

「で、では日蝕の日に女神像を腐らせたのは、どう説明しますか?」

「元より腐食の力が、特異体質としてあった可能性が高い」

特異体質は珍しいが、ない訳ではない。王国の歴史の中では、透視ができる者がいたり、空を飛べる者がいた。

　ターナーは私を見て、言う。

「実は、原典に腐食の力に関する記載がないことは知っていた。君が思い悩んでいると感じて、実際に見て、手に取れば納得してもらえるかなと考えたのだが、どうかな」

「なんだか、申し訳ないな。気を使わせてしまって」

「根拠は全くないものの……、例えば、原典に触れることで何かしらの神秘が起きないかとも思ったのだが……」

　私は原典を見る。特に変わった様子は見られない。

「その気持ちだけで十分嬉しい。貴重なものを見せてもらった。ありがとう」

　首飾りを箱に仕舞おうとした時、辺境伯が不平不満でも言うようにして、腕を組みながらぶつぶつと話し始めた。

「だがなぁ……。リトル・キャロルは、全く普通ではない。生命を操る。確かに特異体質という可能性も否定はせんが、それがどうしても、老人の勘がもうちょい疑（うたぐ）れと叫んでおるのよ。聖女が生まれた日に、たまたま体質が覚醒して、たまたま女神像を溶かすなんてことがあろうか……」

「生命を操る……？」

　ターナーが辺境伯を見た。

「そうじゃ。そうじゃろ？」

　辺境伯が私に問いかける。私は煙草を一本出して火をつけていた。

「ん？　ああ。女神像を腐らせたのは、菌糸だ」

「菌糸……」

　ターナーは顎に手を当てて考え込んでしまった。沈黙が流れる中、私は灰皿に灰を落とす。

　三十秒ほど経（た）ったろうか。突然ターナーがため息をつくようにして、少し呻（うめ）いた。

「あ、ああ……」

深い呻きだった。例えば、親の死を目の前にして出るような、そんな嘆きにも似た呻きだった。

「そうか、菌糸。あの女神像を溶かしたのは、腐朽菌の酵素なのか。ああ……、全く、どうしてそれに気が付かなかった……。ああ、そうか……。そうだったのか……」

ターナーの瞳が震えて揺れている。顔から血の気が引いていき、青白く変わる。

「私の責任だ。原典の内容を知っていた、私の責任だ。取り返しのつかないことをしてしまった。私がその場で菌糸だと気づいていれば、ヴィルヘルムに幺教会を握られることは無かった……。神殺しを止めることができた……！」

肩で息をしている。一気に汗が出たのか、顎から雫が滴っていて、目の周りに暗く影ができていた。乱れた髪の隙間から見える小さくなった琥珀の瞳が、揺れながらも力強く私の目を捉えている。

エリカも、リアンも、黙っていた。言葉など発せない張り詰めた空気がこの場を支配していた。

私も一言も喋れなかった。ターナーの、その酷い動揺の仕方に不安を覚えていた。言葉にし難い、強い不安だ。——今からなにか、自分の運命を変えることが起きる。彼の全てが一瞬にして平常から逸脱したのを見て、そう漠然と思ったのだ。

「ヴィルヘルム・マーシャルに幺教会を握られたとは、どういう……」

ターナーは辺境伯の疑問を掌で制して、話を始める。その声はひどく震えて、掠れていた。

「リトル・キャロル……。さっき言ったことを覚えているか」

「え？」

「魔法の成り立ちの部分は、今広く知れ渡っているものと、原典の記載と、ほんの少しの齟齬が生じている。君は、魔法とはどのようなものだと習った……？」

「……火、水、風、土、そして光と闇がある」

「それで……？」

「……それぞれ、『サラマンダー』『ウンディーネ』『シルフ』『ノーム』『スプライト』『リリス』という精霊が司(つかさど)っている。精霊は空間に無数に漂い、目には見えない」

「そうだ……」

「餌は魔力だ。魔力は人間や魔物などの動物にしか作れない。だから私達が魔力を生み出し、それを分け与える代わりに、彼らの力を借りる」

「そう……」

「魔法は『四大元素(エレメント)』と『陰陽(いんよう)』から成る」

「そこだ……。そこが、原典に書かれているものと、少しだけ、ほんの少しだけ、違う……」

「違うって、どういう……」

「火の魔法、水の魔法、風の魔法、土の魔法は『サラマンダー』『ウンディーネ』『シルフィード』『ノーム』から力を借りるものであり、光の魔法と闇の魔法は、対となる存在を根源に形を成すものである……」

シルフがシルフィードになっている以外、変わらない。名称が古いだけで、同一の存在だ。

「そして、対となる存在とは――」

「つまり、陰陽の力だろ……？　太陽と月。スプライトは太陽の精霊、リリスは月の精霊だ」

「原典では、そうではない」

ターナーは私から目を逸(そ)らさずに続ける。

「光は生命の力から生み出され、闇は死の力から生み出される。――魔法とは『四大元素』と『生と死』から成る」

私は目を見開いた。

心臓の鼓動が、強く、私の体を打つ。血潮の音がざあざあと鳴っている。丹田のあたりが、熱い。頭痛までしてきた。側頭部、顳顬(こめかみ)の辺りを手で押さえる。

「陰陽は……。太陽と月は……？」

「記述がない。『生と死』の概念は、長い歴史の中で次第に『陰陽』へと置き換わった」

置き換わった？　光の魔法は太陽の熱であり、闇の魔法は月の引力である。これが常識だ。だが、それは置き換わった理論で、本来は『生と死』？

「なぜ、置き換わった……」

「単純だ。その方が、教えとして分かりやすかったからだ。昼は明るく、夜は暗い。人は容易な方向に理解を進める」

光の魔法は雷で敵を穿ち、光柱で敵を焼く。闇の魔法は重力や呪い、血刃で敵を屠る。その根元は本来、『命が生まれようとする暖かな光』と『死が与える悲しみや恨みの闇』だと、そう言っているのか。

ならば、スプライトは『生の精霊』、リリスは『死の精霊』。スプライトが与えているのは生命の力。それを人間が太陽の力だと勘違いして使用している。

私が扱えるのは、生命の力。即ち、光の魔法の核――。

私はこの『生命の力』を複雑で説明がつかないと、自分の中で消化しきれなかった。

しかし、『生命』が細胞の集合体で、魔法的に複雑なものだとしても――。

『水』が酸素と水素の化合物であるように、『火』が物質の急激な酸化であるように、『風』が気圧の不均一であるように、『土』が鉱物の塵と生物の死骸の混合物であるように――。

精霊が司るのなら、基準として成立する。

――まさか。

原典にある翼を生やした少女とは、まさか、今後、菌糸が樹木となったように、より複雑な生命へと力が成長するのか。それが、鳥の翼をも生み出すのか。

全てが繋がった。今この瞬間、私は何者であるのか、何のために生まれたのかを理解した。

「リトル・キャロル。間違えているのは幺教会だ。——やはり、君は光の聖女なんだよ」

3

静寂があって、まずそれを破ったのはエリカだった。

「やっぱり、光の聖女だったんだ」

私はまだ呆然（ぼうぜん）としていたが、その少し掠れ気味な声で現実に呼び戻された。

「……気付いてたのか？」

「光の聖女だっていう確証はなかったけど……。だって、だって……、おかしいですもん……。キャロルさんは、普通じゃない。竜に殺されかけた時、幻の中で二回もキャロルさんに救われた……。こんなの、普通じゃないですよ……」

エリカのカップを持つ手は少し震えていた。紅茶の赤い波に、簡素で小さい吊り燭台（シャンデリア）の炎が揺れている。

「……私は、少し面食らっているよ。どうしても、自分を聖女に相応（ふさわ）しい人間だとは思えない」

そう言うと、目の前のジャック・ターナーが焦ったように顔を上げた。

「何を言う。君は光の聖女だ……」

彼の姿は牢獄で会った時よりも老けたように見えた。不思議と髪にも張りや艶が無くなったようだった。目の下は黒い。また、顔の青白さが伝染したように、手や腕を青白く染めていた。

「……こんな野蛮な女には、光の聖女は務まらない」

「光の聖女という存在が慈愛の象徴なわけがない。瘴気への、抵抗の旗印なんだ。目だけで魔物を怯（おび）えさせ、力を振るえば完膚なきまでに叩きのめす、そうした畏怖の存在として神は作るはずだ」

「神が私を作った……」

「そうだ。君は、困っている人を見捨てられない性分ではないか？　いい人になろうとしていないか？」

言い当てられて、一瞬、思考が止まる。

「聖女とは人を導く存在だ。中でも光の聖女は大きな力を持ち、人民のみならず聖女達をも導く。人格的にも優れ、尊い存在として、君をそのように作るはずだ」

――私が光の聖女だというのは、恐らく正しいのだろう。

それを自覚した時、先程まで荒ぶっていた血潮の騒めきが、ゆっくりと微睡（まどろ）むように、静かになっていったから。同時に、時計が組み上がるようにして全ての欠片（フラクタル）や歯車がかちりとはまり、私の中の時が動き出した気もした。

だけれど今、私の中にあるのは複雑な感情だ。安心も幸福も得られていない。頭では分かっているのに、受け入れられない自分がいる。

ターナーは、神が私を作ったと言う。だが、その口ぶりはまるで、私の感情も、意思も、何もかも、全て神が作ったと言っているようではないか。

ならば、私はどこにいる。

私が何者だか分からないという大きな疑問は、依然解決していない。

「納得がいかない……」

「何故だ」

それに、私は――。

「私は神を信じていない」

私がそう言うと、ターナーは目を見開いた。その瞳には若干の怒りが滲んでいる。

「馬鹿な。神はいる」

「どうかな」

ターナーは声を荒らげ始めた。

「神は確かに存在する。神は万人を愛する。聖女を慈しむ」

吐息に病の色を乗せて続ける。

「神は女であり男だ。顔立ちは女のようであり、男のようでもあった。乳房を持ち、陰茎を持った。指は両の手で合わせて十三本あり、足の指を合わせると二十五本だった。その娘は迫害されていた。異状を集めた見世物小屋（サーカス）の歌姫であり占い師だった。それは多数の文献にも残っている事実だ！」

「……そんなことは、知っている」

「『王に在らず』とした占いを快く思わなかった当時の王が、彼女を馬裂きにした。その証拠に馬裂きに使われた四頭の馬と、その時に胴を縛りつけた銀の円盤と革紐（ベルト）、見せしめの為に裂けた四肢と胴を並べた木板とが、馬廟に祀（まつ）られている。事実として残っている。私はその聖遺物を、原典を受け取る時に、この目で見た！　神は、神リュカは存在している！」

「分かってるよ。そこは否定しない！」

　預言者としてのリュカはいた。それは紛れもない事実だろう。

「私が納得できないのはリュカが死の後（のち）に、神となったことだ！　それを信じることができない」

「愚かな。君は光の聖女として、この世界で一番に神の愛を――」

「――なら、どうして？　神が聖女を愛するなら、どうして私を孤児として作った？　どうして、私は故郷を失った？　家族も故郷も、私には要らないものだと神が判断したのか？　私は小さい頃、母親に飢えていたし、故郷も、故郷の人達も大好きだった。私には必要だった」

　ターナーは呆れたように額に手をやり、私を睨め付ける。

「どうして、日蝕の日に誰もが聖女だと判断できる力を与えなかった？　どうして、神はお前に生命の力だと気が付かせなかった？　どうして、学園で酷い目にあっていた私を神は見捨てた？　どうして、私を学園から追放させた……？」

私は育ちが悪い。だから、神を信じていない。

もし、日蝕の時に光の聖女だと認められれば、考えを変えて神を信じることもあっただろう。だがそうではなかった。

正直な所、何を今更、という気持ちが強い。ム教会の教え通り、神が全てを見通して、全てが神の思し召しだと言うのならば、何故こうも振り回す必要があった。神が私を作ったなら、どうしてこんな目に遭わせる。

「私は、全ての憂いをなくして、納得して、心の底から光の聖女でありたい」

「……君は神を侮辱している」

そうか。この男にとって、神の全てを受け入れなくては神への侮辱になるか。その言い草、腹が立つ。

「たとえそうだとしても、私にはそれを言う権利があると思っている」

「キャロルは光の聖女だ。その立場で神を侮辱することの意味を考えるべきだ」

ターナーは隠し持っていた短剣(ダガー)を机の上に突き立てた。

「神を信じろ、キャロル。――神がいなければ、世界は力が全てになる」

「ターナーさん!!」

彼の隣に座っていたリアンが、腕にしがみついて制止した。

「どうしたって、この世界は力が全てだよ。打ちひしがれた時、神は何かをしてくれるか？　私はしてもらったことがない。だから強くなると、勉強すると決めた。それとも、この私の決意も、神の意思だと言うのか？」

「ああ、神の意思だ」

まるで話が通じない。

「ジャック・ターナー。分かっているかと思うが、お前に私は倒せない。少しでも動けば首が飛ぶぞ」

「これ以上、神の慈愛を無下にする気なら、私の死によって君の心に傷を残す。それで今一度、神について考えるべきだろう」

強く睨(にら)みつけるが、動じない。この男の信仰心には哲学にも似た芯がある。そのままお互い、睨み合う。

辺境伯が耐えかねて、少しため息を漏らして言った。

「双方、やめよ。めでたい日なのだから、万事仲良くできんものか」

みな、沈黙する。かなり長い沈黙に思えた。燭(しょく)台(だい)の獣油が弾ける音だけが続いた。

しばし経ったろうか。エリカが遠慮気味な声で言った。

「あのう。私は……。神様がどうだとか、関係ないと思います……」

そして、意を決したように顔を上げ、隣の私に向ける。

「えっと、わ、私は！　私はキャロルさんが光の聖女で、嬉しいです!!　神様がとか、原典がとか、そんなのは関係なくて、大好きなキャロルさんが光の聖女で嬉しいんです！　私にとっては、キャロルさんはキャロルさんだから……」

そう言ってエリカは口元をきゅっと結び、自信なさげに目を伏せた。

「あ、あのっ。何の解決にもなってないかも知れないですが……。キャロルさんが光の聖女なのは『私がいるから』というのではダメでしょうか……？」

「エリカがいるから……？」

そしてまた、そろりと私を見る。

「光の聖女は瘴気を祓うんですよね……。だ、だから！　だから、その……。私が、キャロルさんと一緒に『瘴気のない世界』を旅したいから……、というのではダメですか……？」

エリカはじっと私を見ている。その表情はまるで告白の返事を待つ乙女のように不安げで、そこに微かな期待を滲ませたうぶなものだった。

「……クッ。クハハハハ！」

それで私は、つい笑い出してしまった。

「キャ、キャロルさん……？」

なんだか自分が滑稽に思えて来てしまった。やれ神が私を作っただとか、やれ神を信じていないだとか、やれ原典がどうとか、冷静に考えれば珍紛漢紛で奇天烈だ。私がエリカの立場だったら、何をわけの分からないことを言って駄々を捏ねているんだと、机を勢いよく蹴り飛ばして部屋から出て行くことだろう。

つまり、エリカはこう言いたいわけだ。御託は良い。お前はここにいるじゃないか。瘴気がここにあるじゃないか、と。

いや全く、その通りだ。自分が恥ずかしいし、情けない。思い返せば思い返すほどに自分が嫌になり、笑えてくる。やれやれ、我ながら女々しいことこの上ない。

「笑ってる……」

エリカが目を丸くしている。いや、私だって笑うこともあるよ。別に普段から笑っているとも思うし、そこまで無愛想ではない。

「こ、声を出して笑ってるのは初めて見たかもしれない……」

リアンまで言うし、辺境伯もターナーも呆気に取られている。

「ごめん、エリカ。その発想はなかったから、つい……」

少しの涙を指で拭う。

「そうか、誰かの為にか……。みんな、瘴気は嫌だよな。瘴気が無くなって、安心して暮らせる世界を見てみたいよな。そうだよな……」

エリカは生きる為に戦った。だが、私の場合は己の生死などかかっていない。五体満足で、病気もなく、学園で学ぶ権利まで得て、今こうして座っている。大変に恵まれている。それなのに、神がいるだのいないだので大声をあげて、納得ができない、自分が無い、と口を尖らせてくだを巻いている。

こんな程度の悩みや迷いは誰しも持ってる。世界は残酷だから、それに気がつくことができない。自分が一番可哀想だと、自分が一番苦労していると、自分が一番、自分が一番、と繰り返して、自己愛に溺れ、本当の自分に目を向けない。

だが『誰かの為に』と思うことで、視野が広がる。周りを見れば、確かに作り物ではない自分がそこにあると分かる。そして、こんな私でも好きでいてくれる人がいることに気づく。

思えば故郷から離れ学園に行ったのも、強くなりたいと思ったのも、根底にあったのは、私のような無力な孤児を作りたくないという想いだった。これも言わば、誰かの為なのだろう。

だから私は、私だ。誰かの為。自分の意思で聖女になろうとした。それで良い。今はそう思うことにする。

「気付きを得たよ、エリカ。ありがとう」

「は、はい……？　良かったです、とりあえず……！」

ターナーは肩を落とし、ため息をつき、短剣を抜いた。彼も毒気を抜かれたらしい。

「リトル・キャロル。君がその道を歩んだのも――」

「つまり、私が歩んできた道も、神の試練。試練があったから、今の私がある。今の私でなければ光の聖女は務まらない。それらを含めて、神が私を作った。そういう理屈だろう？」

「……その通りだ。君にとっては認め難いだろうがね」

私は煙草を咥え、手を払って魔法で火をつける。ターナーにも一本くれてやった。

「少々騒ぎすぎた。お前も私も、頭を冷やすべきだろう」

ターナーは黙って受け取り、咥えた。同じように火をつけてやる。隣に座るリアンは額の汗を拭って、終わった、と長くため息をついた。

「……先の話に付随して一つ教えておきたいことがある。首飾りの原典には、四十二篇目の詩がある」

　新しい情報があるのかと緊張感が漂いかけたが、ターナーは掌で少し制止しながら話を進める。

「いや、身構える必要はない。便宜上四十二篇目と言っただけで、この部分は正式には認められていない。使徒ザネリが教えではないとして原典（レプリカ）で省いた部分だ」

　そして、原典（ペンダント）を持ちあげる。

「ここに、リュカの夢が書かれている」

　ターナーは敢えてリュカと呼称した。

「夢……？」

　問うと、ターナーはその部分を指し示した。飾り部分、金の装飾。私には読めない文字が連なっている部分の最下部だ。

「『世が円の姿に蘇（よみがえ）ることを夢として望む』」

「……円とは、平和になるという意味か？」

　いや、違うな。その前、四十一篇に『太平成る』と書かれているから、そうではない。

「ここからはあくまで私個人の考察として聞いて欲しい。……リュカが生きた時代よりもっと前、それこそ瘴気が生まれる前、恐らく、世界は円の姿をしていたのだと思う」

　世界が円？　となると――。

「球（きゅう）の形で地平が繋がっていた、ということか？　歩いて歩いて歩き続ければ、同じ場所に戻ると……？」

　ターナーは頷き、理屈で言えばそうだと言ったから、私は首をひねる。

「あまりピンと来ないな」

「正直な話、私も想像がつかない。だが、リュカは聖女達にその夢を託した。これは奇異な姿で生まれ、何も良いことが無かった少女が、痛々しいほど切実に思い描いた夢なんだ」

ターナーの目に、少しの輝きが戻っているような気がした。この男の信仰心の根底の部分には、悲劇の少女だったリュカに対する、一種の恋慕のような感情もあるのかも知れない。

聞いていたリアンが、口を開く。

「僕も……、僕もそれを見てみたい。瘴気が無くなって、世界が円になるところを……」

辺境伯もそれに乗じる。

「そうじゃな。面白いじゃないか。確かに、今を生きるのに必死で、瘴気の無い世界に思いを馳せたことはなかったかな……」

辺境伯に言われて、気がつく。

私も今ここに在ることしか考えてこなかった。

もちろん瘴気に呑まれた故郷のことは考えたが、世界全体、瘴気が無くなった後のことなど、考えたこともなかった。

一体、瘴気のない世界には何があるのだろうか。瘴気がなくなった後に残るものは何だろうか。山はあるだろうか。原はあるか。海はあるか。街は残っているか。森や花畑などの自然はあるのか。それとも、全てが砂と塵になっているか。世界が円であるということ以上に、想像がつかない。

エリカは私を見て、言う。

「私、世界をぐるっと一周してみたいです！　キャロルさんと一緒に！」

きらきらと輝く赤い瞳に、私の姿が見えた。

「……そうだな。分かった。分かったよ、エリカ」

私は私の意思で、リュカの夢に乗ってやることにした。世界を円にするという、無謀とも馬鹿らしいとも思えるその突拍子もない夢は、まあ、中々に感覚の良い夢だと思う。

「いつになるかは分からないが、瘴気を無くそう。光の聖女としてできる限りをやってみるよ」

それに……。たとえ、瘴気の外の世界が砂しかなくても、荒地が延々と続くだけの地でも。その時きっと私は、この子と歩くのを楽しむだろう。

「キャロルさん！」

エリカは満面の笑みを作って、私の手をきゅっと握ってきた。やれやれ全く、恥ずかしいし、照れくさい。これに、どう反応したら良いのか。私も握り返せばいいのか？　想像しただけでも汗が出る。ええい、言わなきゃ良かった。

「あー、それで……。私は光の聖女として、どうしたら良い？　一度、学園に戻るべきか？」

一時的な照れを隠すために問う。

「いや、旅を続けてくれ」

これに対し、ターナーは即答だった。

「……のう、ジャック・ターナーよ。それはさっき言っていた、ヴィルヘルム・マーシャルの件と関係しているのか？」

辺境伯の問いに、ターナーは頷き答える。

「今、クリストフ五世は捕らえられています。そして幺教軍大元帥ヴィルヘルムは、自らを教皇だと名乗り始めている」

そうか。土砂崩れにあった商人達からクリストフ五世は査問にかけられて退陣したと聞かされていたが、その後は捕らえられたか。

「彼は神となり、この世界の頂点に君臨するのが目的です」

エリカが目を見開き、言う。

「えっ!?　そんなことが可能なんですか!?」

冗談みたいな話だが、決して不可能ではない。彼は幺教会の頂点なのだから、自らが神であるとして教えを広めれば、それに従う者も出てくる。

特にヴィルヘルムは聖女四人を見定めた者だ。聖女は神により選ばれ、その力を与えられる。そういう教えがあるから、彼は神の資格を得ている。これは例えばだが、人民の前に立ち、『旧世代の神リュカ』の意思を引き継いだ新たなる神であると名乗れば、それ相応の効果がある。

それに、ヴィルヘルムも一人の力ではその地位に座れない。つまり、私が想像するより遥(はる)かに味方は多いということだ。それだけ長い期間、彼は準備を進めてきたのだろう。

なんにせよ、名乗って仕舞えば、正直、あとはどうとでもなる。学の無い人間は容易に騙(だま)される。もちろん黙ってはいない勢力も多いだろうが、反発する者の対処は簡単だ。

人は恐怖によって統一される動物だ。そして軍にはそれを可能とする、統一する力がある。真に神となるまで、力で制すれば良い。その間、多くの人が死ぬことが予想されるが。

ターナーも同じ見解だったようで、こう言う。

「大きな動乱があるだろうが、可能と言えば可能だ」

「何とかして、その人をやっつけられないんですか……!?」

「それは危険だ。幺教軍は一丸となってヴィルヘルムを神にしようとしている。誰かがヴィルヘルムを倒したとしても、その死が神秘を高め、『神殺し』が成立する可能性もある。また、中途半端に戦うのも良くない。反抗勢力を人類の敵に仕立て上げられると、それまで。人民は一つの敵を前にして、より結束するだけだ」

「それって……。そんなの、無敵じゃないですか……」

と言うよりも、無敵の状態にしてから行動に移した、と言った方が正しい。

「ヴィルヘルムにとって最も邪魔な存在は、光の聖女リトル・キャロル。君だ」

「だろうな」

私は煙草の吸い口を指で弾き、灰を皿に落とす。

「幺教軍は君を葬る為に、あらゆる手を尽くすだろう。君を聖女とは認めず、女神像を腐らせたのは人類の敵だから、とするかも知れない」

「ちょ、ちょっと待ってください。その、ヴィルヘルムって人も原典を読めば、ちゃんと分かってくれるんじゃ……」

エリカが焦ったように言うので、制止する。

「ヴィルヘルムはもう原典を手にしているんだよ、エリカ。クリストフ五世を捕らえた時点で」

「あっ……」

前にコスタス卿に会った時、幺教会は私の力を調べていると教えてくれた。恐らくその頃にヴィルヘルムは原典を手にした。そこで大方を理解し、動き始めていたのだろう。

ターナーは煙草を揉み消して、言う。

「たとえ光の聖女でも、大きな濁流の前には無力だ。歴史の流れは民の波を生み、民の波は濁流となって正しさも過ちも呑み、新しい正を生む。幺教会が君を敵と定め、君が真っ向から立ち向かえば、血で血を洗う戦いになりかねない」

「血溜まりの中、最後に立っているのは私だとも限らない。そうだろう」

「そうだ。神殺しに抗うのは、今ではない。故に、神はキャロルを追放させた」

「だから、お前の理屈で言うと……、旅を続けろ……、か」

「どのみち、聖女はまだ瘴気を祓う力を養っていない、と私は考える。力が整うまで旅を続け、君に従う者を増やすんだ」

そう言ってターナーは一冊の本を差し出す。前半部分には聖女に関する記述がなされ、後半部分は白紙だ。マリアベルと行動を共にし、分かった内容が書かれているようだった。

この書を読むに、聖女は未だ成長途上。力が整えば『精霊を擬人化した状態』に近い存在になるのではないか、と記されている。つまり魔力を人から集め、その力を人々に分け与えるし、自分で行使もする無二の存在だ。やがてマリアベルは海霊にもなるだろう、とある。

「これを君に完成させてほしい」

「聖女が何たるかを見届けろ、と?」

「そうだ」

それについては、良く分かった。だが——。

「——ジャック・ターナー。これを託して、お前はどうする。そのまま死ぬのか」

この男はクリストフ五世の養子。ヴィルヘルムにとって、私と同様に邪魔者だ。

「罪を償うつもりだ」

「罪? 生命の力だと気がつかなかったのは神の意思ではないのか?」

私はターナーの理屈に合わせてやったつもりだが、ターナーはふんと笑って、こう言った。

「それでは、納得がいかない」

「冗談じゃない。私の真似をするな」

「罪はそれだけじゃないんだ。一つ、神が力を授けた海聖を信じられず、密告した。二つ、実は学園が君を追放処分とするにあたり、儀式に出席した者全員に可否の決が取られたが、特異体質と決断付け可に署名した。三つ、腐食の力を生命の力と気がつけなかった。私はもう十分過ぎるくらい神を裏切ったんだよ、リトル・キャロル」

おそらく、私とこの男は決して交わることがない。だが、どうしてもその病的な琥珀の目に魅力を感じる。この世界にとって必要な存在だと、私の細胞が叫んでいる。

「私は、お前が死ぬのが惜しい。どうにかして逃すこともできると思うが」

ターナーは首を横に振る。

私は辺境伯を見た。彼を幺教会に引き渡す義務があるのは、この場合、辺境伯だから。

「ワシもそうしてやりたいのは山々だがな。本人がこうでは、難しい」

「だが……」

——その時だった。

小さく、歌が聞こえた気がした。天から、旋律が降りてきたのだ。

　私は上を見る。見えるのは吊り燭台と、油染みのある天井の板だけだ。

「キャロルさん……？」

　エリカが不思議そうに私を見る。

「いや、何でもない……」

　歌は消えた。だが、耳にはこびり付いている。聞き覚えのない旋律だが、それなのに何故か懐かしいような気がした。そして、歌は『案ずるな』と、そう言っているような気がした。

　まさか、神か。いや、そんなことは……。

「ふう……」

　私は眉間を親指で押し、ため息をつく。疲れているのだ、と思うことにした。そしてターナーを見て、十字を切る。

「――神のご加護が在らんことを」

　ターナーは少し笑って、十字を切り返した。

「行くか、エリカ」

「え？　もうですか？」

　これ以上話すこともないだろう。それに、地下墓地にいた幺教軍が私の存在を教皇に報告した可能性もある。長居するのは危険だ。

「待て、キャロル。これも持っていけ。君が光の聖女だと証明するものだ」

　ターナーが渡してきたのは、首飾り状の原典だった。

「恐らく、今後それが唯一の証明になる」

　私は頷いた。つまり、近いうちに原典(レプリカ)は新たなる幺教会によって書き換えられる可能性がある、と言いたいらしい。

*

　深夜、牢獄を出立する。見送りに、辺境伯とリアンが裏口の庭園まで来てくれた。

　星空を見上げ、方角を確認する。月は出ている。

風が北東から吹いている。地上、胸の原典は、星の瞬きを映す。

　辺境伯が髭をさすりながら言う。

「それにしても、まさか我が領から光の聖女に仕える人間が出るとはなあ。邪竜を倒した暁には只者では収まらんぞとは思っておったが、さすがにそれは想像もしてなかった。よく働けよ、エリカ・フォルダン」

　仕えるなんてやめてくれ。こっちとしては、そんなつもりはない。

「はい。辺境伯さま、私……」

　エリカは涙を堪えて、俯く。

「なあに。二度と戻って来ん訳でもなかろう。多少の別れは人生の華よ。ま、問題は里帰りまでにワシがぽっくり逝ってないかだけだな」

　そう言って辺境伯は耳の穴に小指を突っ込んだ。最後まで飄々とした爺なことだ。これは当分死なんだろう。

「で、お前さんはどうするね。リトル・キャロルを見る目が少々違っておるようだが？」

「えっ！」

　リアンは赤面した。私は面倒な話になると思い、煙草に火をつけることにした。

「……こんなんでも王子の一人だから、僕が付いて行ったら悪目立ちする」

　辺境伯が『ほ〜ん』とでも言うような顔で、私とリアンを見比べている。

「でも、僕はキャロルの役に立ちたい。離れていてもできることはなんでもする」

「やめとけ、立場が悪くなるぞ」

「構わない。キャロルがこの世界を変えるのを、僕は信じているから」

　リアンはこういう男だ。あんまり自分のことを大事にしない癖がある。きっと、己のことが好きではないのだろう。それは私が学園にいた頃から変わっていないし、その気持ちも分かる。

「リアン。そしたら、約束だ」

「約束……？」

「次に会うときは、自分で自分を誇れるような、そんなリアンでいてくれ。私も、そうしてみる」

リアンは目を見開き、少し経って、頬を緩ませて女の子のように笑った。

「ありがとう、キャロル」


牢獄の敷地を出て、ウィンフィールドの街へと向かう。長い石畳の道、並ぶ杉は静かに立つ。

「まずはどちらを目指すんですか？」

「適当に行こう。向かい風があまり好きでないから、常に追い風を受けていたいと思う。だから、街から出たら南だ」

さてと……。牢獄から十分離れたかな。もうこんな所で良いだろう。

「エリカ」

「はい？」

「少し話をしなきゃならない相手がいる。先に行って、馬車を捕まえておいてくれ。もしかしたら、街にまだトムソンがいるかも知れない」

エリカはすぐに察して、頷いた。そのまま私に背を向けて、街の方へと向かっていく。

それが遠くなるのを見届けてから振り返ると、後ろに立っていたのは良く知る顔だった。月の明かりを受けて青白く輝く長い髪は、風に揺れて星雲の輝きを模す。

「久しぶりだな、マリアベル。もう動けるのか？」

マリアベルは無表情で私を見ている。

私は彼女と沢山の時間を過ごした。だから、分かる。彼女が表情を出さない時は、意図的にそうしているのだ。つまり、腹の中で思うことがある時は、決まって無表情になる。とすると恐らくは、私が光の聖女だと気がついている。

「無視か、マリアベル」

「どうして殴らなかったの？」

私が学園から出て行った時に、顔に一発くれてやると凄んだことを言っているんだろう。

「……確かに、あの時は殴ってやりたいくらい腹が立った。全てのことが下らなく感じた。でも、マリアベルの顔を見たら殴る気にならなかった」

「――やめてよッ!!」

悲鳴に近いような叫びだった。

「私のこと軽蔑してるくせに、やめてよ……!!」

「……してないよ」

マリアベルは顔を引き攣らせて、微妙に笑いながら言う。

「嘘ばっかり言わないでよ……。キャロルちゃんはずっと嘘ばっかりついてる……。私だけじゃないよね……？　表面上の付き合いだったのは、キャロルちゃんもだったよね？　何で自分だけ、今更良い顔しようとするの……？」

「マリアベル……」

近づこうとすると、マリアベルが一歩退いた。


「キャロルちゃんは、私に初めて会った時から軽蔑してた」

そして、マリアベルは腰の石剣に、手を添えた。

終章 ◆ 不良聖女の巡礼

WICKED SAINTS OR :
A HOLY PILGRIMAGE TO
SAVE THE WORLD

マリアベル・デミにとってリトル・キャロルは、便利な道具に過ぎなかった。

――いや、それは正確ではないかもしれない。

正しくは『そう思おうとしていた』に近い。それでなくば、きっと、自分の心を保つことができなかったから。

＊

三年前。春も麗(うら)らな小満(しょうまん)の節。聖隷(せいれい)カタリナ学園に各地から集められた五人の聖女候補の乙女達(たち)が揃(そろ)った。みな、聖女として選ばれるに相応(ふさわ)しい者だった。

彼女達がこの学舎に入ることとなったのは、優れた施設を複数内包しているからという理由もあるが、そもそもとして学園が聖女の為(ため)に建てられたという歴史的背景もある。

学園は幺教会(ユーウェニス)軍部が主導して建てたものである。歴史としては古く、創立から三百一年になる。

三百年前に日蝕(にっしょく)があり、この日蝕により聖女が現れるのではと当時は言われていた。それに際し、聖女候補として集められたのは文武優秀な各領の令嬢十人と、王族が五人。他に『我こそは』と集まった二百人近くの乙女達。その中から聖女を見つけ出そうとしていた。

その為、日蝕が起きるまでの間、聖女候補達を保護し、ある程度の教育をする機関が必要だとして設立されたのが、この聖隷カタリナ学園だった。

結局、天に現れた月の影は太陽の全てを覆わなかった。聖女も誕生せず、世界は落胆した。

だが、学園を建てた意味はあった。ここで学んだ乙女達はみな優れ、後に、各領の城に仕えた者もいた。女性初の幺教軍(ようきょうぐん)士官も生まれた。

その功績があって、各地から学びたい者が多く訪れるようになった。初めは女子のみの学園であったが、すぐに男子も入学できるようになった。

時は経ち、今では多くの学生を抱えている。

　入学条件は文武に優れた者で十二歳以上。とは言え、血が高貴であれば無条件で入学できた。

　十代が生徒全体の五割、二十代が三割、三十代が一割、四十代が五分、五十代六十代もいるにはいるが、少数在籍。二十代までは貴族の子、商人の子が多く、三十代以上は働いて金を貯めた後で入学する者が多かった。

　この学園は幺教軍の一部であるから、その殆どは将来的に幺教軍となり、文に優れる者は幺教会本部教庁の神官、とりわけ優秀な者は国や領に仕えた。今では幺教軍の血が通った者が少なくない数、政治の中枢にいる。

　学園ができた当初は幾つかの建物があるだけだったが、今では王都の中に聳える一都市といった出立ちである。

　巨大な大聖堂が一つと、砦のような学舎が五つ、寮が三つあった。それだけでなく馬術場や競技場などもあり、天体観測施設や印刷所、工作所なども備えていた。美しい庭園には噴水と彫刻があって、菜園には薬に必要な植物が育てられている。敷地を歩いて見て回るだけでも、半日はかかると言われる。

　学園内、緑輝く園。小鳥達が高らかに歌う楠の下、強い日差しを避けて噂話をする四人の教師がいる。若い風貌で、自身の研究と教職とを半々で行なっている者達らしかった。

「聞いたか。リトル・キャロルが昨日、学園に到着した」

「五人の聖女候補が全員揃ったのか」

「ほう、では……。明日、試験が行われるのか？」

「試験？」

「力の見定めだよ。捕らえた魔物を相手に戦わせ、その後、実際に聖女候補同士を戦わせるらしい」

　菜園の一画、香草畑の小さな薬小屋、その窓際で一人水薬（ポーション）を作っていたマリアベルは、彼らの話に耳を傾けた。注意していれば、十分聞こえる位置だった。

「この戦いで聖女の優劣が決まるな。誰が光の聖女で誰がそれ以外か、凡（およ）そ分かろうってもんだ」

「誰が光の聖女だと思う？」

「それは強い女だろう。他の聖女を従わせるというのだから。で、誰が強いかだが……」

「リトル・キャロルだな」

教師の一人が、さも当然のように言った。

「彼女の到着が遅れた理由は、道中、魔物や追い剝ぎを成敗して回っていたからだ。他の娘と場数が違う。それに、貧民街（スラム）では怪我（けが）をした子供を抱えながら、魔物の群れに突っ込んで逃げ果（おお）せたという。凄（すさ）まじい胆力だ。しかも、そうした武勇伝は一つや二つじゃない」

「なるほど」

「ローズマリー・ヴァン＝ローゼスはどうだ？　喉を喰（く）らい素手で頭を潰すと言われる狂戦士（バーサーカー）ファルコニア伯が溺愛する愛娘（まなむすめ）だ。近眼が酷（ひど）く眼鏡（グラス）をしているが、弱いはずがない」

「海を挟んだ隣国カタロニアの姫君、メリッサ・サンチェス・デ・ナヴァラは？　身体強化術に関して、天性の才覚を持つとされた乙女だ。一騎当千とは姫様のこと、神の子とは姫様のこととカタロニアでは持て囃（はや）されている」

「ニスモ・フランベルジュはどうだろうか。公爵家の令嬢で、何より血が尊い。剣技、魔法、共に王国随一だとされている。それに冷酷無比であるから、容赦がない。齢（よわい）六つで罪人の首を刎（は）ねて回り、赤い髪は血で染まったという噂だ」

「考えが甘いぞ。戦いというのは、場数だ。どれだけ強かろうと、どれだけ才覚があろうと、慣れの前には歯が立たない。リトル・キャロルに軍配が上がると考えるよ」

「そうか、なるほど」

「リトル・キャロルか。一体どんな娘なのだろうか」

マリアベルは彼らの話を聞きながら、しゃがみ込んでしまった。手が急速に冷えていくのが分かる。呼吸も荒くなる。座り込み、膝を抱えて、それでようやく震えていることに気がついた。

——噂話に、自分の名前が出なかった。

疎外感という言葉では足りない程の強い焦燥感が、体の中でざわざわと蠢(うごめ)いていた。

誰も、マリアベルという少女には期待していない。地方の、マリアベル・デミという、それも新参の小貴族であるデミ家などを知る者はいない。世界から忘れ去られている。そう思った。

その夜、マリアベルは眠ることができなかった。いや、今日だけではない。学園に来て六節近く経つが、よく眠れた試しがない。

マリアベルは本来活発な方で、特に良いことがあれば大いに感情を表現する性格、若干行きすぎて自分に酔いしれる悪癖すらあったが、領を滅ぼされてからは心に蓋をしたように塞ぎ込んでいた。今現在、その最大にあると言っても良い。

聖女候補として任命されたという圧力(プレッシャー)と、必ず成功しなくてはならないという圧力、さもなくば父のように無様な目に遭うという危機感で、どうしようもなく、押しつぶされそうになっていた。

特に明日行われる試験は大きな問題だ。今からでも吐き戻しそうな程に緊張している。今日の昼、少しでも気分を落ち着ける為に薬草を調合していたのに、あの噂話が聞こえてしまって余計に怖い。

マリアベルは暴力の経験が少ない。魔物を相手にしたことは多いが、兵を従えて追い込んだ上で確実に仕留めるのが常で、自分一人で戦うのはあまりない。エスメラルダが許してくれなかった。

学園での六節である程度の経験は積んだものの、それは他の娘(こ)も同じ。いや、自分は疲れやすい体質だから、他の娘よりも経験が足りていない気がしている。

人と戦ったことは皆無だ。あのモラン卿に対して怒り、詠唱を行った時が、初めて人に暴力を振るおうとした瞬間だった。

明日の試験で自分の価値が決まってしまうかもしれない。もしも、神様が天から見ていて、この試験で聖女の資格があるかどうかを見定めているのだとしたら。負けてしまったら、それは聖女の資格がないとされてしまうのでは。

――嫌だ！

勝たなくては。勝たなくてはならない。でも、どうしても自信がない。

マリアベルは全てが怖くなり、目を強く瞑って、怯えるようにして耳を押さえ、寝台の上で丸まった。

＊

その翌日。試験の日。学園内の剣技場に聖女候補達が集った。

マリアベルは自信の無さから目を伏せつつも、周りの聖女候補をうかがった。みな、強そうだった。凛として見えた。

特に一番強いと噂されていたリトル・キャロルは別格だった。夜空のような髪、その美しい艶、端整な顔立ちに神聖な瞳、うっすらと色づく唇、すらりとした体つき、脚も腕も長く、直近を通れば薫る香油、仕草の堂々とした様に、目眩を覚えるほどの魅力を感じた。

これが聖女なのか。マリアベルが緊張の最中でも、思わず驚嘆するほどにそれは完璧だった。キャロルを見ると胸が締め付けられるような、懐かしさにも似た妙な感情を覚えた。

しばらく見惚れて、はっと我に返り、自分の掌を見る。自分がちっぽけな存在に思えたので、それを確認したかった。やはり、自身の柔らかそうな掌は、とても矮小に映った。

試験の内容は、牛鬼の討伐であった。

今件を取り仕切るのは、ジェイデン・ターナーという神官だった。王国西部の管区を纏める枢機卿であるらしい。

牛鬼とは頭部が黒牛、体は熊、その皮の下に逞しい筋肉が潜む、全身毛むくじゃらの魔物。二足歩行をし、一見して着ぐるみ。野生では人が廃棄した斧か剣、無ければ木を捌いて作った槍のような武器を持った。

試験のために準備された牛鬼は、鉄の首輪と腕輪を付けられており、鎖で鉄杭に繋がれていた。手には斧を持たされている。

剣技場の観客席には、幺教会の神官達、幺教軍の幹部や士官がいた。幺教軍大元帥ヴィルヘルム・マーシャルもまた、その中にいる。

試験は一人ずつ行われた。まず、リトル・キャロルと牛鬼だけが場の中央に残される。そしてジェイデンが離れた場所から魔法で鎖を断ち、牛鬼は解き放たれた。

キャロルは牛鬼が襲ってくるのに身構えるでもなく、平然と斬撃を避け、背の骨を剣で一閃。神経を断たれた牛鬼は立てず、そのまま首を刎ねられた。

一瞬だった。騒めきが起こった。

マリアベルは控えの場からそれを見ていた。目を見開いて見ていた。軽々しく敵をいなし、無駄なく剣を振るうその動き、そして確かな力。それを自分と同年代の少女がやっている。憧れすら抱きそうになった。だが、すぐにその羨望は焦燥感に変わる。

——どうしよう。私は、同じようにできない。

あんなこと、できない。

他の聖女候補達もキャロルに続いた。ニスモは刃で牛鬼の額を割り、メリッサは腹を裂いた。マリアベルから見て大人しそうなローズマリーでさえ、敵の喉を突いた。

全員、あっという間であった。慌てる様子も無く、いとも簡単にこなした。少なくとも、マリアベルにはそう見えた。

一方でマリアベルは必死だった。

ミノタウロスの腕の一振りを喰らい、激しく飛ばされた。壁に体を強く打ち付け、意識が朦朧（もうろう）とする中でなんとか立ち上がり、なお敵と対峙（たいじ）しようにも、先の一撃に完全に恐れをなしたマリアベルは防戦一方となった。

最後には敵の胸を刺し、辛くも勝利こそしたが、満身創痍（まんしんそうい）。息も絶え絶え、立っているのがやっとであった。

騒めきが耳に入る。観衆の己を見る目が、冷たく感じた。

「……剣に自信がないなら、魔法を使えばよかったのに」

誰かが口にした言葉が耳に届いた。それを聞いて、完全に失敗したのだと自覚した。心臓の鼓動は、焦らせるように鳴り続けている。

ああ、そうか。私は必死で、何をやっているのかも、どうしたら良いかも分からず、夢中で剣を振るっていたんだ。

鼓動と共に、大きな後悔が押し寄せる。酷く情けないことをしてしまった。強い危機感も、吐き気となって迫（せ）り上がってくる。

――私は聖女候補の誰よりも弱い。

魔物を使っての試験が終わった。マリアベルは叱責を覚悟したが、特にジェイデンから何かを言われるわけでもなかった。それがまた、胸を抉（えぐ）った。完全に見放されたと思った。

ジェイデンより、明日、聖女候補同士の模擬試合を行う旨を言い渡された。

対戦相手は籤で決められた。紙縒りの先に色をつけたもので、同じ色を引いたものが対戦相手となる。全部で五人であるから一人余るが、余った者は繰り上がりで、一戦目の勝者と戦う。

マリアベルが引いたのは、青い籤。

(——そんな)

同じ色の籤を引いたのはキャロルだった。

(私が……、リトル・キャロルと戦う……)

籤をやり直したい。キャロルに勝てることは、まずない。彼女は己より数倍優れている。魔物との戦いで失敗したのに、次もまるで駄目だなんて。どうしたらいい。泣いて頼めばもう一度、引き直させて貰えるか。でも、籤をやり直したとして、他の誰に勝つことができよう。

(私には無理だ……、もう嫌だ……)

誰とやっても、また無様な姿を見せるだけだ。自分は他の聖女候補達より数段劣る。

マリアベルは周りを見た。みな、籤を見つめて何も喋らない。その表情は普段と変わらず、余裕がある。こんなに切羽詰まって、顔を青くして、息を荒げているのは、己だけだ。

マリアベルは今にも走って逃げ出したくなった。今この瞬間に、時が止まってくれ、明日よ来ないでくれと願った。このままでは、自分は聖女の資格がないとされてしまう。

怖くなってぎゅうと目を瞑ると、瞼の裏から滅びた千の丘と、疲れ切った父の背中が蘇った。

＊

己は弱い。みなのように恵まれていない。キャロルのように強くない。だが、負けられないのだ。絶対に負けることは許されないのだ。

己の弱さを埋め合わせる為には、汚い手を使うしかない。何をしてでも成功すると決めたのだから、勝つための何かをするべきだ。

　マリアベルは夜遅くに、学園内にある花畑に行った。人工の川の近くに、茴香に似た花を認め、それを摘んだ。毒芹である。

　すぐに薬小屋に行き、芹をいくつかの薬品を混ぜた液に漬け、魔力を込めて成分を抽出した。それを針に塗る。

　そして耳飾りに、針を仕込んだ。これでキャロルを刺せば、体が麻痺して動けなくなるはずだ。

　卑怯であるがやるしかない。たとえ罵られようとやるしかない。もはや己にはそれしかないのだ。


　翌日。蒼穹の下、聖女候補達が剣技場に立つ。昨日同様、観客席には関係者が集っている。

　試合は早々に行われた。まず、ニスモ・フランベルジュとローズマリー・ヴァン＝ローゼスが戦ったが、これはニスモが模擬剣をローズマリーの腹に打ち、危なげなく勝利した。

　次にマリアベル・デミとリトル・キャロルの試合が行われる。

　マリアベルの心は、穏やかだった。自分が何をすれば良いのか、よく分かっていた。やることが決まっていて頭の中が整理されていると、ひとまず落ち着くことができた。とにかく、キャロルの動きに合わせて、毒針を刺す。それで良いのだ。

　武器は好きなものを武器棚から選ぶことができる。キャロルは棚から模擬剣を選び、マリアベルはそれを見て模擬矛を手にした。矛は長さがある。それを相手にする為に、必ず刃を掻い潜って懐に飛び込んでくる。そこで、針を刺す。

　両者、場の中央で向かい合う。観客の殆どは、キャロルの一挙一動に注目している。

　二人が刃と刃を軽くかちりと合わせて試合開始。二、三回と刃を強く打ち合い、互いに距離を取る。

　一瞬の間、キャロルが地を蹴り、弾かれたようにマリアベルに迫る。マリアベルは合わせて矛を大振りに薙いだが、剣でそれを受け、キャロルは刃を滑らせながらマリアベルの懐へと入り込んだ。

瞬時、マリアベルは矛から両手を離し、耳飾りを力一杯引き抜いた。耳朶の穴が裂けるのにも構うことなく、針をキャロルの体に刺す。毒の効果は刺した瞬間に現れ、剣を持つ手の力が抜け、それを振り上げたその瞬間に、剣がすぽんと飛んで出た。

あらぬ方向に二人の武器が飛んで、宙を舞っている。それはその場に立たぬ者から見たら異様な光景だった。

マリアベルはすぐにキャロルの顔に拳を叩きつけた。それでキャロルは倒れ込む。体は思うように動かないようだ。そしてそのまま馬乗りとなり、ただひたすらに拳を槌のようにして、キャロルの顔面に打ち続ける。何度も、何度も、何度も、何度も打ち続ける。

手に鼻と頬の骨が砕ける感覚が伝わった。相手の口内が裂けて口から血が溢れる。観戦者達は最初こそ騒めいたが、次第に沈黙する。それでも、何度も、何度も、何度も、マリアベルは打ち続けた。

「これまで」

ジェイデン・ターナーが止めに入る。

「ハァ……、ハァ……！」

マリアベルの喉は灼け切れそうになるほど乾燥していた。髪は汗で顔に張り付いて、視界を遮っている。あまりにも無我夢中だった。

（か、勝った……？　勝った、ってこと？）

キャロルから離れて、少しの冷静さを取り戻す。目の前には顔を血まみれにした少女。その怪我はあまりにも痛々しい。

キャロルは震える手を地につき、ゆっくりと立ちあがろうとするが、なかなか立てない。それで少し顔を上げて、マリアベルをじっと見た。それは凄まじい程に圧のある黄金の瞳であった。

それを見て思わず、マリアベルは蹈鞴を踏んだようにして下がった。

——私は、やってはいけないことをやってしまった。

今マリアベルの中にあるのは、安堵と罪悪感が混在したカオスである。何も考えることができず、ただただ胸の中の宇宙に広がる、毒々しく色付いた大理石のような、汚く言えば吐瀉物のような、酷く醜い感情が自身を焼き尽くしていくのに、身を任せるしかなかった。

キャロルはマリアベルを見ている。ただ、見ている。マリアベルはキャロルから目を離すことができない。黄金の瞳がそうさせない。

マリアベルにとっては永遠にすら感じる時間だったが、ふいにそれは終わりを告げた。何でもなかったように、キャロルが目を逸らしたのである。そして立ち上がり、多少ふらつきながら控えの場に戻っていく。


（——え？）

マリアベルは放心した。

なぜキャロルは何も言わない？　毒で何も言えなかったのか？　いや、もう歩けるのであれば、喋れないはずはない。であれば——。

（軽蔑された……）

当たり前である。卑怯な手を使って勝ちを得ようなど。それもこのような大切な場所で、人を蹴落とそうなど。そんなことをする人間に、どうして声をかけることができよう。憎しみの言葉を投げつけるのすら、穢らわしい。そう思ったに、違いない。

——マリアベルは大罪を背負った。

その後、マリアベルはメリッサと戦うが、まるで心が整っていない状態では戦いになるはずもなく、矛を打ち落とされて負けた。

＊

　数日の後、本格的に授業が始まることとなった。これから聖女候補達は選良として、勉学に勤しむ。当然と言うべきか、この試験の結果で聖女候補達の待遇が変わるようなことはなかった。ただ純粋に現状の力を見極め、個々人に合わせた方針を確認するものであった。

　既に聖女候補達に与えられていた部屋は再編された。原典によれば互いに助け合う仲間となるはずだから、と相部屋を作ることにしたらしい。メリッサだけは隣国の王族であるために隔離されたが、マリアベルはキャロルと同室となった。

（どんな顔をして会えばいいの……）

　数日経っていても、マリアベルの中の罪の意識は薄れていない。いや、日を追うごとに酷くなる。

（殺されるかも知れない……）

　だがその心配とは裏腹に、部屋に入ってきたリトル・キャロルは至って普通であった。

「どうぞ、よろしく。マリアベル」

　キャロルはマリアベルと目を合わせて、上品に笑い、カーテシーをした。そしてその後も、普通に話しかけてきたり、笑いかけたり、稀ではあるが、こっそりと鼻歌まで歌っていたりもした。

　暫く経っても、特にその様子が変わることは無かった。勉学で分からないことがあれば共有するし、頼んでもいないのに教えてくれることもあった。魔道具を作ってくれることもあった。研究を手伝ってくれることもあった。月のもので具合を悪くしていると、良い空気を吸おうと言って外に連れ出してくれたり、紅茶を振る舞ってくれた。熱を出せば夜通しで看病をしてくれた。

　これらのキャロルの態度はマリアベルを大変困惑させた。

（——どうして？　どうしてそんな風にしてくれ

るの？）

己は毒を使ってまで勝ったのに。あんなに酷く打ちのめしたのに。気にしてないように装っている？　でも、どうして？　意味がわからない。

考えて考えて、考えた。それで、ふと、気がつく。

（ああ、そうか……。お父様と一緒なんだ……）

私を下に見て、施しをしているつもりなのだ。そう考えれば、納得がいった。

毒を使ってでしか勝てない己を、哀れんでいるのだ。父親が不幸な難民達を助け、施していたように、リトル・キャロルもそうなのだ。私は、施しを受ける側に回ってしまったのだ。哀れだと思われてしまったのだ。

――本当は軽蔑しているのに、それでも施さなきゃならないほど私は哀れなんだ。

それを認めると残念だという感情がまず湧いて出て、追ってふつふつと怒りの感情が滲(にじ)んできた。

――私に、施しをしてるんだ。下民、なのに。

リトル・キャロルは孤児院の出だ。本来、施しを受けるべき人だ。それなのに、それなのに。そんな人間に哀れまれるほど、己は堕(お)ちてはいない。デミ家はそんなに堕ちてはいない。この女は、モラン卿のように私達を下に見ているのだ。

マリアベルにとって、それは本当に我慢ならないことだった。見下されているという劣等感は次第に膨れ上がっていき、行き場を無くしていく。

そうして取った行動は、キャロルを可能な限り利用することだった。キャロルの施しを、自分の成功の糧にしてやろう。思う存分、利用してやるのだ。そう思うことで、毒を使ったという罪の意識も、施しをされているという屈辱も、なにもかもが薄れていった。自分の心が守られていった。

だが、結論を言えば、マリアベルの憎しみは『奇妙な友情』となった。

マリアベルは、学業も雑務も採取も研究もキャロルに押し付けたが、キャロルは特に何を言うでもなく受け入れていく。

最初は『利用してやる』という思いが強かったが、それは徐々に『甘え』に変わっていった。明らかな敵意が、若干の信頼を含んでいったのだ。

そして不思議なことに、要求を受け入れて貰えると嬉しい気がした。自分が認められているような、そんな気がしたのだ。マリアベルは領が崩壊して以来、一人塞ぎ込んでいたから、こうした孤独感の無い日々は非常に久しかった。

共に過ごす中で、楽しい気持ちが無いこともなかった。取り留めのない話をしていても、キャロルはただ笑って頷いてくれた。マリアベルは同年代の子と話すのも久々であるから、何でも話したかった。それにキャロルは言わば聞き上手な性格で、たくさん話せたし、たくさん話を引き出してくれた。彼女が横にいると、不思議と安心した。

己のことを嫌っているはずの相手なのに、この人の為に、何かをしてやろうと思う瞬間さえ芽生える。これは本当に、本当に、不思議なことだった。

キャロルはどんな言葉に喜ぶだろうか。何か物をあげたら、喜ぶだろうか。そういう風に考えてしまう時が頻繁にある。キャロルの綺麗な横顔を見ると、何かをしている最中でも、その手を止めてしまう。無意識に目で追ってしまう。

しかしその度に、首を横に振って自制した。キャロルを道具として使うことに一貫すると、改めて覚悟を決めた。

ここで施しを受け入れてはならない。デミ家として、屈辱を受け入れてはならない。

――リトル・キャロルなんて嫌いだ。反吐が出る。

自分に言い聞かせる。

リトル・キャロルは私を軽蔑している。本当は私のことが嫌いだ。あんな卑怯なことをされて、嫌いにならないわけがない。殺したいほど憎んでるはずだ。キャロルは嘘をついて、私に接している。騙されてはいけない。

もうこれ以上、哀れになるのは嫌だ。私が本当の友達になろうとして、それでキャロルに裏切られたら、もう二度と立ち直れない。そんな気がする。

*

キャロルが女神像を腐らせたことは正直驚いた。だがすぐに、これは良い機会だと思った。キャロルがいなくなれば、マリアベル・デミの罪を知る者はいなくなる。マリアベル・デミの心を乱す者はいなくなる。

マリアベルは教師や神官に追放を唆したり、他生徒に対してはキャロルを憎ませるようなことを言いふらして回った。それは例えば忌子であるとか、孤児院で子供を養うために娼婦の真似事をしていたとか、そういったものだ。

自分で直接手を下す勇気はなかった。他生徒からキャロルへと向けられる憎しみも、投げられる石も、何もかも、見ないように、聞かないようにしていた。自分が起こしたことを見届ける覚悟もなかった。直接話して、友達だと思っていない旨を伝える時も、その目はまともに見れなかった。

申し訳程度に他生徒の前でいくつかの勉強道具を燃やし、彼らの正義感、優越感を焚き付けることもあったが、直接キャロルに対して何かをしたのはそれくらいである。

いなくなった後は、キャロルが残した荷物を焼却した。そうすることで、キャロルとの思い出を全て消し去りたかった。長く自分を苦しめたキャロルの残り香を排除したかった。

リトル・キャロルなんて嫌いだ。下民だ。奴隷だ。自分にとって価値はない。ああ、部屋が広くなって良かった。本当に、良かった。もっと早くからそうすれば……。

そう、言い聞かせて燃やした。

だって、キャロルは己を軽蔑しているから。嘘ばかりついているから。だから、仕方がない。

＊

「キャロルちゃんは、私に初めて会った時から軽蔑してた……っ！　ずっと、軽蔑してる！」

夜空の下、マリアベルは石剣を抜いた。ふさりと、聖骸布が地に落ちる。刃は陽炎となって月の明かりを受けて輝いている。

キャロルはすぐに勘付いた。私に初めて会った時と言うなら、あの時の試合のことしかあるまい。

「軽蔑してない」

「もうこれ以上、嘘つかないでよッ!!」

キャロルは一歩、また一歩と近づく。それを見て、マリアベルはついに剣を構えた。

「来ないで……ッ！」

キャロルは近づく。

「来ないでってば……ッ!!　これ以上近づいたら、斬るからッ!!　本当だからッ!!」

臆さず近づく。

「もう私を苦しめないで……ッ！」

マリアベルが目を瞑り、剣を持つ手に力を込めた時、キャロルは刃を摑んで止めた。手に防護術を張っていたが、陽炎の刃の鋭さが勝り、血が出る。

「違うんだ、マリアベル。私は尊敬しているんだ」

マリアベルは剣を動かそうにも、動かせない。距離を取ろうにも、剣が固定されて動けない。

「あの時、私は……。怯えていたんだ。マリアベルと向き合って、酷く怯えていた。雰囲気から『絶対に負けられない』『ここで死んでも倒す』という覚悟が、見て取れた。私は強く睨んで圧をかけたつもりだったけど、マリアベルは気にしてないようだった」

　流れる血が刃を伝って、マリアベルの手を濡らす。そして雨のように滴り落ちる。

「きっと、覚悟は決めているけど、頭はすごく冷静だったんだと思う。自分のやるべきことを淡々と計算立てているような、そんな目をしていた。凄く怖かったよ。足が震えて、それで、負けた。恐怖を無くすには、心も体も強くなるしかない。それを、マリアベルが教えてくれたと思っている」

　マリアベルは必死に首を横に振った。何度も首を横に振った。違う、キャロルは己を軽蔑してるはずだ。恨んでいるはずだ。許せないはずだ。これは嘘だ。こんなの聞きたくない。

「本当に尊敬しているんだ。じゃなきゃ、黙って良いように使われたりはしない。マリアベルの笑顔が見たくて、色々と手伝った。もっとたくさん、マリアベルのことを知りたかった。マリアベルの為に、何かをしてあげたかったんだ」

「そんなわけ無い……！　私は毒を使った……。動けないキャロルちゃんを殴った……!!　キャロルちゃんは、責めるような目で私を見てたッ!!　それで尊敬してるだなんて、もうこれ以上嘘つくのやめてよッ!!」

　少しの間があって、キャロルはあどけなく笑った。

「――私もあの試合で、毒を仕込んでたんだよ」

　マリアベルは目を見開いた。

「私の場合は爪に毒を塗っていた。でもマリアベルは耳飾りだろう？　血が出ている耳を見て、ああそうか、迂闊だったな……、と思って、じっと見てしまった」

　互いの石剣を持つ手の力が、弱まっていく。

「私も絶対に負けられなかったんだ。身分が低いから、どうしても人に見下されてしまう。勝てば箔がつくんじゃないかって。それに、負けたら聖女でなくなるって勝手に思い詰めてた」

　マリアベルは呆然とキャロルを見つめている。

「でも、私はマリアベルを恐れた。だから、一歩踏み込みが足りなかった。矛を持つ指先を、少しでも揺ければ良かったのに、失敗した。それで、もっと強くならなきゃダメだ、って思った。――だからね、あの時、私達は対等だった。マリアベルは実力で私に勝ったんだ」

　夜明け近い瑠璃色の風が吹いて木々を揺らす。夏の香は爽やかで、葉の擦れる音は涼やかだった。

「初めてお互いに本当の自分で話すことができたな。マリアベルのあんな大声、初めて聞いたよ。びっくりした。ああいう声も出せるんだな。なんだか印象、変わった」

　キャロルは微笑んで言う。

「あんな別れ方になってしまったけれど、私は今でもマリアベルをかけがえの無い友達だと思っているよ」

＊

　キャロルが去って行っても、マリアベルはその場に立ち尽くしていた。目から涙がぽろぽろと止めどなく溢れ出ていた。

　互いに、対等だった。自分の力で、キャロルに勝っていた。施しは無かった。弱くて惨めな自分は、どこにもいなかった。

　それを認めた時、全てが悲しくなった。

　父の見せた涙が悲しい。キャロルを利用していたことが悲しい。モラン卿と同じく卑怯になっていた自分に気づき、悲しい。土砂崩れの怪我人を見捨てたのが、悲しい。地下墓地で多くの人を巻き込んだことが、悲しい。クララ・ドーソンの笑顔が悲しい。変わってしまった自分が悲しい。

　溢れる涙は大粒の玉となって、ぱたぱたと地に落ちていく。

どうしてこんなことをしてしまったのだろう。どうして自分は変わってしまったのだろう。どうして変わる必要があったのだろう。

　同じ言葉が、同じ問いかけが、延々と、頭の中にこだましている。

　誰かを蹴落とさず、誰かを利用せず、自分のままで、自分の足で、何かを成すことができるはずだったのに。

　それを試しもせずに、諦めてしまっていた。それが悲しくて悲しくて、やるせなかった。


　マリアベルは巡礼を続けることにした。だが、一人で続けることにした。仲間はいらない。散々こだわった、聖女という枠もいらなかった。

　牢獄(ろうごく)に戻り、先まで寝ていた病室で、鏡の前に立った。そして、その長く美しい、よく手入れされた薄青の髪を大胆に切って、少年のようにした。

　聖女の服と羽織も置き、簡素なものに着替え、かけてあった男用の外套(あまぐ)を拝借して羽織った。石剣は寝台の横に立てかけて置いた。

　背負い袋に必要最低限の荷物と、聖具、自身の魔道具であるアストロラーベと小さな羅針盤を入れ、部屋を出た。

　そして、隣の部屋、すやすやと眠るクララの前で十字を切って安寧を祈った。そして額に優しく口付けをし、枕元に神の金貨を十枚置き、占星術で『月と魔除け(まよけ)』を意味する蒔蘿(ディル)の葉を添えた。泣き疲れて机に突っ伏して寝ているアンナ・テレジンの肩には、毛布をかけた。

＊

　リアンはマリアベルの容態を確認する為に、病室の扉を開けた。だが、そこに彼女の姿はなかった。寝台の脇には石剣が立てかけてあり、殆どの荷物はそのままであったが、服だけが丁寧に畳まれて置いてある。

嫌な予感がした。

リアンは急ぎ、窓から外を見る。街へと続く長い石畳の道を歩く人の姿があった。山の向こうから昇る陽がその人を照らし、長い長い影を作っている。外套を羽織っていて短い髪なのにもかかわらず、リアンはすぐにあれがマリアベルだと分かった。

一体、どこへ行くつもりだ。王都へ、学園へ、戻る？　そんなわけがない。あれは、そういう背中ではない。

誰か人を呼んだ方が良いかも知れない。そう思ったが、呼んでいる間にマリアベルの姿が見えなくなるかも知れなかった。

リアンは焦った。何故こんなにも焦っているのかはよく分からない。あの女は悪女だ。いない方が良いとさえ思っている。それなのに、こうして出て行ってしまうのに、酷く焦っている。

――僕は、あの涙の理由を聞いていない。

風を食む雄牛の前に身を投げ出した時、マリアベルは泣いていた。それを思い出して、遠い背中をもう一度見る。

これを逃せば、二度と会えなくなってしまうという直感が、リアンを突き動かした。

石剣を持って、走った。全力だった。急げと、リアンの全細胞が指令を出していた。

「ま、待ってください……！」

石畳の上、マリアベルに追いつく。リアンは肩で息をしている。マリアベルもそれに気づいて歩みを止め、少し振り返る。

「第二聖女隊は解散します。リアンは王都に戻って、それを伝えてください」

「ど、どこに行くんですか……」

「リアンには迷惑をかけました。どうしてもモラン卿の下に行くのが嫌で、あなたの気持ちを全く無視した行動をとってしまった。本当にごめんなさい。婚約どうこうは忘れてください」

　マリアベルはまた歩き出した。徐々に距離ができてゆく。もう決して振り向く気配はない。

　リアンが一歩踏み出すと、すぐにマリアベルは言った。

「お願い。行かせて」

　リアンは戸惑った。行かせてしまって良いのだろうか。マリアベルは、何を考えて出ていくのか。

　考えて、ふと、キャロルの声が蘇る。

『次に会うときは、自分で自分を誇れるような、そんなリアンでいてくれ』

　リアンはぎゅうと柄（つか）を握った。これはマリアベルがどうしたいとかではない。自分の問題だ。

　果たして自分は後悔しないか？　涙の理由を知らずに、行かせて良いのか？　思い残すことは無いのか？

　リアンは空気をいっぱいに吸い込み、そして叫んだ。

「待ってください!!」

　マリアベルは足を止める。

「聖女さまが行くなら……、僕も行きます……！」

「リアン。第二聖女隊は解散し――」

「そうじゃないんです！　僕は聖女さまのことを何も知らないッ！　何も知らないで、悪い人だと思っているッ!!　それは、聖女さまと行動を共にした者として、無責任だと僕は思うんだ……！　このままだと、絶対に後悔するから。だから……」

　リアンは、また踏み出す。マリアベルは止まっている。徐々に距離が縮まる。

「僕は、僕の意思で、マリアベル・デミについていく」

　リアンはマリアベルの隣に立つ。聖女の隣に並び立つその顔は、意地とも覚悟とも取れる、硬い表情だった。

　ほんの少し。ほんの少し、鼻を啜（すす）る音が聞こえた。だから、リアンはマリアベルを見た。

「私は……、私を取り戻したい……。かつての私に、戻りたい……」

マリアベルの目に、みるみるうちに涙が溜（た）まっていく。声を途切れさせながら、なんとか言葉を繋いでいく。

「もし……っ。もし、私が……。また道を見失った時は……っ。容赦なく私を、斬ってください……っ」

リアンは驚いたが、何も言わずに黙って頷くと、マリアベルは声を上げて泣いた。迷子になった子供のように、両手で涙を拭いながら、わあわあと泣いた。

その声に驚いて、並木に止まっていた鳥達が飛び立った。鳥達は空に溶けていく。白い朝焼けを透かす瘴気（しょうき）の壁は、柔らかな紫に辺りを染めていた。

*

聖暦一六六三年。

教皇クリストフ五世に代わり、幺教会軍部大元帥ヴィルヘルム・マーシャルが教皇として君臨した。但し混乱を避けるため、表向きには代理という名目とし、改名はしなかった。

ヴィルヘルムが教皇として初めて成した仕事は、皮肉にもリトル・キャロルを聖女として認めたことであった。なお、その情報は幺教会幹部の間で共有され、一般には知られていない。

聖女と認めた上でリトル・キャロルを、階層（ヒエラルキー）で最低と設定、即ち（すなわ）『神聖』『使徒』『信徒』『不良』のうち、忌避を意味する『不良』と定めた。

本来、不良と定められるのは職や血縁などを鑑みて、忌避すべきと幺教会が定めた者のみである。聖女であれば最高位の神聖に値するが、これは異

例の決定であった。

海聖マリアベル・デミもまた、職務放棄をし行方を眩（くら）ませたことから不良と定めた。キャロルと違う点は、ヴィルヘルムの許しを得れば『神聖』に戻すとしたことだった。教皇はマリアベルが見つかるまで、海聖の影武者を立て、表面上は問題がないように努めた。

なお地下墓地ラナの巡礼に参加した者には、強い緘口令（かんこうれい）が敷かれた。理由は言うまでもなく、樹木を発現させた魔法にある。

他の聖女達は巡礼を成功させた。

空聖（風の聖女）ローズマリー・ヴァン＝ローゼスは『巨人族の末裔（まつえい）』の封印の術を強めた。陸聖（大地の聖女）メリッサ・サンチェス・デ・ナヴァラは『死の泣き女（バンシィ）』を討伐可能と判断し、それを実際に成し得た。焰聖（火の聖女）ニスモ・フランベルジュに至っては『獄炎竜（ごくえんりゅう）アルマ』の封印を解くどころか、その脳に熱した鉄杭を打ち込み、使役することに挑戦をし、幾つかの問題はあるが概（おおむ）ね成功させた。

二人の不良聖女が巡礼に出て、すぐに妙な噂が流れた。

『首から血を下げた少女が鳥になる』。

根も葉もない噂であった。どこから出てきたのかも分からない。陳腐で意味がわからなかった。

だが、とにかく各地の少女達が面白がって広めた。やがてそれが歌になって、子供達の間で歌われた。ある子供は『歌が降ってきた』と言い、ある子供は『歌を拾った』と言い、ある子供は『歌が歩いてきた』と言った。様々な地域で突発的に出現したが、奇妙なことに旋律は概ね一緒だった。

複数人で輪になって手を繋ぎ、くるくると回って歌うものだった。輪の中央に椅子を置き、その上に猛禽（もうきん）の羽根と燧石（フリント）、土人形、青貝、葦（あし）の風笛（うなりふえ）、以上五点を置くのが決まりであった。最後まで間違えずに歌を続けられた者が、それを総取りにできた。

　これを神と政治に詳しい者は、こう推察した。

　誰よりも歌が上手だった神だけが、愛（いと）しい聖女達（我が子）を独り占めにできるのだ。誰にも渡すつもりなどないのだ、と。

　それを聞いた者は眉唾だとして、大抵小さく笑い、首を傾（かし）げた。


　ジャック・ターナーは聖都に移送される際、馬車の中から、延々と続く緑の野っ原で『椅子の踊り』をする少女達を見た。そして木製の椅子の上、少女達の陰からきらりと光る五色。

　風は湿り、暗澹（あんたん）たる雲行き。そして空には夥（おびただ）しい数の鴉（からす）の群れ。

　直（す）ぐに、その意味を察する。神は、偽神と成ろうとする無頼漢に対して舐めるなと睨んでいる。

　さて、幺教会では神は慈悲の存在だとしているが、ターナーは必ずしもそうとは思っていない。

　リュカは十一歳の小娘。それが威風堂々と王に向かって指を差し『王にあらず』と言ってのけたのだから、真っ直ぐで、やや生意気で、怒りっぽく、主張が激しい。元来、我が神はそういう性格なのだ。

　そう書いた本は破廉恥（はれんち）だとして焚書（ふんしょ）となった。

　その性格が愛しいのに、なぜ伝わらない。

　空を見て、思う。鳥は神の目。あな恐ろしや。

　さあ、どうする。——喧嘩（けんか）を売ってはいけない神は相当にお怒りの様子。

　相手を本気にさせてしまったぞ。

　ターナーは、少し笑って目を閉じた。それで、馬車の中、数日ぶりに熟睡することができた。

＊

　沼を臨む街道。整備されていない道は緑に侵食され、原との境目は薄い。

付近には夕靄が立ち込めていた。大いなる鴉の群れは街道に列を成す『第四聖女隊』の上空を旋回していた。

　隊の先頭を行くのは、隣国カタロニアの伝統的な長衣に身を包む美しい乙女だった。名をメリッサ・サンチェス・デ・ナヴァラと言い、身分はナヴァラ朝カタロニアの姫。そして神の寵愛を受けし大地の聖女である。

　陸聖メリッサは馬の歩みを止めさせて、空を見上げた。鴉の群れは聖女を中心に、巨大な渦を描きながら空を覆っていて、それは遥か遠く、沼の向こうまで続いていた。漆黒の隙間から、ちらちらとした光の筋が漏れて、雨のようになって原に降り注ぐ。それと同時に、渦の中心、ぽっかりと空いた穴から光の柱が降りて、メリッサだけを照らしていた。

　湿った風が吹き、頭に巻いていた肩巾を崩した。繊細に波打つ深い飴色の髪がぶわりと躍り、金の髪飾りが鋭く煌めく。

　天を仰いだまま動かなくなったメリッサに近寄ってきたのは老齢の将。名をアル・デ・ナヴァラと言い、メリッサと共にカタロニアから来た男であった。

「奇怪にございますな、姫」

　これに、陸聖は渦の中心を見つめたまま返す。

「この現象をどう見る、爺」

　鴉達の声と羽が空気を打つ音が延々と鳴り続けている。いつからか、黒の羽根がはらはらと雪のように舞い始めた。鴉達が狭い空で互いの翼を掠めながら飛んでいるから、羽根が落ちる。言うまでもなく、異様な光景だった。

「古ぼけた人間から言わせて貰うとするならば……、天変地異の前触れでございましょうな」

「天変地異か。なるほど、剣呑至極」

　メリッサはふっと息を抜くようにして笑って、続ける。

「これは神の声と心得るべし。引き続き、幺教会幹部の監視を怠るな。彼奴等には密謀の気配あり」

「御意に」

　そして馬の脇を蹴って、再び歩かせる。

「妾も、のんびりとしてはおれまい。こうして巡礼を行っている間にも、祖国は瘴気に蝕まれ続けている。カタロニアの土地は腐り、風は死に、民は血を流し、心は朽ちる」

「左様にございますな」

「時間が惜しい」

　メリッサが少しばかり顔を強張らせたのを見て、アル・デ・ナヴァラは言う。

「本国では出航の準備が着々と進んでいる由。カタロニアの戦士達と、カタロニアの誇る強大な武器が海を渡り、もう暫くで我が隊のものとなりましょう」

「重畳である」

「……さて、このまま行くと第四聖女隊の戦力は計り知れないものとなりまする。封印の獣を聖地ごと木っ端微塵に吹き飛ばせるのは勿論、たとえば、ひとつの街を灰燼に帰す程の力となりまする」

　陸聖は黙って聞いている。

「姫。何をお考えでございましょう」

「好機は前触れなく訪れるものだ。その為の準備をしているまで」

「はて。好機とは何の為の好機、と聞くのは無粋にございましょうか」

　再び馬を止め、メリッサは振り返った。その顔に、自信に満ちた笑みを湛えて。

「無粋なり。――幺教会に密謀があるように、妾にも秘め事があるものよ」

　その笑みを見てアル・デ・ナヴァラは何かを察し、皺だらけの顔をさらにしわくちゃにして、満面の笑みを作った。

「いやはや、さすがは姫。やはり恐ろしいお方だ。この世界の何よりも、恐ろしい」

「ハハハッ！　誉めているようだが、そうは聞こえんぞ、爺。妾は慈愛の聖女で、救世主。それを恐怖するか」

そう言って笑うメリッサの上空、未だ鴉の群れは渦を広げ続けている。まるでこの乙女を運命の螺旋に呑み込むようにして、鴉達は廻っていた。

＊

寂れた村の寂れた教会に、小さな病室があった。そこに二人の少女がいる。銀色の髪の少女、名をエリカ・フォルダンと言う。黄金の瞳をした少女は、名をリトル・キャロルと言った。

寝台の上には、体を黒くした骸がある。嫌な伝染病であった。

エリカは檜の葉を束ねた物を持ち、火をつけた。濃厚な煙が部屋中に立ち込め、鼻に穴を通すような凄まじい燻しの香り――と言えば聞こえが良いが、臭気を発した。それで部屋中から鼠が湧いて出た。まるで床が動くようであった。

次にエリカは紅黄草の花びらと、猿の骨を粉にした物を撒いた。この素材はエリカが選んだ。彼女は土着的なまじないについて、キャロルの下で勉強中だ。魔法は使えないが、少しでもキャロルの役に立ちたい。

「良いチョイスだ、エリカ。紅黄草は陽に向かって咲くし、猿は鼠を好んで食う」

「えへへ……」

エリカは褒められ、もじもじと笑みを作った。

そしてキャロルは聖水を撒き、胸の前で十字を切った。燃える檜の束に咥えた煙草を近づけ、火をつける。それを香の代わりとし、四方に灰を落とすと、途端に鼠はばたばたと死んでいった。床は動かなくなった。

「鼠が霊になって病を広げることもない。これで大丈夫だろう」

　そう言ってキャロルは振り向き、後ろにいる年老いた神官から駄賃をもらった。

「ケホッ、ケホッ。ありがとう、旅の人。彼も浮かばれるよ、きっと」

　あまりに煙が濃厚で、咳(せ)き込んでいる。

「駄賃のついでに教えてくれると助かるんだが……」

「うん？」

「『夢を見る地下人(トロール)』の眠る聖地が、この辺りにあると聞いた。それはどこに――」

　話していると、興味本位で見に来ていた村の少女がキャロルの首飾り(ペンダント)に興味を示し、指差した。年は五歳ほどか。

「不思議な首飾り」

「ああ、これか……。趣味が悪いよな」

　キャロルはそれを持って見る。硝子(ガラス)室の赤い塊は、いつの日か液体となっていた。緋色(ひいろ)が冴(さ)えて、光を通さない。

　キャロルは眉間に皺を寄せてそれを見ている。神官もまた、眉を顰(ひそ)めてそれを見た。

「……いやそんなこと言ったら、また歌が聞こえてくる。最近はちょっとしたことでも歌いたがる。性格悪いし、おっかないんだよな」

「誰の話？」

*

　リトル・キャロルは少女の問いに答えなかった。

不良聖女の巡礼　了

番外編 ◆ 取り替え子

WICKED SAINTS OR :
A HOLY PILGRIMAGE TO
SAVE THE WORLD

エリカはよく食べる。とりわけ羊肉が好きなようで、酒場にあれば確実にそれを頼み、無ければ山羊肉ないしは兎を食べる。味付けは割と何でも良いらしい。甘めのものでも塩気のあるものでも素材そのままの味でも、気にせずむしゃむしゃ食べる。

ウィンフィールドを出てからトムソンと別れ、何だかんだと寄り道しつつ、私達が辿り着いたのはボーフォート子爵領のカーアールという小さな街だった。エリカはその酒場で仔羊の肩肉を口いっぱいに頬張り、にこにこと笑っている。あまりに眩しすぎる笑顔に、私はつい目を細めた。

実は心の奥で『一人旅の方が楽だろうな』という若干の不安が密かにあった。が、そんなものが馬鹿らしく感じるくらいにはエリカとの日々は充実している。一緒にいると楽しい。

「次の聖地は、ここから近いんですか？」

私達は聖地を回っている。それは聖女の役割だからという理由であったり、ターナーに旅を続けろと言われて、取り敢えずの目的地にしたからでもあるが、他の聖女達の手助けをしてやりたいと思ったのが一番だった。この世界に聖地はあまりに多いから、四人だけではとても賄えまい。

「近いと言うか、もうここだな」

「ここ？」

窓を見る。窓の向こうは湖畔の景色だ。

この針葉樹の林に囲まれた湖は、街の名前をそのままにカーアール湖と言い、湖自体が聖地となっている。湖の底に洞窟があるらしく、その中に魔物が封印された祠が建つとのことだ。

元々この聖地には第二聖女隊が訪れる予定だったらしい。が、その第二聖女隊はウィンフィールドに到達して急遽王都に戻り、その為カーアール湖には到らず。代わりの聖女もすぐには来ない。

そのせいか街は落胆の色に包まれていて、街のあちこちで掲げられている新調された旗も、植え替えられて真新しい花壇の花も、歩く大人の顔も、どこか虚しい。可哀想なことにこの酒場も、宿の依頼で馳走を作る為に諸々仕込んでいたらしく、主人とそのカミさんのため息が広間で交互に飛び交っている。そのおかげでエリカは最高の仔羊を食べることができたのだが。

「……そうだ。ちなみに、エリカは泳げるのか？」

　プラン＝プライズ辺境伯領は海に面していない。泳ぐ機会はなさそうだけれど、どうだろう。

「聞いてください。こう見えて私、泳ぎが得意なんです」

　そう言って、エリカはふふんと胸を張った。

　日が西に落ちる頃。湖まで行き、服を脱ぎ、裸で飛び込む。まだ夏になったばかりだからか、水温は中々に冷たかった。

　聖痕を曝け出すことにはなるが、まあ、周りにいるのは流れ着いた犬の死骸を突いて遊ぶ子供くらい。他には、仕掛け網を始末している漁師のオヤジが遠くにいるくらいで、気にしなくても良いだろう。

「ほら、見てください」

　エリカは立ち泳ぎを披露してみせた。

「辺境伯から教わったんです。甲冑を着たままでも泳げるらしいですよ。実際にやったことはないですが」

　次いで、したり顔で背泳ぎと横泳ぎを披露してみせた。なるほど、確かに泳げるらしい。

「キャロルさんは泳ぎもできるんですか？」

「人並みには。でも潜水には自信があるぞ。貧民街ではよくドブ川で遊んでいたから」

　故郷の川は、死骸やら糞やらゴミやらが浮いてて、ひどく汚なかった。貧民街の子供達は遊び場を求めてそういうところでも泳いでいたわけだが、当然と言うべきか息継ぎをすることも難しいから、息を止めて泳いだものだった。

　例に漏れず、私も川遊びについていった。本当は嫌だったけど、みんなが飛び込むから飛び込んだ。汚くても、他の子に虐められても、子供の頃の私は一人になるのが嫌だった。

たっぷり泳いだ後は決まって隣町の噴水で体を流す。隣町の連中にとってはいい迷惑だったろう。

「さて、じゃあ潜ってみるか。洞窟を捜しながらになるから、少し長いぞ」

くるりと回転して、湖に潜る。エリカが後からついて来る。

崖沿いを潜って暫く。底の付近に大穴を見つけた。これが祠のある洞窟なのかも知れない。ちなみにエリカはそれを見つけた時点で手足をじたばたさせながら、息を吸いに戻っていった。

光の魔法で辺りを照らしながら、洞窟の中に入る。どんどん進んでいくと、石でできた小さな祠のようなものがあった。大きさは犬小屋程度で、石の扉を開けると中には銀製の女神像が入っていた。

その女神像の足元、石の箱がある。それを開けると、銀細工の指輪が入っていた。かなり精巧なもので細かく呪文が彫られている上に、多種多様な宝石が小さくちりばめられている。状態は良くない。一回魔法をかけ直しながら修復する必要があるかも知れない。

とりあえず石の箱ごと地上に持ち帰り、湖畔でじっくり観察してみることにした。陸に上がると、エリカは手足をついて顔を真っ赤にし、肩で息をしていた。足もガクガクと震えている。

エリカの息が整うのを待ちながら、指輪をよくよく見る。これには『夢を見る地下人』という魔物が眠っているとされ、およそ百年ほど前に封じられたらしい。

夢を見る地下人とは実際のところ何を指すものなのか、よく分かっていない。というのは、記録が殆ど残っていないからだ。学園にいた頃、封印の獣に関する本には目を通してはいたが、やはりこれには殆ど触れられていなかった。

おそらく、住民が話したがらないのだと思う。私も街の人に直接聞いたが、決まって分からないと言われてしまう。当時を知る曽祖父がいると言って会わせてくれた人もいたが、その老人もはっきりとしたことは教えてくれなかった。まるで、何かを隠しているように。

他の資料と併せて考察すると、同時期、この街の住民の何人かが気病みとなって、自殺者が出たらしい。恐らく、それが地下人の影響だと思われる。

身内の人格が壊れると、家族はそれを隠す。だから、被害の全容も明らかになっていないし、地下人が何を指すものなのかもわからない。とにかく謎に包まれた封印の獣だった。

「……宝石一つ一つに魔物が眠っているのか」

指輪に嵌め込まれた宝石は二十五個。それだけ地下人がいたという解釈でいいだろう。

「ん……？　いや、穴は二十六個だから、一つ宝石がなくなっている……？」

すなわち、一体だけ封印が解かれたということか……？　多分、経年劣化だと思う。これは非常にマズいが……、地下人が出現したという噂は今まで聞いていない……。

「……この地から消えたのか？」

＊

今一度潜って、取れてしまった宝石が祠の付近に落ちていないか捜そうとも思ったのだが、エリカが急に『腹が減って動けない』と言い始めたので、酒場に行く。なんだかんだでもう夕餉時だった。

エリカは机の上の献立表をじっと見て、動かない。

「何を食べるんだ？」

いつもは十秒足らずで決めるエリカだが、珍しく遅いので問う。するとエリカは黙って鯉（こい）の香草煮を指差した。

「羊肉じゃないのか」

「……羊肉。私って、羊肉が好きなんでしたっけ？」

「ああ、いつも食べてる」

結局、エリカは羊肉の蒸煮肉（シチュー）を頼んだ。しかも二皿も。それを一心不乱にがつがつと食べている。

「凄（すご）い食欲だな」

「とても羊肉が好きなので」

食べる様子をじっと見ていたら、エリカはにこりと歯を見せて笑った。目は笑っていない。

「私って、どういう人だと思いますか？」

唐突に、問われる。

「どういう人……？」

「はい」

少し戸惑いながらも、答える。

「……優しくて、素直な子だと思うよ」

「優しくて素直なんですね」

また、歯を見せてにこりと笑う。やはり目は笑っていない。


湖畔に着いて、闇の中、再び服を脱ぐ。もう一度祠に行って、宝石を捜すつもりだ。相当小さいものだから見つからないとは思うが……、それでも無いことをちゃんと自分の目で確認したい。

「一緒に行くか？」

「はい」

二人で飛び込む。そのまま潜ってみようと思ったが、背後のエリカの様子がおかしい。ばしゃばしゃと大袈裟（おおげさ）に音を立てて、必死さを感じる。

「エリカ……？」

泳ぎが得意だと自負していたエリカが沈んでいく。急いで潜り、エリカを引き上げて陸に上がる。かなり水を飲んでしまったようで、背を叩（たた）くと咳（せ）

き込みながら水を吐き出した。

「大丈夫か」

少しの間があって、言う。

「……こういう時は、何て言うんですか？」

問いの意味がわからず、固まる。

「そうだ。ありがとうございます。ありがとうございますって言わなきゃいけないんだった」

少し落ち着いたのか、エリカはむくりと体を起こす。そして、またにこりと歯を見せて笑った。

「エリカ、お前……」

私が言いかけて、エリカは唐突に『あ』と声を上げた。

目線の先を見ると、藪の中に羊がいた。いや、正確には羊に見えるものだ。あれを植物とするべきか魔物とするべきか人によって分かれるが、とにかく葦をそのまま太くしたような植物、その先端に羊が生る。名を羊実草と言う。

この羊型の実を捌くと、中から羊の胎児に似た生き物が出てきて、それは食べることもできる。が、こうした藪の中に生えている羊実草には蠅の卵が産みつけられていて、割って出て来るのは蛆虫の団子になった肉塊だ。

エリカは立ち上がるより早く、その手足をばたばたと忙しく動かして、その羊実草に寄り、茎を折った。血飛沫がしゅうと散って、ぼたぼたと音を立てる。そして羊の形をした実を素手で破ると、やはり蛆虫だらけの肉塊が出てきた。凄まじく甘ったるい腐乱臭が漂う。

だがエリカはそれを気にする風もなく、手で千切りながら、蛆虫ごとむしゃむしゃと食べ始めた。

「やはり羊肉は美味しいですね」

羊実草の味は、一般的に蟹のような風味と扁桃のまろやかさを混ぜたようだと表現される。羊肉の味とは似ていない。

「――なあ、エリカ。お前は何で羊肉がそんなに好きなんだ？」

私は脱いだ服から煙草を取り出し、火をつけ、そこらにあった岩に座った。

「……何で、好きか？」

エリカは一瞬手を止めて、考える。

「何で、何でだろう。私は、なんで羊肉が好きなんだろう」

ざあと妙に温い風が吹いて、水面が揺れる。

「……ああ、そうか、可愛いんだ」

「可愛い？」

「羊って可愛いですよね。人間に飼いならされていて、毎日の散歩が楽しくて、ご飯が美味しくて、きっと、生きていて幸せなんだと思います。でも、羊は死ぬためだけに飼われている。最後には肉になる。それでね、捌かれた死肉が厨房にあるのを見ると、いままで楽しかったのとか幸せとか、まるで関係なく、突然、ただの肉になってしまったのが分かるんです。生き物である価値を失って、その上、焼かれて食べられちゃうんです。凄く、興奮します。可愛い羊がこんな姿になってしまうのに。この世界から消えて忘れられていくことに」

深く、息を吐く。煙は温い風に乗って消えた。

「私からも一つ質問があります」

口の周りを真っ赤に染めたエリカが振り返って、にこりと笑う。その歯には血合のような真っ赤な果実がべとべとと張り付いていた。

「なんで私はあなたと一緒にいるんですか？」

「……お前が、一緒に来たいと言ったからだよ」

「――そうか。私、あなたのことが好きだったんですね」

*

宿の中庭には櫟が植わっていて、その下に四阿がある。私はそこに座って、例の指輪を月の明かりに翳した。強い魔力は月光によって可視化されるものだが、やはり全体において弱々しい。あと一年もすれば、術は解ける。

ただ、こうして照らしてみたことで封印の術の種類は分かったから、これら二十五個の宝石に術を上書きできれば良さそうだ。

などと考えていると、急に手先が痺れてきた。次第に痺れは全身に回って、体が動かなくなる。金縛りだ。――やれやれ、全く小賢しいというか、なんというか。

目線の先、闇の向こう。誰かが近寄って来る。それは櫟が生み出す月明かりの雨によって、姿が明らかになった。エリカだ。

「待ってたよ。そろそろ来るんじゃないかなと思っていた」

「待っててくれてたんですね」

エリカは私に歩み寄り、顔を近づけて来た。そしてそのままゆっくりと唇を重ねてくる。胸まで触って来た。その上、口の中に舌まで入れて来たから、私はその舌を噛みちぎってやった。

「……ッ！」

エリカは驚きよろめいて、後退りをする。集中力も切れたのか金縛りが解けて、私の体も動くようになる。

「この程度の金縛りで全部の自由を奪ったつもりでいるとは、随分舐められたものだ。顔くらいは動くさ」

肩が凝ったので首を回し、煙草に火をつける。

「お前の目的はこの指輪だろう。色欲に溺れさせて奪うつもりだったか？　同胞を救いたいのだとしたら、畜生の割に良い気風じゃないか」

湖から上がり、指輪を観察し始めたくらいから、エリカに違和感はあった。その後、羊実草を貪り食ったことで確信したのだが、どうしてもその場で殺すことができなかった。それは心以外の全て、すなわち、姿、形、匂いも、息遣いも、エリカそのものだったから。だからどうしても、違和感があった時、その瞬間に襲うことができなかった。その勇気も覚悟もなかった。

　だがエリカはこんな淫らな真似(まね)はしないし、それに、こうして四阿で涼んでいる内にそれを殺してしまう決心はついた。

「お前、取り替え子だろう」

　地域によって様々な名称があるが、この現象自体には『取り替え子(チェンジリング)』という名がつけられている。これは何かをきっかけに少女と魔物がすり替わってしまう現象のことを言った。魔物の正体はわからない。決して本当の姿を見せない。

　一説には、取り替え子は気に入った処女を見定めると、耳から干渉して、その少女の映しとなるらしい。そして取り替えられた処女は何処(どこ)かに消え去る。どこに行ってしまったのかも、分からない。分からないことだらけの魔物だ。

　分かっていることと言えば、こいつらはすり替わった姿で周囲の人間を混乱させ、精神を衰弱させるのを楽しむということ。相手を自殺に追い込み、亡骸(なきがら)の前で自慰を始める。

　魔物にしては桁違いに知能が発達しているので、正体は悪魔なのだという者もいるが、まあ、悪魔なんてものは教えの中にしか存在しない絶対悪。普通に魔物だ。——とにかく取り替え子というのは、趣味が悪くて、下品。著しく存在価値のない下等生物だ。

　エリカがエリカでないと気がついた時、亡霊の類に体を乗っ取られた線も考えたが、それは無いと判断した。と言うのも、羊実草の茎は大きな実を支える為に鉄のように硬くできている。鋸(のこぎり)で切らなくちゃ繊維を断てやしない。こいつはそれを素手で折った。

　確かに、悪霊に取り憑(つ)かれたことで理外の力(パワー)を得る場合もある。が、大抵そういうときは、自らの力に負けて体が壊れるものだ。仮に茎を素手で折れば、筋肉が腕の骨を砕いてしまうだろう。

「……その、指輪。寄越して。楽しい時間を過ごした、私の友達だから」

　舌の無い取り替え子がもごもご言う。楽しい時間、か。笑えるな。その言い草だと、恐らくお仲間との別れが惜しくて、封印が解けていても指輪に張り付いていたかな。

「やめとけ。ただのゴミだ」

　私が指輪を見せつけて煽ると、取り替え子はエリカの姿そのままに私に襲いかかって来た。

「踏み込みが足りないな。軸もぶれている。素人か？」

　噛みちぎった舌を咀嚼して相手の顔に噴きつけ、その拳を避ける。

「どうした。エリカなら目を瞑ってでも避けられるぞ」

　足を踏んで逃げられないようにして、相手の顔面に連続で拳を入れる。取り替え子はそれでも私に殴りかかって来たので、その拳を頭突きで壊す。次いで、腹に蹴りを入れ、跳び、顔を蹴り上げる。取り替え子は地に転がり、砂埃が夜風に舞う。

「さあ教えてくれ。本物のエリカはどこにやった？」

　近寄り、右手で首を絞めて、そのまま持ち上げる。

「こ、この……っ、この、娘が、どうなっても良いのか……」

「癪に障る野郎だ。エリカは乗っ取られたわけじゃない。お前は、お前だ。この体は、お前の体だ」

　さらに強く絞める。ばきばきと骨が鳴る。

「あっ、ぐぅ……！　かはっ……！」

　取り替え子は手足を張って痙攣し始め、白目を剥き、失禁した。次第に呼吸が弱まっていく。

「……もう死んだか。雑魚め」

　地に放り捨てる。

　そして取り替え子の正体を確認するために、中庭にあった鉈を借りて腹を裂いた。中には臓器は無く、大量の條虫だけが詰まっていた。この気持ち悪さには、さすがに舌打ちをして顔を顰める。

「所詮は外見だけか……。数ある魔物の種で、お前が一番穢らわしい」

＊

土の上、取り替え子の亡骸を寝かせ、その周りに茸を生やす。種類は何でも良いが、雪割を生やした。これは菌輪と呼び、森や草原などに自然発生する。

王国北部に伝わる古い民話によると、取り替え子は菌輪を潜ってやってくるとされている。そして、取り替え子の死骸を菌輪の中に返すことができれば本物を呼ぶことができる。不思議な理屈だが実際にそうして帰ってくる者もいた。

取り替え子は、『風を食む雄牛』のように強力な種ではない。この地では封印の獣だったとはいえ、これ自体は世界中それなりにいる魔物だ。同じ封印の獣でも、種の力には大きな差がある。

恐らく百年前のカーアールの人々は、情が邪魔をして取り替わってしまった人間を殺すことができず、仕方なく封印で対処したのだろう。湖に沈めたのも、誰も話したがらないのも、嫌な事件は忘れたいという想いがあったからなのかも知れない。

取り替え子の亡骸を菌輪の中に置いて、三十秒。裂いた腹が徐々に塞がっていき、やがて体の全てを回復させた。呆気ない変化だが、これで本物が戻って来た。

それからエリカは眠り続けた。その間に私は指輪の封印を強め、湖の祠に戻した。丁寧に仕事をしておいたから、百年近くは封が取れる心配はないだろう。

エリカが帰って来て二日目。その日はとても晴れていて気持ちが良かったから、朝市に出かけて食材を買った。そして、部屋の暖炉でポタージュを作っている時、エリカは目を覚ました。

「キャロルさん……？」

「おはよう。朝飯にしよう」

昨晩はエリカの呼吸があまりに健やかだったから、そろそろ起きると思っていた。我ながら勘は冴えるようだ。

「あれ？　私、寝てた……？　湖から上がって、その後……、どうだったんだっけ……」

「疲れて寝たんだろう。気にするな」

買って来たばかりの木の器にポタージュをよそい、パンと一緒に机に並べる。二人、座って食べる。

「……あ、お肉入ってる」

「たまには、入れてみた」

香草をたっぷりと、扁桃、玉葱、茸、あとは肉。私が作る時は普段、ポタージュに肉を入れないが、今日は入れてみる気分だった。

エリカは匙でポタージュをすくい、一口含む。

「羊だ。美味しい……」

「朝市で捌きたてのを売っていたんだ。確かに、普段食べるやつよりも特別美味いかも知れないな」

私が言うとエリカは軽く微笑む。そして、パンを一つ一つ千切って、分けてしまうのだった。エリカはパンが出てくると逐一千切るのでは無く、毎度、はじめに全て千切って分けてしまう。それを見て、私は安心した。本当にエリカが帰って来たのだと実感したから。

「……不安な時間だった」

「……？」

何だか柄じゃないが、一つ、改まってこんな話をしようと思う。

「約束して欲しいことがあるんだ」

「はい？」

「私と旅に出たからには、私より先に、いなくならないで欲しい。もう誰も失いたくない」

エリカはぱちぱちと瞬(まばた)きをして、パンを千切る手を止めてしまった。一体この女は突然何を言っているんだ、と顔に書いてある。それを見て、あぁ、あまりに脈絡が無かったかな、と思い、頭を抱えて反省した。

そして頭に突然生えて来た茸を摘(つま)んで取り、床に捨てる。うーんと唸(うな)ったあと、エリカの視線にいたたまれなくなって問う。

「エリカって……、なんで、羊肉が好きなんだ……？」

「へ？」

「ほら、私は……、そこまで特別さを感じないというか……。牛や猪豚(いのぶた)よりも少し味に臭みがあるというか……。香草とかで誤魔化されていたら食べるけども……」

エリカは唇に指を当てて、考える。

「確かに癖ありますよね。すっごく硬い時とかあるし」

「味が好きってわけじゃないのか」

「いや、美味しいですし、好きですよ。ですけど、何と言うか……」

また少し考えて、エリカは訥々(とつとつ)と語り出した。

「私の家って、妙に倹約家で……。贅沢(ぜいたく)という贅沢は、たぶん、他の貴族に比べて、して来なかったと思うんですよね……。それで……、誕生日になると、お母様から手作りの人形を貰(もら)ってたんです。それが凄く好きで。誕生日の夜はその人形も食卓に座らせて、一緒にご飯を食べるんです。その時に出てくるのは、決まって羊と甘藍(キャベツ)を煮込んだ料理で……。普段、もっと良いものを食べる日もありましたよ？　でも、誕生日になると羊と甘藍の煮込みなんです」

エリカは、目の前のポタージュをじっと見て、続ける。

「多分、お母様、覚えてたんです。私が、もっと小さい時に理由もなく羊が食べたいって我儘を言ったことと、野菜を食べなさいと怒られた時に甘藍なら食べられるって我儘を言ったこと。少し大きくなったら羊だけが美味しいわけでも無く、甘藍以外にも野菜は食べられるようになったけれど、それでも、ずっと、覚えていたんです。だから、誕生日に使用人さんに頼んで作ってもらっていたんだと思います」

私はエリカが話すのを聞いていた。

「上手く言えないけれど、羊は、特別な日の食べ物なんです。お肉を食べると眠くなっちゃうこともあるし、少ししんどくなっちゃう時もあるけれど、でも羊を食べたから、今日は特別な日。何も無くても、辛くても、特別な日になるから。……それでお店に羊料理があったら癖で、つい、選んじゃうんです。それに、食い出もあるので」

夏の風が水の香りを乗せて、部屋に飾った黄色い花と、エリカの髪を揺らしていた。

「ただ、それだけです。本当に、それだけ。……でもキャロルさんに会う前は、食べようとしてたかな、羊なんて。思い出したように食べるようになった」

窓の外、湖には朝の光がきらめく。

「——たくさんのお人形、家から出る時に捨ててしまった。あの時は、もう特別な日なんか来ないと思っていたから」

取り替え子　了

あとがき

最初、リトル・キャロルは光の聖女ではありませんでした。物語も現在の形とは全く別物でした。基本的には二〇二二年時点で流行していた「追放もの」のラインをなぞった上で、たとえば「ハリー・キャラハン」のような『汚れた英雄』が小気味良く悪い聖女を成敗していく痛快な話を目指していました。読み心地についても、スナック感覚でいつでも誰でも読めて、簡単に消費できそうなものを目指しました。多くの人に注目されたい、読まれたい、という意図がありました。そしてダメならとっとと次の作品を書くつもりでした。

だけれど、リトル・キャロルを動かしている内に、自分が作ろうとしている物語が誠実でないことに気がつきました。

すぐに、公開していた内容の殆どを書き直しました。もっとリトル・キャロルという少女が唯一無二の輝きを持てるように労力を割きました。誰もが彼女のために存在していて、誰もが彼女を愛していて、彼女も多くの人を愛している、そんな内容にしたくなりました。そのためには生々しいドラマや醜い感情の描写も必要だったので、今までのわたしの人生とも対峙し言語化に努めました。

世界観もがらりと変えました。今は王道となっているゲーム風異世界に重きを置きつつも、トラッドかつウイッチクラフト的な要素を加えて、物語に説得力を持たせたつもりです。リトル・キャロルのために、ドラマに耐えられる強固な世界が必要でした。

ワード選びにも苦心しました。どうしたら今の時代に合ったトラッドな雰囲気のファンタジーが表現できるか、頭を悩ませました。作中に時代劇でしか使われないような用語や喋り方が度々出てくるのは、わたしの苦労の跡です。

時間をかけてゆっくりゆっくり、もっとリトル・キャロルのために、さらにリトル・キャロルのためにと小説を書きました。その間、本当に孤独でした。わたしの野心は自分の生み出したリトル・キャロルというキャラクターに負けてしまったのです。持て囃されるための打算は捨て去り、ただただ彼女のために書きました。しかし、気づけば本になっていたのは不思議なことです。

書籍化の打診が来た時は「本にして大丈夫かしら」と不安になりました。作品の出来には自信はありましたが、売れ線でないことは自分が一番よくわかっていました。リトル・キャロルのために書きすぎたと思っていました。嬉しかったけど、それ以上に心配が勝りました。

初めて担当編集さんとお会いした時、喫茶店の外では一寸先も見えない程の雨が降っていました。話も程々に帰路につき、未だ心の中で悶々としている中、駅から出ると、空には鮮烈な虹がかかっていました。今まで見たことのない激しい色で、とにかく巨大でした。あれは本当に奇妙でしたが、何か運命的なものを感じ、気合が入ったのを覚えています。そうした経緯も影響してか、ウェブ連載当初よりもオカルティックな雰囲気の増す改稿となりました。

令和六年　小寒　著者

作品のご感想、
ファンレターを
お待ちしています

あて先

〒141-0031　東京都品川区西五反田 8-1-5 五反田光和ビル4階
ライトノベル編集部
「Awaa」先生係／「がわこ」先生係

スマホ、PCからWEBアンケートにご協力ください

アンケートにご協力いただいた方には、下記スペシャルコンテンツをプレゼントします。
★本書イラストの「無料壁紙」　★毎月10名様に抽選で「図書カード（1000円分）」

公式HPもしくは左記の二次元バーコードまたはURLよりアクセスしてください。
▶ **https://over-lap.co.jp/824007407**
※スマートフォンとPCからのアクセスにのみ対応しております。
※サイトへのアクセスや登録時に発生する通信費等はご負担ください。

オーバーラップノベルス公式HP ▶ **https://over-lap.co.jp/lnv/**

不良聖女の巡礼 1
追放された最強の少女は、世界を救う旅をする

発行　2024年2月25日　初版第一刷発行

著者　Awaa

イラスト　がわこ

発行者　永田勝治

発行所　株式会社オーバーラップ
〒141-0031 東京都品川区西五反田8-1-5

校正・DTP　株式会社鷗来堂

印刷・製本　大日本印刷株式会社

ISBN 978-4-8240-0740-7 C0093

【オーバーラップ　カスタマーサポート】
電話　03-6219-0850
受付時間　10時～18時（土日祝日をのぞく）